DENIS GUEDJ

Denis Guedj est professeur d'histoire des sciences et de cinéma à l'université de Paris-VIII. Il s'attache depuis toujours à transmettre son goût pour les sciences par les biais originaux de la fiction romanesque, du cinéma, du théâtre et du journalisme. Il a ainsi tenu pendant quatre ans la chronique consacrée aux mathématiques dans *Libération*, mais il est avant tout reconnu grâce à ses « romans mathématiciens » : *Le théorème du perroquet* (1998), *Génie ou Le bambou parapluie* (1999), *La Bella : Autobiographie d'une caravelle* (2001). Son dernier roman, *Villa des hommes*, est paru chez Robert Laffont en 2007.
Il a également écrit deux pièces de théâtre ainsi que des scénarios.

ZÉRO

DENIS GUEDJ

ZÉRO
ou
Les cinq vies d'Aémer

ROBERT LAFFONT

Le papier de cet ouvrage est composé de fibres naturelles, renouvelables, recyclables et fabriquées à partir de bois provenant de forêts plantées et cultivées durablement pour la fabrication du papier.

ISBN 978-2-266-16652-2

1

Les marais

Aémer se faufila à travers les cratères. Le bruit lui glaça le sang. Ne pas lever les yeux, ne pas leur faire ce cadeau. Continuer à marcher. « Cinq... » Loin, très loin au-dessus de sa tête, la puissance de mort concentrée dans le pouce calme du pilote accompagnait le compte à rebours. Aémer se mit à courir. Zigzaguant sur le sol défoncé, comme si cela pouvait encore changer quelque chose. « Quatre... » Voilà que cela recommençait exactement comme sur l'autoroute de la mort. Douze ans déjà. Aémer porta la main à son cœur. « Trois... » Avec l'œil aguerri des professionnels qui savent distinguer les artefacts, Aémer l'aperçut au fond du cratère, émergeant de la terre retournée. Elle bloqua sa course. « Deux... » Se pencha. Ouvrit la main, l'effleura. Se pencha un peu plus, à la limite du déséquilibre. « Un... » Ses doigts se refermèrent sur la pierre d'argile comme on agrippe la main qui sauve. Éblouissantes retrouvailles. « Zéro ! »

Dans le ciel pur, au-dessus des marais, le pouce compétent du pilote pressa le bouton. La tonne de métal libérée grignota l'altitude.

Obeid s'arrêta au bord du cratère. La position du corps, sans doute. À moins que ce ne soit la main posée sur la poitrine, ou bien l'autre main, refermée au bout du bras tendu. Plus tard, il se souvint que le visage et lui seul avait retenu son attention. Recouvert d'une pellicule de terre caramélisée, pulvérisée par le souffle de la bombe. Statue d'argile cuite au soleil de Mésopotamie.

Obeid glissa au fond du cratère, retira la main posée sur la poitrine, appliqua la sienne à la place. Plus tard, il se rappellerait avoir remarqué un léger bombement, dune discrète au milieu des sables tièdes. Il se concentra, écouta du bout des doigts. Tout au fond, ça bougeait. Tant et tant de cadavres depuis des années. Enfin une vie volée à la guerre !

Il détacha la croûte d'argile. Le visage apparut étonnamment détendu. Traits délicats, nez droit et fin, longs cils emmaillotés d'une gangue roussâtre. De grands cercles pâles autour des yeux clos témoignaient du port de lunettes de soleil. Et, surprise, des lèvres minces auburn retenaient un sourire qui n'en finissait pas.

Ce fut d'abord la main qui s'ouvrit. Occupé à guetter le frémissement des paupières, Obeid n'y prit pas garde. Aémer ne perçut qu'une masse sombre, bordée d'un halo lumineux, qui lui cachait le soleil. Un homme au visage invisible lui tripotait le front.

Le fracas de l'avion, la course en zigzag, le feu dans la poitrine, le souffle au ras du sol, le saisissement de se sentir projetée – rien en deçà : elle ne se souvenait ni d'où elle venait ni où elle allait. Elle tourna la tête, aperçut le petit cône d'argile au creux de sa main. En se baissant pour le saisir dans le cratère, elle avait échappé aux bombardements américains. Son sourire brutalement interrompu explosa. Un calculus sumérien de plus de cinquante siècles venait de lui sauver la vie.

D'une voix basse – de peur sans doute qu'enfermé à dix mille pieds dans son habitacle hermétique, le pilote au pouce tranquille ne l'entendît –, elle murmura des choses qu'Obeid ne put comprendre. Quelques frissons, puis son corps fut secoué de spasmes. De vieux sentiments incarcérés profitèrent de l'occasion pour s'évader. Comprenant qu'elle ne pourrait s'arrêter d'elle-même, que cela prendrait trop de temps, Obeid la saisit par les épaules, la serra dans ses bras. Elle se calma.

Ce mélange de frayeur et de bonheur habitant cette inconnue le troublait.

Le bruit à nouveau déchira le silence. L'avion de chasse était de retour. Folle de rage, Aémer se dressa au fond du cratère. De toutes ses forces revenues avec la fureur, elle lança le calculus vers la trace obscure qui salissait le ciel. Point infime dans le firmament, la pierre d'argile s'éleva vers le nord.

Obeid l'aida à s'extraire du cratère. Genoux, chevilles, épaules, poignets, coudes, tout fonctionnait. Elle était indemne. Son nom ne s'ajouterait pas à la liste des morts de la Deuxième Guerre du Golfe.

Elle se mit à fouiller dans ses poches. Une poignée de dinars, des dollars et un petit châle bleu fripé. De la poche arrière de son jean, elle sortit un passeport écorné. Obeid le saisit. Passeport français : Aémer Arcy, une adresse à Paris. Deux papiers s'échappèrent du mince livret. Une carte professionnelle écrite en arabe et en anglais : *République d'Irak. Site archéologique d'Uruk-Warka. Aémer Arcy. Archéologue.* Et une photo d'identité : « Ton mari ? Ton... ami ? » Pas de réponse. Obeid examina à nouveau la photo puis dévisagea Aémer. La ressemblance était stupéfiante. Il lui tendit la photo. Elle se plongea dedans, releva la tête, les yeux perdus. Une comptine s'échappa de ses lèvres : « Sylvère, Aémer. Sylvère, Aémer. » Les mots résonnèrent dans le silence du désert. Enfin, elle murmura : « Sylvère. Mon frère. Puis, fièrement : Je suis l'aînée. Deux minutes trente d'avance. »

Obeid secoua la tête, incrédule. En pleine guerre, au milieu des marais, à des kilomètres du premier village, il tombait sur la moitié d'un couple de jumeaux ! Il ne put que demander bêtement : « Il est archéologue, lui aussi ? »

Elle le regarda, déconcertée. Elle imagina Sylvère en short, chapeau de paille, mains terreuses, ongles noirs. Alors que, blouse vert d'eau, gants aseptisés, masque de tulle... Cela lui revint. Professeur Sylvère Arcy. Cardiologie, chirurgie. Hôpital La Pitié-Salpêtrière.

« Pourquoi tu es ici toute seule ?

– Pourquoi ? répéta-t-elle. L'avion, bredouilla-t-elle. Ajoutant, pour s'excuser : C'est tout. »

Il avait vu l'avion, entendu les explosions. La routine, en effet.

« Allons-nous-en ! »

Elle tendit la main en direction de la ceinture d'Obeid. Il mit un instant à comprendre, refusa de la tête. Elle s'approcha, posa la main sur l'une des grenades fixées autour de sa taille. « S'il te plaît. » Il la détacha, la lui passa. Il avait décidé de lui faire confiance. Il ne s'aperçut pas qu'il avait laissé sa mitraillette en bandoulière. Elle, s'en aperçut.

« Tu peux marcher vite ?

– Je peux. »

Ils s'éloignèrent. Ils avaient juste le temps de rentrer avant que la nuit tombe. Obeid ne parvenait pas à effacer l'impression de connaître cette situation. Aémer avançait, docile, à ses côtés, regardant tout ce qui l'entourait avec application. Elle lui rappelait un souvenir.

De la luxuriante végétation qui avait fait de cette région un lieu unique au monde, il ne restait rien. Comment tout cela, qui avait mis des millénaires à s'élaborer dans le mouvement assuré de la nature avait-il pu être effacé en quelques années ? Ici, cinq mille ans plus tôt s'étendait l'Éden.

Empêcher les poissons d'être comme des poissons dans l'eau. Les poissons, c'étaient les combattants, et les Madans, les « gens des marais », habitants immémoriaux du Chatt el-Arab, le delta où se rejoignent le Tigre et l'Euphrate.

Dans ce pan de monde complexe s'étendant entre le désert et le golfe Persique, la besogne des soldats de Saddam Hussein fut infiniment moins dévastatrice que celle de ses ingénieurs. Digues, routes, canaux de dérivation, barrages, élevés avec l'application de qui construit pour détruire. Empêcher l'eau des fleuves de parvenir dans les marais. Sans eau, plus de roseaux, plus de civilisation des marais. Et le sel aspiré par la débâcle des eaux, remonté des profondeurs, s'affichant en plaques blafardes sur le sol exsangue. Le sel de la terre, mais c'est la mort de la terre !

Le Petit Prince ! Oui. Obeid vivait la même aventure. Le désert... la rencontre improbable...

Enfant, il avait toujours refusé d'envisager ce qui serait arrivé à l'aviateur s'il n'avait pas eu une panne de moteur. Le Petit Prince se souvenait de tout, Aémer de rien. Une princesse sans étoile, une princesse sans mémoire.

Elle le dépassa, se planta devant lui. « Si nous sommes séparés, je ne pourrais pas te reconnaître, je ne t'ai pas encore regardé. » Il haussa les épaules pour cacher sa gêne : « Regarde ! » lâcha-t-il. La trentaine, clair de peau, une sorte de Kabyle irakien, des lèvres minces et longues, de petits yeux gris-bleu d'où partait un faisceau de sillons minuscules. Un visage où les lignes l'emportaient sur les surfaces.

« Tu ne m'as pas dit ton nom.

– Tu sais, quand on est seulement deux, l'autre, c'est l'autre. C'est l'un des seuls cas où deux c'est plus simple. Mon nom est Obeid.

– Comme le site archéologique ?

– Comme le site archéologique. Un vieux nom, n'est-ce pas ? Six mille ans ! J'ai toujours été un vieux garçon. »

Enfin, elle sourit.

« Moi, c'est...

– Je sais, je l'ai lu sur ton passeport, et tu l'as dit avant d'ouvrir les yeux. Aémer, c'est ça ?

– Je n'ai rien dit d'autre ?

– Si, Aémer. Deux fois de suite.

– Alors, j'ai commencé par bégayer ? s'inquiéta-t-elle.

– Oui, oui, confirma-t-il, insistant sur la répétition. Tu as encore de l'argile sur le visage », remarqua-t-il en détachant les dernières plaques.

C'est alors qu'elle prit conscience qu'ils s'exprimaient en français. Obeid avait juste un léger accent.

Il avait fait ses études au lycée français de Bagdad. Il avait toujours rêvé d'aller à Paris pour suivre les cours du Conservatoire, avait tout préparé pour le voyage, avait acheté le billet longtemps à l'avance. La guerre avait éclaté. On ne lui avait pas remboursé le billet. Depuis, il avait été occupé. Mais après, après, il irait à Paris, il se l'était promis. « Ce sera plus facile, maintenant je connais une Française. » Elle l'interrogea du regard. Il éclata de rire : « Toi ! On se connaît maintenant madame... mademoiselle Aémer Arcy. Il plissa les yeux, taquin. Peut-être étais-tu cachée là depuis toujours, et la bombe t'a découverte.
– Enterrée ? s'écria-t-elle, pourquoi dis-tu cela ? Il lut de la fureur sur son visage – Je n'ai pas dit enterrée, j'ai dit cachée », répondit-il, en colère. Il se radoucit – Seulement recouverte. » Des larmes brillèrent dans les yeux d'Aémer. Il sut qu'il venait de lui faire mal.

Le paysage reprenait vie, le sol devenait plus souple, les croûtes de sel plus rares. Des nappes d'eau affleuraient çà et là, des bribes de végétation. Il faisait toujours aussi chaud. Ayant atteint la zone des marais, ils étaient à présent cachés par les roseaux. Tout en marchant, elle lui dit doucement, sans le regarder :

« Peut-être devrais-je te dire merci. Je te dois la vie. »

Sa réponse la secoua :

« Tu dois la vie à tes parents, seulement à eux. »

Les roseaux remuèrent, le bout d'une pirogue apparut. À l'arrière, fusil automatique posé devant lui, un homme effleurait l'eau de sa pagaie.

« Hindi, c'est toi ! s'exclama Obeid.

– Pourquoi t'as pas sifflé ? Tu veux te faire tuer ? On t'entend jusqu'à Bagdad », lança l'homme en arabe sans un regard pour Aémer.

En approchant, Obeid aurait dû imiter le chant du *warbler* des roseaux de Basra ; son oubli aurait pu leur coûter la vie. Hindi lui lança une pagaie. Obeid la rattrapa au vol et s'assit à l'avant. Aémer se glissa au milieu.

Ils voguèrent sur l'eau tiède alors que finissait la journée.

Terre et eau entremêlées. Dans les marais où commence l'une, où finit l'autre ? Cette imbrication incessante qui fait voler en éclats la stricte nomenclature des états de la matière apaisait Aémer. La Camargue. Un autre delta, avec, cette fois, un unique fleuve, le Rhône. Elle y avait passé sa jeunesse après la disparition – elle refusait de dire la « mort » de ses parents. Déjà, elle passait son temps à fouiller le sol. Plus qu'une passion, une pulsion. Rapportant dans sa chambre toutes sortes d'objets que sa grand-mère s'empressait de jeter à la poubelle et qu'Aémer allait récupérer avant le passage de la benne. Pour elle, tout ce qui avait été enfoui dans la terre avait de la valeur. La valeur d'avoir été libéré.

« Qu'est-ce que tu aurais voulu ? Que je la laisse là-bas ? gronda Obeid.

– Qui te dit qu'elle n'est pas envoyée par les services de Saddam ?

– Tu voudrais qu'on la bouscule un peu pour la faire parler ? demanda Obeid d'un ton cynique.

– Tu ne prends rien au sérieux.

– J'en ai marre d'être sérieux. Douze ans que ça dure.

– Je resterais cent ans s'il le faut.

– Elle est belle, tu ne trouves pas ?

– Plus très jeune.

– Trente ans, pas plus. »

Aémer avait appris l'arabe sur les chantiers de fouilles avec les ouvriers. Elle le comprenait, mais le parlait mal. La discussion entre Obeid et Hindi l'avait sortie de son sommeil.

Plus très jeune, ça, elle l'avait entendu et compris. Elle n'eut pas le temps d'en entendre plus.

Le bruit à nouveau, assourdissant. L'avion repassa dans le ciel. Il me suit, le con ! Non, même pas ! Tu ne l'intéresses plus, ma fille, il rentre à la base, fier de la mission accomplie. Aémer ne put s'empêcher d'imaginer le pilote dans son cockpit, musclé, le visage, pourquoi pas ? intelligent. Tuer à distance, sans risque. Pas de missiles, pas de chasse ennemie, rien pour l'inquiéter, facile : pourquoi se gêner ?

Zéro mort (s) !

Obeid lui adressa un bras d'honneur.

« Tu es fou, s'exclama Hindi. Tu sais bien qu'ils voient tout. Tu te grattes les c..., et... Il s'interrompit, il y avait une femme à bord. Ils te voient d'en haut, ils voient même avec quelle main tu te les grattes. »

Ce type est vulgaire, trancha Aémer tandis qu'il continuait à grogner.

« Qu'est-ce qui lui prend ? C'est la femme, elle lui tourne la tête... oublie de siffler... mitraillette en bandoulière... lui donne une grenade... va finir par devenir dangereux. »

Dix ans qu'ils faisaient équipe, ils ne comptaient plus les fois où ils s'étaient sauvé la vie. Il était toute sa famille. Tu ne fais plus attention, frère, tu te dis s'ils ne m'ont pas eu, depuis le temps, ils ne m'auront jamais. Tu te trompes. Y a pas de loi. Tu baisses la garde, tu es mort. Peut-être aussi qu'on ne peut pas rester aussi longtemps en éveil.

Si tu es mort, tu ne peux plus te venger. C'est ça qui me tuerait. Faut durer pour leur faire payer le plus cher possible.

Obeid siffla. Le chant du *warbler* des roseaux de Basra. Un bruit de mortier lui répondit, signalant leur arrivée. Hindi arrima le canot. Un village lacustre. L'un des derniers subsistant, les autres avaient disparu avec le retrait des eaux.

Une très jeune femme, seize ans pas plus, s'avança vers Hindi. Aémer comprit pourquoi il l'avait trouvée « plus très jeune ». Ils se dirigèrent vers le mudhif, au centre du village. Le cheik les accueillit avec les formules d'usage, les invita à s'asseoir. La cafetière posée sur le foyer fut la première chose qu'Aémer aperçut dans l'immense espace sombre. Pas un mot ne fut échangé avant que le café soit servi. La liqueur brûlante coula dans sa gorge. Aémer ne refusa pas une seconde tasse. Obeid attendit que chacun ait fini de boire pour rapporter brièvement les circonstances dans lesquelles il avait découvert la *Françaouia*.

Le ciel était noir, l'écran, blanc.

Des colonnes de fumée rendaient l'atmosphère irrespirable. Des puits de pétrole brûlaient vers le sud, à Oum Kasr, sans doute. Après plusieurs tentatives, il fallut se rendre à l'évidence, la télé ne marchait plus. Ce n'était que des « *out* » et des « *kaputt* ».

« Comment vous dites, vous ? demanda Obeid.

– Naze, fichu, foutu...

– À Uruk, ils disent “ *schlass* ”. »

Uruk était tout proche des marais, un morceau de terre allemande au milieu du désert. Des équipes d'archéologues allemands travaillaient sur le site depuis plus de quatre-vingts ans. Leurs expressions familières avaient transpiré sur toute la région.

Devant le fiasco de la TV, le cheik proposa de s'installer dans sa hutte. Les villageois ne purent tous entrer, certains restèrent à l'extérieur.

Un antique poste de radio à lampes trônait sur une table, à l'écart. Il n'y avait pas besoin de voir. Pourtant, chacun essayait d'apercevoir le poste. Le cheik se mit à la recherche d'une station audible.

Les hommes et les femmes, graves, étaient à l'écoute. Cela devait être ainsi du temps de la Résistance en France, se dit Aémer. Mais ici, pas de Général parlant de l'extérieur du pays, pas d'armées d'exilés. L'exil était à l'intérieur.

« Jour A, comme Aerials Attacus », vient de déclarer le Pentagone en lançant la campagne massive de bombardements. Pas A, AA, ne put s'empêcher de rectifier Obeid mentalement. Comme Aémer Arcy. Ou plutôt AAA, Aémer Arcy Archéologue.

L'opération « Liberté de l'Irak » a débuté. À l'aube, les forces de la coalition ont lancé l'offensive terrestre. Après avoir franchi la frontière koweïtienne, une colonne de chars remonte vers le nord, sur l'autoroute de la mort, entièrement reconstruite depuis la guerre du Golfe.

La frontière entre le Koweït et l'Irak est désormais fermée, pour empêcher les journalistes et les humanitaires de passer.

Bagdad. Un déluge de feu s'est abattu sur le centre de la ville. D'énormes colonnes de fumée s'élèvent dans le ciel. Le principal palais présidentiel et le ministère du Plan, l'une des places fortes de la Garde républicaine spéciale, ont été attaqués par des missiles pendant une quinzaine de minutes. Basra. Silence total. *Le siège du parti Baas et celui de la télévision d'État ont été détruits par l'aviation américaine.*

Les hommes se regardèrent. « Voilà pourquoi la télé est *out.* » Un cri de joie s'échappa. Certains avaient les larmes aux yeux. Depuis le temps qu'ils attendaient. *Combats acharnés à Oum Kasr. Port stratégique sur le golfe Persique, Oum Kasr est le seul débouché irakien sur la mer.*

Contrairement à ce qu'elles avaient annoncé, les forces coalisées ne sont toujours pas parvenues à s'emparer des puits de pétrole de Basra ni des terminaux pétroliers de Oum Kasr et de la région de Fao. Le contrôle des champs pétrolifères est une étape importante dans le dispositif anglo-américain.

Aémer avait besoin de se laver.

Obeid la conduisit chez Asma, une femme d'une cinquantaine d'années, et se retira après lui avoir lancé un regard d'encouragement. Asma ouvrit un coffre en bois, en sortit quelques affaires.

À l'arrière du village, elles s'arrêtèrent devant un trou d'eau entouré de joncs, à l'abri des regards. Posés sur une pierre, un morceau de savon et une touffe de crin. Comprenant qu'Asma n'avait pas l'intention de se retourner, Aémer commença à se dévêtir. Elle eut honte de la saleté de ses vêtements et de l'odeur qu'elle dégageait. Sans pudeur, nue, elle s'enfonça dans l'eau jusqu'au cou, ferma les yeux.

La poigne énergique d'Asma maniant le crin savonneux la ramena dans le présent. Elle va m'arracher la peau, redouta-t-elle. Le savon sentait bon, un peu comme le savon de Marseille. Quand Asma lui frotta la tête, Aémer ferma les paupières. Du savon réussit à pénétrer dans ses yeux. C'était toujours comme cela. Puis Asma commença à passer le peigne fin dans ses cheveux.

Un peigne fin ! Elle n'en avait pas vu depuis des années.

Deux fois par semaine, sa grand-mère le lui passait.

Paupières closes, Aémer guettait le crissement de l'ongle écrasant les lentes blêmes ramenées par les dents serrées du peigne. Les poux, sa grand-mère savait les « tuer dans l'œuf » ; le plaisir qu'elle éprouvait à ce massacre des innocents était communicatif. Pour pouvoir réentendre ce crissement réjouissant, Aémer aurait capturé dans sa chevelure le plus de parasites possible.

Ce n'était pas des poux qu'Asma ramenait dans son peigne, mais des grains.

« Tu as pris un bain de sable ! » s'écria-t-elle.

Aémer enfila la robe ample qui dégringola jusqu'à ses pieds comme un rideau. Elle qui n'avait porté que des pantalons se sentit perdue là-dedans. Un piquet soutenant une toile de tente. C'était sa seconde robe. Entre la blanche vaporeuse de sa communion et la noire pesante d'aujourd'hui, qu'est-ce qui avait vraiment changé pour elle ?

Toujours cette absence que rien n'avait pu combler.

Elle se pencha pour récupérer ses vêtements. D'un geste rapide, Asma les saisit avant elle, avec un air ostensiblement dégoûté. Du pied, elle effaça les traces de savon sur la rive avant de s'éloigner.

Obligée de lancer les jambes loin devant elle pour que le bas du vêtement ne se prenne pas sous ses pieds, se pressant pour ne pas se laisser distancer, Aémer était merveilleusement légère et ridicule. Asma se retourna. Exagérant ses mouvements comme une gosse, Aémer éclata de rire. Elle prit son élan et se jeta dans une audacieuse pirouette qui n'alla pas jusqu'à son terme. Elle s'affala, poussa un petit cri, empêtrée dans la robe dont elle ne parvenait pas à s'extraire. Prise d'un fou rire impossible à maîtriser, Asma hoquetait : « *Françaouia, Françaouia.* » Puis, aidant Aémer à se relever, elle souleva le bas de sa robe, comme la traîne d'une mariée, et la précéda dans une traversée remarquée du village.

Elles s'arrêtèrent dans une hutte appartenant à la famille de Kalila. Aémer choisit une robe, longue, lourde, en tissu incarnat, qui lui tombait majestueusement jusqu'aux chevilles.

L'apercevant, Obeid laissa échapper un sourire de satisfaction. La robe la révélait. C'était bien une femme.

Obeid ne le dirait pas à Hindi, mais il trouvait Aémer plus belle que Kalila ; pas plus belle, mais plus grave, plus accomplie.

« C'est la fiancée d'Hindi ? » Il acquiesça. « Et toi, tu es fiancé ? marié ? »

Il hocha la tête négativement.

Aémer retrouva Obeid près de l'endroit où ils avaient accosté deux jours plus tôt. Il dessinait sur le sol à l'aide d'un bout de roseau avec une étrange intensité, le corps entier mobilisé par le mouvement de la main. Aémer reconnut le dessin d'une clef de *sol*.

« Ça me fait du bien, murmura-t-il. Il y a tout dans la clef de *sol* ! La rotation, l'ascension, la chute, la respiration. La spirale s'agrandit, tu prends de la vitesse, tu t'ouvres et tu te laisses porter comme un oiseau par un courant chaud. C'est comme la Grande Roue, à Vienne. »

En plus de la grande roue, à Vienne, Obeid avait découvert la musique. C'est là qu'il avait décidé de devenir compositeur. Doté de réelles aptitudes, il s'était lancé dans une composition lyrique prometteuse, mais l'invasion du Koweït l'avait interrompu au milieu d'une portée. On l'avait fourré dans un char.

« Jusqu'à présent, j'ai fait beaucoup de guerre et un peu de musique. J'ai passé un tiers de ma vie une mitraillette dans les mains. Il sortit un tout petit cahier de musique, tapota dessus : la première symphonie pour *warbler*. Comment vous dites *warbler* en français ? » C'est le premier mot qu'il lui demandait de traduire.

« Mésange.

– Comme... ange ? La première symphonie pour mésange, flûte traversière et basson. Je te la dédicacerai : " Au Petit Prince tombé au milieu des marais. Obeid C. en panne de moteur. " On fera la générale dans le mudhif qui sera plein à craquer, tu seras assise au premier rang, à côté de mes parents. Un nuage de tristesse passa sur son visage. Je ne la composerai que lorsque les mésanges seront de retour dans les marais de Basra. »

Après avoir lavé les vêtements d'Aémer, Asma lui tendit les dinars et les dollars en lui tapotant le front : « Où tu as la tête, ma fille ? » Avant de lui rendre son passeport, elle l'ouvrit, désigna la photo : « *Zéina.* »

Aémer feuilleta machinalement son passeport, son attention fut attirée par la dernière page tamponnée : un visa d'entrée au Koweït.

« Quel jour sommes-nous ? » demanda-t-elle à Asma dans un arabe approximatif.

Asma le lui dit.

Sept jours que j'ai atterri au Koweït ? Qu'est-ce que j'ai bien pu faire pendant une semaine, entre le moment où j'ai débarqué et celui où je me suis réveillée dans le cratère ?

Veuve, ses enfants chassés par la pauvreté et installés à Basra, Asma vivait seule. Elle proposa à Aémer de partager sa hutte. Un matelas posé sur une natte. Aémer s'installa. Sa brosse à dents lui manquait. Là, dans cette hutte au milieu des marais, elle se sentit protégée. Plus d'ailleurs par les femmes du village que par le groupe de combattants d'Obeid et d'Hindi.

Asma lui tendit son jeans, son tee-shirt, sa chemisette, ses chaussettes et son slip. Tout ce qu'elle avait. Elle la maquilla pour cacher les cercles pâles autour de ses yeux, qui détonnaient dans son visage hâlé.

Le bruit du mortier résonna. Il annonçait un danger. Aémer n'avait plus le temps de se cacher. Asma se jeta sur elle, lui noua un châle autour de la tête, avant de l'asseoir sur une natte entre elle et Kalila.

Aémer était l'une des leurs.

Une demi-douzaine de civils en armes firent irruption dans le village. « Les fedayin de Saddam », murmura Kalila, terrifiée. Ils étaient à la recherche de commandos britanniques infiltrés.

Ils se mirent à fouiller les huttes. L'un d'eux, les yeux cachés par des lunettes de soleil luxueuses, examina les trois femmes. Aémer baissa la tête. Asma émit une pression de la cuisse pour l'alerter. Aémer redressa la tête aussitôt et regarda le milicien. Son cœur battait la chamade. « Je suis une femme des marais, je suis une femme des marais », se répéta-t-elle pour elle-même. L'homme s'éloigna. Kalila s'aperçut, horrifiée, qu'Aémer avait gardé ses souliers. Elle tira sur les pans de la robe pour les dissimuler.

Les fedayin harcelèrent de questions les villageois, humiliant un vieil homme davantage pour montrer qu'ils ne respectaient rien que pour lui soutirer des informations. Ils savaient qu'il n'ouvrirait pas la bouche.

Après leur départ, Asma fit signe à Aémer de ne pas bouger. Espérant les surprendre, deux fedayin surgirent aussitôt. Ruse habituelle. Ils repartirent déçus. Les sourires explosèrent. Aémer ôta le châle mais décida de garder la robe de Kalila jusqu'à son départ. Elle troqua ses souliers de marche trop occidentaux pour des sandales de roseaux tressés.

Un peu plus tard, des coups de feu éclatèrent au loin. « C'est le groupe d'Hindi, ils attaquent les fedayin. » Aémer regarda Kalila : l'inquiétude avait figé son visage. La fusillade fut brève. Le silence retomba sur les marais. Aémer se surprit à attendre le retour d'Obeid.

La nuit était tombée, l'anxiété croissait. Le bruit du mortier résonna dans le silence. Kalila ne bougea pas quand Hindi surgit de derrière la haie de roseaux avec deux hommes de son groupe. Obeid n'était pas à ses côtés. Aémer pâlit. Quelques instants après, il arriva en boitant. Elle s'élança. Cela ne se faisait pas. Les femmes, gênées, baissèrent la tête. Tandis qu'Aémer étreignait Obeid, il lui glissa quelque chose dans la main. Une luxueuse paire de lunettes de soleil.

Aémer attendit avec impatience la fin du repas. Ils s'éloignèrent le plus discrètement possible.

Elle ôta sa robe, la posa à terre. Les marais se refermèrent sur eux. Amours d'aveugles protégées par des baldaquins de joncs. Enfin, il put prendre la mesure de ce bombement qui l'obsédait depuis l'instant où il avait posé la main sur elle, interloqué encore par la surprise que lui avait procurée ce premier contact. Les plus beaux seins qu'il ait jamais caressés. Impossible de les saisir, ils s'arrangeaient toujours pour lui échapper. Quand la main d'Obeid survola sa poitrine à l'aplomb du cœur, Aémer eut un mouvement de recul, cessant de respirer. La main s'immobilisa, hélicoptère silencieux planant dans un surplace lourd de promesses, accompagné du bruit des pales qu'Obeid imitait à merveille. Ici, même les images d'amour se nourrissaient de visions de guerre. Aémer reprit sa respiration. C'est entre terre et chair, en plein air, que l'amour se fit pour elle.

Elle ne s'endormait jamais après. Elle restait immobile de longues minutes, électrisée encore, le corps aux aguets. Obeid reposait sur elle, il lui tenait chaud. Par-dessus son épaule, le ciel. Noir, si noir, avec des myriades d'étoiles. Ce n'est sûrement pas par hasard si l'écriture des nombres était née dans ce pays. Compter les étoiles. Les hommes s'y étaient toujours cassé le nez. Elle essaya de reconnaître les constellations. Le Chariot. Parfois elle l'appelait le Chariot, parfois la Grande Ourse. Cassiopée, la Lyre, les Cheveux de Bérénice, sa préférée. Par contre, elle avait toujours eu des difficultés à reconnaître les signes du Zodiaque, le Berger, le Sagittaire. Il faut dire qu'ils ne quittaient pas les bords du ciel, pas comme la Polaire, toujours bien placée, en voilà une qui savait se faire remarquer !

Des fusées éclairantes illuminèrent le ciel vers l'ouest. Obeid se réveilla, roula sur le dos. Ébloui, il ferma les yeux. Aémer eut soudain très froid. Il la couvrit de son vêtement. Le combattant reprenant le dessus, il annonça : « Les commandos anglais infiltrés indiquent la position, les avions bombardent. Sûrement un groupe de fedayin, comme celui de cet après-midi. »

Allongés, ils regardèrent le ciel zébré d'éclairs en toute innocence, comme les enfants un feu d'artifice.

« Tu n'as pas peur de mourir ? lui demanda-t-elle.

– Oh, si ! Mais surtout d'être torturé.

– Tu sais comment les Sumériens disaient mourir ? Revenir à l'argile. Mourir, c'est revenir à l'argile. Elle resta pensive. Finalement on fabrique les mythes comme on fabrique les paniers, avec ce que l'on a sous la main. Qu'est-ce que les hommes avaient autour d'eux il y a six, sept mille ans du côté d'Uruk ? De l'argile. Bon. Les dieux fabriquèrent les hommes avec de l'argile. Qu'est-ce qu'il y avait d'autre ? De l'argile encore ? Bon. Les hommes fabriquèrent des tablettes avec ce qui restait d'argile. Qu'est-ce qu'il y avait d'autre encore ? Des roseaux. Bon. Les hommes taillèrent les roseaux et, sur les tablettes d'argile, ils écrivirent comment les dieux avaient fabriqué les hommes avec de l'argile. Il y avait du soleil aussi. Bon. Les hommes firent sécher les tablettes au soleil pour qu'elles durent aussi longtemps que les dieux qui avaient fabriqué les hommes. De l'argile, du soleil, des roseaux, avec ça tu fais une civilisation qui a inventé les dieux, les mythes, l'écriture et les nombres.

– Tu ne m'as pas toujours expliqué pourquoi mourir, c'est revenir à l'argile.

– Où j'en étais ?

– Il y a sept mille ans.

– D'abord, il n'y avait que des dieux, c'est ce que les hommes avaient besoin de croire. Deux sortes : les grands dieux qui ne fichaient rien, les Enlil, Ea, Anu, Enki, et les petits, les *Igigu* qui travaillaient pour les grands. Aux *Igigu*, tout le boulot, travailler la terre, préparer les repas, creuser les fleuves, ouvrir les canaux. Un jour, ils en ont eu assez. Ils se sont croisé les mains, et ont refusé de travailler un jour de plus. Ce fut en quelque sorte la première grève. »

Aémer éclata de rire.

« Non seulement la première grève, mais la première révolte prolétarienne, renchérit-elle. Ils brûlèrent leurs outils, leurs houes, leurs faucilles et leurs marteaux et marchèrent sur le palais des grands dieux.

« Agacés par ce vacarme, les grands dieux envoyèrent Enki en connaître la cause.

« Ce sont les *Igigu*, ils disent qu'ils ne veulent plus travailler pour nous.

« Plus travailler pour nous ? Les grands dieux se regardèrent, ébahis. Ce n'est tout de même pas nous qui allons faire le travail ! Il faut les y contraindre.

« J'ai peut-être une autre solution, dit Enki. Nous allons créer de nouveaux êtres qui ne seront pas des dieux. Ils feront le travail des *Igigu* et nous n'aurons plus de problèmes.

– Accordé !

« Les grands dieux firent venir Mammi, la sage-femme divine : “ Tu seras la matrice des hommes. ” Puis ils immolèrent Wê, un dieu connu pour avoir de “ l'esprit ”. Mammi prit une motte d'argile : “ Tu seras la chair des hommes ”, déclara-t-elle, puis elle s'empara du corps de Wê : “ Et toi, tu seras l'esprit. ”

« Les homme en chair et en esprit étaient prêts au travail.

« Satisfaits, les *Igigu* se dirent qu'ils avaient bien fait de se révolter.

– Même là-haut, la révolte paye, l'interrompit Obeid.

– Cesse de tout ramener à ton combat. »

Elle prit un petit temps avant de poursuivre.

« Les hommes se mirent immédiatement au travail. Ils créèrent de nouveaux outils, de nouveaux plats pour les dieux. Les champs s'agrandirent. Les générations succédaient aux générations et les voix s'ajoutaient aux voix. Les hommes faisaient un boucan de tous les diables.

– Boucan ?

– Oui, bruit. Les dieux ne pouvaient plus fermer l'œil. Ils exigèrent de faire cesser ce... boucan. Ils envoyèrent les épidémies, le boucan persista. Ils firent cesser les pluies, interrompirent les crues, levèrent les vents chauds. Les prairies pâlirent, la terre se recouvrit de sel, la famine s'étendit. Un grand nombre d'hommes mourut. Pas assez ! Ceux qui restaient faisaient encore trop de...

– ... boucan.

– Décidés à en finir, les dieux décrétèrent le déluge. Ce fut le premier génocide. Enki était en total désaccord, il avait fait les hommes, il en était responsable. Il se rendit chez l'un d'eux, Atrahasis, et lui enjoignit de détruire sur-le-champ sa maison pour en faire un bateau. Ses instructions étaient précises : le bateau devra avoir soixante mètres de long, soixante de large, soixante de haut, il s'élèvera sur sept étages, séparés en neuf compartiments. “ Tu poseras un toit et tu embarqueras un couple de chaque espèce vivante, domestique et sauvage. Tu rempliras le bateau de nourriture et de boisson. Quand tu auras fini le chargement, tu refermeras l'écoutille et tu l'obtureras avec de l'asphalte. »

« " Le bateau sitôt à l'eau, les vannes célestes s'ouvrirent, les éclairs malmenèrent le ciel, le tonnerre se déchaîna, les ténèbres s'abattirent, la terre fut brisée comme un pot ", dit le texte. Les grands dieux étaient épouvantés.

« Il était trop tard pour arrêter ! Les digues du ciel rompues, le déluge devait aller à son terme.

« Sept jours et sept nuits.

« À l'aube du huitième jour, la pluie cessa. Atrahasis ouvrit l'écoutille. Partout sur la Terre, les hommes étaient retournés à l'argile.

« Je tombai à genoux immobile, et je pleurai, raconta Atrahasis. Enlil monta sur le bateau, prit ma main et celle de ma femme, et nous bénit : " Désormais toi et ta femme serez semblables à nous les dieux. Mais vous demeurerez au loin. " C'est ainsi qu'on nous enleva pour nous installer à l'embouchure des fleuves.

– Ici ? s'écria Obeid.

– Oui, dans le pays des marais, c'est ce qui est écrit dans le texte.

– Pourquoi est-ce que l'on ne nous l'a pas dit au lycée ? Ah, les Grecs, les Romains, la Bible, les Zeus, les Moïse, les Jésus, les Mahomet... ! On est imbattable sur le sujet. Jamais personne ne m'avait dit que l'arche de Noé, c'était l'arche d'Atra... comment tu dis ?

– Atrahasis. Atrahasis et sa femme avaient une tâche immense à accomplir : repeupler la terre. Pourtant, à aucun moment le nom de la femme n'est cité dans le texte.

– Pas plus que celui de madame Noé dans la Bible, fit remarquer Obeid.

– Pas plus. Aémer voulait finir. Pour éviter que les hommes ne redeviennent cette multitude bruyante qui les avait empêchés de dormir, les dieux prirent deux mesures radicales : les hommes vivraient beaucoup moins longtemps. Et les femmes ne pourraient pas toutes avoir des enfants, certaines parce qu'elles seraient stériles, d'autres, les prêtresses par exemple, parce que leur fonction le leur interdirait. »

Obeid écoutait Aémer, fasciné et admiratif :

« Tu te souviens de tout !

– La mémoi... Elle s'interrompit. C'est étrange, je ne me souviens pas de ce qui m'est arrivé il y a sept jours, et je suis capable de réciter mot pour mot le poème entier du Déluge !

– Comme les vieux ! Ma grand-mère se souvenait du moindre détail de ses dix-huit ans et elle était incapable de se souvenir de ce qu'elle avait fait l'instant d'avant.

– Merci pour " grand-mère ", releva Aémer. Plus très jeune en effet.

– Tu ne dormais pas quand Hindi l'a dit dans le canot ?

– Depuis bien longtemps, je ne dors que d'une oreille. »

Les explosions redoublèrent. Le mythe leur avait fait oublier la guerre des hommes.

« Je ne voudrais pas être à leur place, murmura Obeid, parlant des soldats irakiens. Quand on l'a vécu une fois, impossible d'oublier. Il s'arrêta un moment. C'était sur l'autoroute... on revenait du Koweït. La glorieuse armée irakienne en pleine retraite ! On était englués au milieu du désert. Des cibles parfaites. Les premières bombes ont suffi, ils nous ont carbonisés sur place. Elles étaient gigantesques. Tu te souviens des Coccinelle

Volkswagen ? Les bombes étaient aussi grosses ! ILS NOUS ONT ENVOYÉ DES VOITURES SUR LA TÊTE ! Des voitures qui explosaient en l'air en provoquant un souffle qui anéantissait tout sur son passage. Et en plus, pour continuer de brûler, elles pompaient tout l'oxygène. Non seulement tu crèves asphyxié, mais tes poumons sont arrachés, tu es vidé comme un poisson à qui on retire les ouïes. Il se tut. Tu sais comment ils les appelaient, ces bombes ? Les " faucheuses de marguerites ". Les *Daisy Cutter*. Des poètes ! Les marguerites, c'était nous. Je te tue, un peu, beaucoup, passionnément. Vous faites toujours ce jeu en France ?

– Toujours !

– Ils sont partis à la tombée de la nuit, reprit Obeid. On s'est dit que c'était fini. C'est à ce moment que les chars sont entrés dans la danse. Les avions, on les voyait, les chars, on ne les a pas vus. Avec leur équipement, eux, ils nous voyaient. Comme en plein jour. Ils n'ont pas dû rater un seul tir. J'ai su après qu'ils s'appelaient la *Tigers Brigade* ! Eh bien, les Tigres, je les ai eus ! Il avait un sourire magnifique. Je m'en suis sorti sans une brûlure, sans une blessure. Je me suis sorti de la ferraille, de l'autoroute, du désert, de l'armée. J'ai déserté. Les marais n'étaient pas loin. »

Au milieu d'une accalmie des explosions qu'ils n'avaient pas remarquée, la voix d'Obeid resta imprimée dans le silence.

« J'y étais le lendemain, déclara Aémer, la voix blanche. J'ai tout vu, les blindés, les camions, les voitures, les autobus carbonisés avec les gens dedans. L'Apocalypse. Les corps fondus dans les chars éventrés. Les quatre voies de l'autoroute, sur des kilomètres ! J'ai vomi. Et puis les bulldozers sont arrivés. Ils sont allés droit sur les tranchées, elles étaient pleines de soldats. Il y en avait des centaines, ensevelis vivants ! – je les voyais remuer. Elle tremblait. ENSEVELIS... VIVANTS... Il la prit dans ses bras, elle se dégagea. Tout à l'heure, tu as récité la comptine, un peu, beaucoup, passionnément, tu t'es arrêté avant “ à la folie ”. Moi, pas. Mon badge de l'Unesco ne m'avait pas protégée de l'horreur. J'étais hallucinée. Mon frère est venu me chercher dans un hôpital au Koweït. Folle. Je suis restée trois ans égarée. Et puis le cœur s'y est mis. J'avais du mal à respirer, j'étais de plus en plus essoufflée. Sylvère, encore une fois, m'a sauvée, il est intervenu à temps. Enfants, nous avions pris une décision : être le moins possible ensemble, mettre le plus possible de distance entre nous. Pour ne pas que la mort fasse d'une pierre deux coups. »

Lorsqu'ils se trouvaient ensemble, Aémer et Sylvère s'amusaient à ce que l'on croie qu'il n'y avait que l'un des deux. « Lorsqu'il y en a deux, si c'est le même, il n'y en a qu'un », pouffaient-ils en se moquant de ceux qu'ils avaient abusés. Plus grands, lorsqu'un désir inverse les avait poussés à se distinguer l'un de l'autre, ils avaient répété à satiété pour affirmer leur identité menacée par la confusion : « Nous sommes les mêmes, pas LE même ! » Être DEUX était devenu une obsession.

« Et voilà, l'un meurt et l'autre pas ! Un jour, parce que tu es tout le temps essoufflé, tu crois que c'est ce que tu as dans la tête qui t'asphyxie. Tu te trompes, ça se passe ailleurs, dans une artère, près du cœur, qui est en train de se boucher. Il n'y a pas que la tête dans la vie. On introduit un tube très fin, là. Elle montra le pli de l'aine. C'est Sylvère qui m'a opérée. Il me racontait tout. La tige pénètre dans l'artère, remonte doucement, dépasse l'endroit où ça s'est rétréci. Au bout de la tige, il y a un ballonnet.

– Ballonnet ?

– Un petit ballon. Tu vois le ballonnet, Aémer ? Oui, Sylvère, je le vois. Je n'avais pas envie de le voir. Mais il voulait tellement me le montrer. C'est un très bon chirurgien, le cœur n'a pas de secret pour lui. Je parle de l'organe. Pour le reste, pas terrible. Je vais le gonfler à présent, tu m'écoutes, Aémer ? Pour que l'artère ne se referme pas, je vais placer un petit cylindre de métal, le stent ! Ça y est, il est en place. Bientôt il va être recouvert de tissu et ce sera une partie de toi. Depuis... Elle posa sa main sur la poitrine dans le geste qu'il lui avait si souvent vu faire... depuis j'ai un petit cylindre de métal qui empêche l'artère de se refermer... Je me souviens de tout comme si c'était hier. Moi, c'est d'hier justement que je ne me souviens pas. »

Elle prit la main d'Obeid, la posa sur sa poitrine. Il sentit son cœur battre.

Les fusées américaines continuaient d'illuminer le ciel, les explosions de secouer le sol. Dans un bégaiement de l'Histoire, deux guerres se mêlaient sur la terre de la Mésopotamie martyrisée.

Une étoile filante traversa le ciel redevenu sombre. Aémer crut l'avoir aperçue et voulut croire... que c'était son calculus qui traversait le ciel.

Ils firent l'amour. Une fois, deux fois, trois fois. Avait-elle déjà vécu pareille ardeur ?

Le poste de radio du cheik avait été transporté dans le mudhif, à la place de la télé, dont l'écran, toujours blanc, indiquait que l'émetteur de Basra n'avait pas été réparé. Radio Bagdad, par contre, continuait d'émettre. Depuis des années on se faisait un principe de ne pas lui « prêter l'oreille ». On écoutait volontiers, mais avec circonspection, la Radio des Deux Fleuves diffusée en irakien par les spécialistes des opérations psychologiques du Pentagone.

Appliquant les méthodes éprouvées pour la publicité des marques de lessive, le speaker ponctuait ses phrases de « Opération Liberté de l'Irak ». Restait la BBC, les jeunes traduisaient pour les plus vieux.

Les informations étaient écoutées dans le silence, sans commentaire, sans exclamation. C'est après, sur la petite place devant le mudhif, que des discussions se poursuivaient.

Basra. Les forces spéciales britanniques ont été contraintes de livrer des combats féroces à l'arme lourde. Soumis au pilonnage intensif de l'artillerie américaine dans l'ouest de la ville, les chars P 54 de la Garde nationale ont répliqué sans relâche. Les bombardements aériens auraient fait plusieurs centaines de tués parmi les civils. Assiégée par huit mille soldats britanniques, la ville n'est pas tombée. La région est stratégique à double titre, à la fois pour sa production pétrolière et parce qu'elle est le seul accès irakien à la mer.

Les bâtiments de la marine américaine croisant en mer Rouge et dans le golfe Persique ont tiré presque simultanément trois cent vingt missiles de croisière Tomahawk.

Une dizaine de puits sont en feu dans les champs pétrolifères de Roumaila, à une cinquantaine de kilomètres au sud-ouest de Basra.

Contournant Basra, ce que l'on appelle déjà « le plus long convoi de l'histoire militaire moderne » s'est ébranlé, remontant l'autoroute n° 8 vers Bagdad. Il longe le lac Hammar, naguère long de cent vingt kilomètres, qui a perdu plus de quatre-vingts pour cent de sa superficie à cause de la politique d'assèchement des marais mise en œuvre par Saddam Hussein.

Une colonne de blindés américains fonce vers Nassyriah après avoir dépassé les sites archéologiques d'Ur, Éridu, Obeid.

Aémer lança un regard à Obeid. Sur ses lèvres, il lut : « vieux garçon ».

Et toujours du café, et toujours du thé. Toujours brûlants. Accompagnant les délicieuses confiseries qu'Asma, heureuse d'avoir sa maison habitée, préparait avec tendresse pour son hôte.

Aémer grignotait des dattes au miel, s'essayant à décrypter les titres de première page d'un journal traînant dans la hutte. Elle regarda la date. La graphie des chiffres utilisés en Irak l'avait toujours étonnée. Elle était vraiment différente de celle des chiffres arabes qu'on utilise au Maghreb et en Occident.

Hindi passa devant la hutte sans lui adresser le moindre signe, ne cachant pas son hostilité. À ses yeux, Aémer représentait un risque, à la fois militaire et personnel. Sa présence mettait le village en danger. Ses relations avec Obeid l'irritaient. Exclu de leurs longues discussions en français, il était jaloux. Aémer assumait cette hostilité, ne faisait rien pour se rapprocher d'Hindi, refusant de parler anglais. Elle avait pour principe de rejeter ceux qui la rejetaient.

Les villageois se pressaient autour du poste de radio.

Après trois jours de combats intenses, quatre mille marines ont franchi l'Euphrate ce matin à la hauteur de Nassyriah. Les Irakiens ayant fait sauter le pont sur l'autoroute n° 8, un pont flottant a été édifié. La traversée du fleuve reste difficile en raison de tirs de mortiers et de lance-grenades antichars effectués par les défenseurs de la ville. Point de passage stratégique à mi-chemin de la frontière koweïtienne et de la capitale irakienne, la ville a été prise par les forces américaines qui ont dépassé les sites de Larsa et d'Uruk-Warka, tout proches de l'autoroute.

Se souvenant de la carte tombée à terre au moment où il avait extrait Aémer du cratère, Obeid lui lança un regard à la dérobée. Elle écoutait les informations avec une attention extrême. Il sut qu'ils allaient bientôt se séparer. Hindi s'approcha : « Alors, tu es heureux, mon frère ? Basra, Nassyriah, demain Bagdad. On va pouvoir rentrer chez nous. Il l'étreignit. On part dans une heure. » En s'éloignant, il lui lança avec gravité : « Finalement, on s'en est sorti. »

Ils avaient passé leur temps à en réchapper. Pas de prisonnier, ne pas en faire, ne pas le devenir, ne jamais se faire prendre vivant, ne pas oublier de siffler le chant des mésanges des roseaux de Basra.

Obeid se dirigea vers Aémer. Elle ne le lui laissa pas le temps de parler : « Je pars avec vous. Vous allez vers le nord, moi aussi. Je vais à Uruk. » Elle s'éloigna sans davantage lui laisser le temps de prononcer un mot. Dans la hutte, elle quitta la robe, enfila son jean, laça ses chaussures de marche. Elle espérait pouvoir faire ses adieux à Asma.

Les villageois étaient rassemblés sur la petite place devant l'entrée du mudhif pour souhaiter bonne chance à ces jeunes hommes qu'ils avaient aidés et qui les avaient aidés à ne pas désespérer. Ils pensaient à ceux qui étaient morts dans les combats et qui ne quitteraient pas la terre des marais.

Kalila avait mis une robe noire. Dans ses yeux, de la tristesse et de l'espoir. Bientôt elle pourrait se marier – Hindi refusait de se marier avant que la lutte soit terminée. Asma se tenait à côté de Kalila. Aémer, qui n'était pas portée sur les épanchements, eut envie de l'embrasser. « Peut-être que tu reviendras », lui glissa Asma en lui tendant un petit paquet de confiseries.

Aémer rattrapa Obeid et Hindi qui ne l'avaient pas attendue. Elle se retourna, jeta un regard vers le village lacustre.

Là, elle avait été femme parmi des femmes.

Bien qu'étant le plus jeune, Hindi était le chef du groupe. Homme des marais, il venait d'un village plus au nord, le long du lac Hammar. Son instinct et sa connaissance viscérale de cette terre les avaient sauvés maintes fois. Au début du IXe siècle, des pirates indiens écumant le golfe Persique avaient trouvé dans les marais un refuge inviolable ; ils s'y étaient installés. Hindi prétendait être l'un de leurs descendants. Après la Première Guerre du Golfe, lors des révoltes du Sud, sa famille avait été massacrée. Bête de guerre redoutable, il était animé d'une haine que le temps n'avait pu entamer.

Le groupe s'était séparé en petites unités. Dès qu'ils se furent éloignés, Aémer demanda à Obeid de lui passer une grenade. Il la lui tendit en toisant Hindi qui haussa les épaules sans s'arrêter. Ils marchaient silencieusement sur un chemin discret à travers les marais. L'endroit était dangereux.

« Trente ans qu'il nous oblige à faire la guerre, et il ne s'est jamais battu. Jamais il n'a tenu une arme, sauf pour exécuter des prisonniers. Un lâche ! Obeid parlait évidemment de Saddam Hussein. Comment vous dites, chez vous, pour lâche ? demanda-t-il à Aémer. Trouillard ? Hochement de tête négatif. Dégonflé ? Hochement. Froussard ? Couard ? Hochement. Péteux ? Hochement. Pleutre ? Pétocheux ? Poltron ? Oui, c'est ça, bondit-il, poltron ! Saddam est un... Il prononça le mot comme si on lui avait collé une patate chaude dans la bouche : POOOLTRON.

Agacé par les rires, Hindi demanda à Obeid de traduire. Occasion pour Obeid de prononcer à nouveau le mot qui le mettait en joie. Hindi hocha la tête d'un air approbateur.

À cette époque, au début du printemps, les marais atteignaient leurs plus grandes superficies. Les crues du Tigre et de l'Euphrate faisant monter le niveau de l'eau, une grande partie de la région était recouverte de plusieurs dizaines de centimètres d'eau.

Aujourd'hui, il n'y en avait que quelques filets.

Ils atteignirent un immense canal, pompeusement baptisé « Projet de la mère des batailles ». Un kilomètre de large, cinquante de long. La population l'avait nommé « la troisième rivière ». Les deux premières, le Tigre et l'Euphrate, étaient des voies de vie, la troisième, construite par les ingénieurs de Saddam Hussein, un fleuve de mort.

Ils s'éloignèrent pour se mettre à couvert.

Depuis un moment, Aémer avait envie de faire pipi. Elle le leur dit. Hindi tint à montrer son irritation.

Elle s'enfonça dans la cannée, baissa en hâte son jean et son slip. Elle avait presque trop tardé. Elle s'accroupit et se libéra longuement à l'abri des roseaux. Au moment où elle se relevait, des éclat de voix retentirent.

Un groupe de fedayin avait surgi, surprenant Obeid et Hindi en pleine discussion. Les fedayin jetèrent leurs armes. L'un d'eux s'approcha. Hindi reconnut l'un des pires tortionnaires de la région, qui œuvrait dans un local du parti à Basra. L'homme les insulta avant de les frapper. Restés à distance, les autres appréciaient la scène. Le tortionnaire finit par s'écarter, à regret. Hindi le fixait avec des yeux pleins de haine et de colère contre lui-même. S'être laissé prendre comme un débutant ! La femme, c'est à cause d'elle. Je le savais... Tu baisses la garde, tu es mort... Peut-être aussi qu'on ne peut pas rester aussi longtemps en éveil. Obeid, lui, n'avait qu'une idée en tête : pourvu qu'ils ne voient pas Aémer.

Au moment où les miliciens allaient tirer, le chef les arrêta : « On va se faire repérer. » Il fit un signe au tortionnaire qui se dirigea à nouveau vers Obeid et Hindi...

Bondissant derrière eux, Aémer hurla à Obeid de se coucher. Il se jeta à terre en plaquant Hindi sur le sol. Aémer lança la grenade et plongea à son tour sur la terre, heureusement meuble. L'explosion fut terrible. Les miliciens furent tués sur le coup, sauf le tortionnaire qui gisait, blessé, son poignard à la main.

Obeid et Hindi contemplèrent Aémer, abasourdis. « Voilà notre force à nous les femmes : on pisse accroupies », leur lança-t-elle, encore sonnée, tout en se relevant. Après un instant de stupeur, Obeid éclata de rire. Hindi, ayant repris ses esprits, s'adressa à Aémer : « Toi, pas poooltron. » Il parlait en français ! C'est la première fois qu'elle le voyait sourire, un sourire magnifique, ensoleillé. Elle le trouva beau.

Ils ramassèrent leurs armes. Aémer eut droit à une nouvelle grenade que lui tendit Hindi, en lui désignant la braguette de son jean, qui était restée ouverte. Ils s'éloignèrent, joyeux, en dégustant les pâtisseries d'Asma.

À terre, le tortionnaire se vidait de son sang.

Ils quittèrent les marais, entrèrent dans la zone des champs pétrolifères. Une dizaine de puits étaient en feu. Les forêts de derricks étaient les uniques forêts d'Irak.

Mésopotamie, vingt-cinq mille sites archéologiques. Irak, dix mille puits de pétrole. Les trésors de cette terre sont enfouis au plus profond. Le temps seul en a fait la valeur. Combien de millénaires pour un litre de pétrole ! Combien pour une antiquité !

Obeid serra Aémer dans ses bras. Ils ne se connaissaient que depuis une poignée de jours ; Aémer avait l'impression qu'ils s'étaient toujours connus.

Difficile de quitter le Petit Prince.

Ils se dirent au revoir.

Obeid et Hindi rejoindraient d'autres groupes de combattants pour construire le futur de l'Irak. Aémer, le site archéologique d'Uruk, pour s'enfoncer dans le passé et faire revivre la Mésopotamie et le pays de Sumer. Le pays d'Obeid.

2

Mésopotamie

Cinquante siècles plus tôt. Uruk, basse Mésopotamie

On avait coutume de dire que Tanmuzzi possédait autant de têtes de bétail qu'il y avait d'étoiles dans le ciel. « Presque autant », rectifiait-il avec malice, connaissant l'étonnante capacité des nombres à nommer les multitudes, mais conscient de leurs limites.

Pierre de cornaline en sautoir, barbe noire aux reflets bleutés, cheveux longs bouclés descendant jusqu'aux épaules, Tanmuzzi n'aimait rien tant que d'arpenter son domaine. À égale distance d'Uruk et d'Ur, celui-ci s'étendait au-delà du Tigre vers le Levant, en direction des lointaines montagnes de Zagros. Tanmuzzi ne s'était rendu qu'une seule fois à Ur, jamais à Uruk.

Non loin de la bergerie, dans l'ombre des bouquets d'arbres plantés par ses ancêtres, sa demeure, confortable, offrait fraîcheur et tranquillité. Il y vivait en célibataire qu'aucune femme n'était parvenue à émouvoir. Il n'avait jamais ressenti les délices de l'amour. Ni ses tourments.

« Askum est de retour ! Askum est de retour ! »

Libéré de son inquiétude par l'arrivée de son ami, Tanmuzzi se précipita.

« Voilà plusieurs jours que je t'attends, pourquoi ce retard ? »

Refusant l'aide de Tanmuzzi, Askum descendit avec difficulté de son âne. Son visage éprouvé, ses habits recouverts d'une épaisse couche de poussière, témoignaient des conditions de son voyage.

« Tu es seul ? Où est Huwa ? » demanda Tanmuzzi alarmé.

Askum baissa la tête. Il n'osait pas lui annoncer que son voyage à Uruk était un échec, qu'Huwa n'avait pas voulu rentrer avec lui. Il décida de tout lui raconter depuis le début.

« Nous sommes arrivés à Uruk sans encombre, et là, nous avons gagné le temple d'Inanna. Arrivé en haut de l'escalier monumental, je me suis précipité vers le bord de la terrasse, je voulais profiter de la vue. Un gamin courait partout en faisant un bruit épouvantable. J'ai senti qu'il était à la recherche d'une bêtise à faire. Dès que nous sommes entrés dans la grande salle de réception, les conversations se sont tues, on n'entendait plus que les piaillements des mésanges qui passaient devant les fenêtres. Resplendissante, la grande prêtresse Aémer nous attendait au milieu de la pièce. J'étais terriblement troublé. Ce n'est pas un hasard si elle a été choisie pour être la grande prêtresse de la déesse de l'Amour. Comment te dire ? Accueillante et lointaine. Un visage... »

Plus vite, plus vite ! s'impatientait Tanmuzzi intérieurement. Sachant combien Askum tenait à ce que sa parole soit aussi précise que ses écrits, il se contint pour ne pas le brusquer.

« Nous avancions vers elle quand le gamin, qui avait échappé à la garde de ses parents, s'est précipité vers la fenêtre la plus proche ; il voulait toucher les oiseaux. Huwa s'est rejeté en arrière, mais le choc était inévitable. L'enfant l'a frôlé en laissant échapper un petit cri, puis il a glissé et s'est relevé en riant à gorge déployée. La grande prêtresse n'a pas cillé. À ce moment, j'ai vraiment admiré Huwa. Imperturbable, il a posé le vase sur le meuble qu'on lui désignait près de l'une des fenêtres. Aémer s'est approchée, elle a examiné longuement les scènes gravées sur le vase.

« Ses yeux s'attardaient sur chacun des registres, la rencontre du roi-prêtre et de la déesse Inanna, accompagnée de prêtresses, la procession d'hommes nus, qui apportent les offrandes de la terre, et les deux frises fines représentant les moutons qu'ils élèvent et les plantes qu'ils cultivent. – Plus vite ! – Ses yeux brillaient d'excitation. Après un long moment, elle s'est adressée à moi avec émotion : " Scribe Askum, remercie Tanmuzzi des steppes, le pasteur, ton maître, pour ce présent que, par-delà ma personne, la déesse Inanna apprécie à son inestimable valeur. " Les fidèles se pressaient pour observer de plus près ce vase d'albâtre censé ravir la déesse de l'Amour. À nouveau, Aémer s'est tournée vers moi : " Informe le sage Tanmuzzi que... " Un bruit l'a interrompue. Il venait de l'endroit où se trouvait le vase. J'ai vu le vase vaciller sans raison. Aémer s'est précipitée, a tenté de le rattraper. Elle n'a réussi qu'à freiner sa chute. Il s'est écrasé sur le sol dans un fracas que j'entends encore. »

Askum, accablé, se tut.

« Continue, continue, le pressa Tanmuzzi blême.

– Comment cela a-t-il pu arriver ? Je suis certain de l'avoir vu posé, bien stable, sur le meuble.

Huwa avait les larmes aux yeux. Une jeune prêtresse, tout excitée, criait qu'elle avait aperçu un objet pénétrer par une fenêtre qu'elle désignait du doigt. Aémer s'est s'agenouillée, elle a ramassé les morceaux. Le vase s'était brisé... proprement.

– Proprement ?

– En gros fragments, pas en miettes. Personne n'a confirmé ce qu'avait prétendu voir la jeune prêtresse. Le coupable a été vite découvert, l'enfant avait les poches bourrées de pierres. Bien sûr, il a nié, en hurlant et en se débattant. Il a reçu une belle correction.

– Tu y es donc allé pour rien ! constata Tanmuzzi, glacial.

– Non ! s'écria Askum. La grande prêtresse Aémer t'invite à venir à Uruk au plus tôt.

– Elle te l'a dit !

– Elle a même ajouté qu'il ne devrait pas y avoir de raison d'attendre.

– Pas de raison d'attendre ? J'ai des moutons, moi ! »

Il haussa les épaules : tu n'attendais que cela, qu'elle t'invite, et tu penses à tes moutons !

Un sourire éclaira son visage, elle l'invitait !

Des années avant de lui envoyer le vase, il pensait à elle, il lui sembla qu'il avait toujours pensé à elle. Prêtresse de l'Amour, ce nom l'avait fasciné. Sumer ne manquait pas de dieux et de déesses, Sin, Utu, An, Enlil, Enki, Ninlil, Anshar, dieux de la Lune, du Soleil, du Ciel, de l'Air, de l'Eau douce, des Céréales, de l'Horizon. Mais une déesse exclusivement consacrée à l'Amour !

Puis, brusquement : « Cela ne me dit pas pourquoi Huwa n'est pas avec toi. »

Après qu'Askum et Huwa eurent quitté le temple, Aémer avait congédié l'assistance. Seule, elle avait pu repenser à l'incident. Peu à peu, la signification lui en était apparue. Par ce vase brisé, la puissante déesse Inanna lui avait adressé un avertissement et une injonction. L'avertissement : ta souveraineté inscrite dans l'albâtre sera, comme le vase de Tanmuzzi, brisée par un enfant. L'injonction : tu seras l'amante et l'aimée, la sœur et la fille, l'amie aussi, mais ni la mère ni l'épouse. Tu vivras toutes les amours, mais ni l'amour maternel ni l'amour marital. Aémer avait compris qu'elle pourrait toujours se parer des pierres les plus précieuses, jamais elle ne porterait la pierre de délivrance que l'on accroche au cou des femmes pour les aider à enfanter.

Chaque année Aémer redoutait la période précédant le jour de l'an. Afin d'assurer la fertilité des terres et la fécondité des femmes, le roi de Sumer devait épouser ce jour-là l'une des prêtresses d'Inanna. Inventant chaque fois un prétexte nouveau, Aémer s'était arrangée pour que le roi ne la choisît pas. Libérée pour une année, elle adressait de chaudes félicitations à la déesse d'un jour qui nageait dans le bonheur. Combien de temps cela durerait-il ?

Alors qu'aux quatre coins de la salle s'allumaient les torches flamboyantes, le regard d'Aémer avait été attiré par un objet tombé sous le meuble. Une pierre. Celle qui avait brisé le vase ? Elle la saisit. Ce n'était pas un simple caillou, mais un jeton d'argile, un calculus ! Se souvenant des paroles de la jeune prêtresse qui affirmait avoir vu un objet pénétrer par la fenêtre, se souvenant également des démentis véhéments de l'enfant, Aémer avait interrogé la fenêtre ouverte. Les mésanges avaient disparu, les piaillements s'étaient tus. Le ciel était vide et silencieux.

Qui croire ? Elle serra le jeton d'argile dans sa main.

Tanmuzzi attendait impatiemment la suite du récit d'Askum.

« Après être sortis du temple, nous avons immédiatement quitté la ville. Huwa était effondré, il ne cessait de répéter : " Tanmuzzi m'a confié le vase, et je n'ai pas su le protéger. " Il disait qu'il avait trahi ta confiance. J'ai eu beau lui assurer qu'il n'était pas responsable, il ne voulait rien entendre. Tu le connais, il a l'obstination des doux. Quelque chose s'était cassé en lui. Les yeux perdus, Askum ajouta : Il n'aurait pas supporté de se présenter devant toi.

– Tu le peux bien, toi !

– Pas plus moi qu'Huwa ne sommes responsables de l'ordre du monde. »

Responsables de l'ordre du monde... De quoi sommes-nous responsables ? Tout ce qui advient est-il déjà écrit ? Ne pouvons-nous ajouter ou ôter quelques mots dans les grands textes qui disent le monde ? Tanmuzzi sourit tristement, enlaçant son ami : « Je n'aurais pas pu supporter que tu ne reviennes pas. »

La fuite d'Huwa lui faisait mal. Huwa était né ici, dans ce domaine qu'il n'avait jamais quitté. Son père, l'un des jeunes compagnons de Ninur, le grand-père de Tanmuzzi, avait suivi ce dernier lorsqu'il avait fondé le domaine.

Géant aux gestes raffinés, à la force prodigieuse, dont la présence discrète et attentive lui attachait de nombreuses amitiés, Huwa était terriblement séduisant, mais il ne semblait pas remarquer les avances des femmes travaillant au domaine. Sa timidité le dessert, pensait Tanmuzzi.

Mais le célibataire qu'il était se sentait mal placé pour intervenir.

Combien de dieux? demandent les hommes. Combien d'enfants? demande la mère. Combien de soldats? demande le capitaine. Combien d'étoiles dans le ciel, de jours avant la pleine lune, d'heures avant le lever du jour? Combien de moutons? demande le berger. Compter, compter...

Posté sur la palissade de l'enclos, un jeune scribe tout juste sorti de l'école comptait les moutons pendant qu'un berger les faisait passer d'un bercail à l'autre par un étroit corridor. À l'arrière de la bergerie, sous une tonnelle, Askum, le visage reposé, était installé face à un marchand venu des montagnes de Zagros, assis de l'autre côté d'une table basse. Mine renfrognée, ne démentant pas sa réputation, celui-ci bataillait ferme. Tout le contraire d'Askum, dont le sourire permanent l'exaspérait. Askum et Tanmuzzi s'étaient connus à l'école, ils ne s'étaient pas quittés depuis. Askum était le meilleur élève, doué pour l'écriture, la lecture et le calcul. Quand, à la mort de son grand-père Ninur, Tanmuzzi avait pris la direction du domaine, Askum, tout naturellement, en était devenu l'intendant habile et compétent.

Bétail contre pierres précieuses. La transaction, nécessitant des calculs délicats, se révélait plus laborieuse que prévu. Viande, lait, laine, cuir pour nourrir le corps et le protéger, contre parures, bijoux, ornements pour le parer. À l'écart, assis sur un siège au dossier allongé, sorte de trône pastoral, Tanmuzzi, un chien roux à ses pieds, coiffé d'un magistral chapeau en feuille de dattier, était plongé dans la contemplation de deux superbes pierres, une pièce de marbre et un bloc de lapis-lazuli d'une pureté incomparable, provenant des montagnes de Zagros. Il savait les apprécier. N'était-ce pas son grand-père qui avait établi la distinction entre pierres nobles et pierres vulgaires ?

Argile et sable. À Sumer, le sud de la Mésopotamie, les pierres faisaient défaut. Dans la montagne, elles abondaient au point que, s'identifiant à elles, les habitants se nommaient les « hommes-pierres ».

Entre ces deux mondes, les combats n'avaient jamais cessé.

Un jour, cela devint pire. Dévalant les pentes par surprise, les hommes-pierres s'étaient rués sur Sumer, dévastant les terres, volant les vies. Il ne leur fallut pas plus de quelques jours pour acquérir cet effroyable nom : les Fauches-Milliers.

À leur tête, un démon : Asakku. Asakku avait enjoint aux pierres de la montagne de combattre à ses côtés. La plupart l'avaient rejoint, quelques-unes avaient refusé.

Le casque enveloppé d'une couronne de feu, il fondait sur ses ennemis, qu'il laissait morts sur son passage.

La grande prêtresse d'Uruk avait en vain envoyé ses meilleurs guerriers. Tous avaient été tués. Il ne restait que Ninur le Preux, qui, depuis longtemps, avait rangé ses armes. Il partit sans illusions au combat. Ni la vaillance ni le courage ne lui manquaient, mais jamais il n'avait eu à se battre contre pareils adversaires : des hommes, il en avait l'habitude, mais des pierres !

Comment distinguer les hommes-pierres à la froideur minérale, des pierres elles-mêmes, leurs alliées, animées d'une vitalité tellurique ?

Combat ancestral entre le monde terreux et le monde pierreux. Enflammant les soldats de Sumer, Ninur multiplia les assauts. Les hommes-pierres commencèrent à marquer le pas. Il en profita pour lancer une attaque foudroyante. Ils reculèrent. Il en lança une seconde, ils reculèrent encore, se repliant dans le piémont de la montagne. Là, profitant du terrain, ils firent donner leurs alliées.

Rocs, galets, cailloux, dévalèrent la montagne, écrasant les guerriers sumériens.

Pavés, rochers, galets, se dressèrent en mille barricades, neutralisant leurs attaques.

C'était le moment. La grande prêtresse fit donner les maîtres éléments de la Mésopotamie, la terre et la poussière. S'appuyant sur des colonnes de terre, portés par des tourbillons de poussière qui les cachaient aux regards, les hommes des steppes partirent à l'assaut de la montagne. Ninur transfiguré enfonça les barricades, volant jusqu'aux plus hautes cimes, atteignant même le pays blanc des neiges glacées. Bientôt, les flancs de la montagne furent recouverts de corps. Les soldats d'Asakku, figés dans la rigidité des trépassés, portèrent au-delà de la mort leur nom d'hommes-pierres.

Asakku encerclé vit Ninur s'élancer. Le combat fut terrible. Chaque coup de Ninur aurait achevé tout autre guerrier qu'Asakku. Chaque coup d'Asakku aurait plongé dans la mort tout autre guerrier que Ninur. L'éclat entourant le casque d'Asakku faiblissait, Ninur en profita pour porter un effroyable coup de hache qui fendit le casque, la tête et le corps d'Asakku.

Tous les hommes-pierres avaient été tués.

Il restait à juger leurs alliées.

Au milieu des pentes abruptes, on dénicha une moraine bien plate, comme transplantée du pays-d'entre-les-fleuves. On y dressa le tribunal des vainqueurs. Pressées l'une contre l'autre en une longue file, les pierres de la montagne attendaient, inquiètes.

Dans le silence des cimes, répercuté par l'écho, le verdict fixant à jamais leur place dans l'ordre minéral tomba.

« Toi, silex capable de faire le feu, tu m'as trahi. Je te livre au tailleur de pierre qui, de son ciseau acéré, te déchiquettera, annonça Ninur. Vous, blocs de lave nés du ventre de notre mère la terre et vous, blocs de basalte aux couleurs de deuil, vous vous êtes levés contre moi. Vous brûlerez dans le creuset de l'orfèvre qui attisera des feux qui vous consumeront, et vos braises serviront à fondre les œuvres glorieuses offertes aux dieux et aux prêtresses. Quant à toi, diorite, tu t'es heureusement reprise. N'ayant commis aucune violence contre moi, tu ne seras pas châtiée. Tu offriras ta chair aux statues éternelles érigées aux grands rois. Et toi, hématite scintillante, je ne t'ai point aperçue dans les rangs de mes ennemis. L'artisan expert dans tous les arts haussera ta valeur à l'échelle de l'or. »

La file était longue encore.

« Ah, te voilà bel albâtre, brillant comme le jour, lumineux comme la pleine lune, tu m'as toujours été fidèle. Dans tes blocs massifs, on taillera des vases de grand prix sur lesquels les lapidaires renommés figureront des scènes immémoriales. »

Le marbre blanc s'avança.

« Tu as refusé de faire alliance avec les hommes-pierres. Tu seras estimé et ta matière noble donnera vie aux visages graves des déesses. »

La cornaline lui emboîta le pas.

« Cornaline dont la loyauté n'a jamais été mise en défaut, les lapicides émérites graveront dans ta chair pourpre les sceaux des meilleurs d'entre nous. »

Tandis que la cornaline, le marbre, l'albâtre, la diorite, le calcaire blanc s'éloignaient, l'agate, la calcédoine, l'onyx, le cristal de roche et le lapis-lazuli s'avançaient. Élevées au rang de pierres précieuses, campées au sommet de la hiérarchie minérale, elles quittèrent la moraine que l'obscurité, déjà, enveloppait.

Alors qu'à Uruk on l'attendait pour lui offrir le trône, Nimur s'arrêta au cœur de la steppe. Voyant les bêtes paisibles reposer sous la garde de leur berger, il décida de se faire pasteur et fonda le domaine qu'aujourd'hui Tanmuzzi continuait de faire vivre. La grande prêtresse ne le revit plus, mais lui, ne l'oublia jamais.

« Sept cent trente-six ! » annonça le frère du marchand du Zagros après avoir vérifié à deux reprises le résultat du comptage, tandis qu'un serviteur déposait sur la table une coupelle emplie de poudre d'argile, un pot et deux coffrets. Rempli de calculi, le plus grand était divisé en compartiments regroupant les jetons d'argile de même forme. Chacune de ces formes représentait une quantité : le bâtonnet représentait un, la bille, dix, le disque, cent, le petit cône, trois cents, le grand cône perforé, trois mille.

Askum retira deux petits cônes qu'il posa sur la table, puis un disque, trois billes et six bâtonnets. Le marchand épiait chacun de ses gestes, refaisant le calcul à voix haute : « Trois cents deux fois, plus cent une fois, plus dix trois fois, plus six. Le compte y est. »

Tanmuzzi le regardait faire. « S'il n'y avait que des bâtonnets pour représenter les nombres, on ne pourrait pas compter », lui avait dit son maître à sa première leçon. Ouvrant un coffret empli de bâtonnets, il les avait alignés sur le sol jusqu'à ce qu'il n'y en ait plus. Redressant la tête, il avait demandé à Tanmuzzi : « Combien, y en a-t-il ?

– Je ne sais pas, il faut les compter. »

La réponse de Tanmuzzi avait déclenché un grand rire.

« C'est ce que je te disais ! Mais comment vas-tu les compter ? »

Tanmuzzi lui avait lancé un regard désemparé. Le maître lui avait ébouriffé les cheveux. « Fais confiance aux hommes, Tanmuzzi, ils trouvent toujours une solution. »

Il avait regroupé les bâtonnets en paquets. Puis il lui avait fait compter les paquets.

« Voilà la solution ! s'était-il écrié. Nous allons compter en faisant des paquets. Des paquets de plus en plus grands. Parce que ce que l'on veut, c'est utiliser le moins de signes possible pour représenter le plus de nombres possible. Il avait conclu par une de ces expressions dont il avait le secret : Ce que l'on veut, c'est faire avec peu beaucoup. »

Tanmuzzi s'était toujours souvenu de cette expression.

L'opération pouvait se poursuivre. Le marchand, maussade, observait Askum qui approcha la coupelle remplie de poudre d'argile ; le serviteur y versa un filet d'eau et Askum commença à pétrir la pâte. Le serviteur ajoutait de l'eau à intervalles réguliers. Lorsque l'état de l'argile lui convint, Askum en préleva une poignée qu'il roula entre ses mains sans cesser de sourire au marchand. Au creux de sa paume se formait une boule parfaitement lisse. Prenant garde à ne pas endommager l'enveloppe, Askum y planta son pouce, la fit pivoter autour pour y creuser une cavité, Askum prenant garde à ne pas endommager l'enveloppe. Combien de boules semblables à celle-ci ces mains à l'agilité déroutante avaient-elles façonnées ?

Tanmuzzi sourit. À l'école, le maître, voulant leur montrer comment procéder, avait enfoncé son pouce avec une telle vigueur qu'il avait transpercé la boule. L'obscénité de ce bout de doigt jaillissant de l'argile avait déchaîné l'hilarité dans la classe. Il fallait que quelqu'un fût puni. Ce fut Tanmuzzi. Les verges ne furent pas tendres pour son dos lisse. Le goût amer de l'injustice ne s'effaça jamais.

À présent évidée, la boule était prête à accueillir les calculi. Askum y introduisit les plus gros d'abord, le disque et les trois billes, secoua la boule afin qu'ils y prennent bien leur place. Suivirent les deux petits cônes et les six bâtonnets. Prélevant une boulette d'argile, Askum boucha le trou et lissa la surface. Enfin, s'étant essuyé les mains, il referma le coffret. La boule, hermétiquement close, était prête.

Tanmuzzi regardait son ami œuvrer. Toutes ces manipulations lui paraissaient bien laborieuses. Il devait y avoir un moyen d'aller plus vite et de réduire toutes ces étapes.

Pour satisfaire le désir du marchand et de son frère, le serviteur apporta un broc de bière qu'ils burent goulûment au chalumeau. Avec ce soleil, ils vont être ivres en un rien de temps, pensa Askum. Il préféra un gobelet d'eau aromatisée de miel, tandis que Tanmuzzi demandait du lait de brebis qu'on lui servit fumant.

Quittant son siège, il s'approcha de la table, redressa son chapeau et ouvrit le second coffret. Il renfermait deux calames de sections différentes, simples tiges de roseau dont une extrémité était coupée en biseau.

En jouant sur le calibre, l'inclinaison et la pression des calames, Tanmuzzi entreprit d'inscrire sur la surface molle les chiffres représentant les calculi enfermés dans la boule. Maintenant celle-ci d'une main, il y appliqua à deux reprises le calame large en l'inclinant. Les deux encoches épaisses obtenues représentaient les deux petits cônes. Appliquant ensuite le calame verticalement, Tanmuzzi grava une grande empreinte circulaire pour le disque. Saisissant l'autre calame, il le pressa trois fois perpendiculairement sur la surface de la boule, laissant trois petits cercles pour les billes. Enfin, l'inclinant, il l'appliqua à six reprises gravant autant d'encoches fines et allongées pour les bâtonnets.

Alors que, enfant, Tanmuzzi assistait pour la première fois à cette opération, son grand-père Ninur lui avait raconté comment on en était arrivé là. Dans les temps anciens, afin de conserver les preuves des quantités échangées lors d'une transaction, les hommes avaient décidé de regrouper les calculi dans une sorte de bourse d'argile scellée. L'avantage était évident : la boule refermée, la quantité était « emprisonnée » et ne pouvait plus être modifiée. Mais il y avait un inconvénient : si l'on voulait vérifier les termes du marché, il fallait briser la boule. Et en refaire une autre après la vérification. Un jour, quelqu'un avait eu l'idée de faire figurer les calculi sur la surface de la boule. Les marques laissées par le calame représentant les calculi cachés, la quantité enfermée dans la boule était désormais inscrite sur sa surface. Plus besoin de la briser pour en connaître le contenu.

Tanmuzzi ne se lassait pas d'admirer la magnifique intelligence de cet inventeur anonyme qui, en remplaçant les objets d'argile par des signes inscrits sur un support, avait ouvert la voie à l'écriture.

Après un long silence, son grand-père lui avait confié : « Ne sachant ni lire ni écrire, j'ai dépendu des scribes et des comptables toute ma vie. Cette ignorance a entravé ma liberté et blessé ma fierté. Les armes ne remplacent pas le calame. C'est toi qui vas gérer mes troupeaux. Ne dépends de personne. Si tu connais les trois arts, l'écriture, la lecture et le calcul, nul ne pourra te tromper. Appuie-toi sur le calame du scribe et sur le bâton du pasteur. La parole est un don des dieux, l'écriture une création des hommes. Nous, bienheureux hommes de Sumer, seuls parmi les peuples, nous possédons deux mémoires, l'une habite notre esprit, l'autre s'inscrit dans l'argile.

– Grand-père, l'écriture ne va-t-elle pas faire disparaître la mémoire ? De ce qui est écrit, il n'est pas nécessité de se souvenir.

– C'est un risque, en effet. Mais la canne qui aide le marcheur l'empêche-t-elle de cheminer quand il s'en départ, et le canot sur lequel le voyageur se déplace lui fait-il oublier les gestes de la natation ? »

Avant de clore l'entretien, son grand-père lui avait demandé de réfléchir au sceau qu'il devrait bientôt adopter. « Choisis-le bien, il sera ta signature et ton identité. Tout au long de ta vie, il te représentera. »

Tanmuzzi détacha la pierre pourpre pendant à son cou, un cylindre de cornaline finement gravé. Le tenant entre le pouce et l'index, il le fit rouler sur la partie vierge de la boule. À côté des marques en creux gravées par les calames apparurent les signes en relief que le sceau venait d'inscrire. Un dessin et une phrase.

Le dessin : deux moutons paissant sous un calame et un bâton de berger appuyés l'un sur l'autre.

La phrase : *Tanmuzzi célébrant Inanna et Aémer sa prêtresse bien-aimée.*

Longtemps après l'avoir choisie, Tanmuzzi s'était aperçu de l'ambiguïté de la phrase. Signifiait-elle qu'Aémer était la prêtresse bien-aimée d'Inanna ou bien qu'Aémer, la prêtresse d'Inanna, était la bien-aimée... de Tanmuzzi ? Les deux n'étaient pas incompatibles.

C'était au tour du marchand d'établir son document, il tenait à faire l'opération lui-même. Gestes hésitants, marques imprécises, il n'avait visiblement pas l'habitude de se servir du calame et ne mit pas longtemps à commettre une erreur, volontaire ou non. Tanmuzzi la repéra sur-le-champ, saisit un clou d'argile cuite, bondit sur la main du marchand et y planta le clou. C'était ainsi que l'on traitait les fraudeurs à Sumer. Le frère du marchand dégaina son glaive ; Tanmuzzi empoigna son bâton qui ne le quittait jamais. Askum s'interposa et parvint à ramener le calme.

Le frère du marchand prit la boule avec hargne, lissa l'argile afin de faire disparaître les signes fautifs en lançant des regards haineux à Tanmuzzi qui s'en amusait intérieurement. Il recommença l'inscription. Parvenu péniblement au bout du document, il détacha de son poignet un petit sac de cuir, en retira un sceau cylindrique en agate et le fit rouler sur la boule d'un geste sec, presque brutal.

Tanmuzzi et le marchand échangèrent les boules comptables. Chaque partie étant en possession du document authentifié par le sceau de l'autre partie, la transaction était terminée.

Tanmuzzi plaça la boule comptable dans le four à argile. Cuite, elle résisterait aux atteintes du temps. Quand la cuisson fut achevée, il rangea la boule dans la salle aux archives, aux côtés de dizaines d'autres.

D'habitude, Tanmuzzi laissait le soin à Askum de s'occuper de cette sorte de transaction. La qualité hors du commun des pierres mises en jeu lui avait fait faire une exception.

La nuit tombait. Préférant dîner avec ses compagnons plutôt qu'avec son hôte, le marchand s'installa à l'entrée de l'enclos, près des bêtes qui désormais lui appartenaient.

Tanmuzzi rejoignit sa chambre. Il écarta le rideau de la porte dont le chambranle rouge vif devait éloigner les démons, c'était la coutume. Tanmuzzi n'y croyait guère, mais cela égayait la façade. À l'intérieur, un lait de chaux passé sur l'argile sombre éclaircissait les murs. Un lit en roseaux – trop étroit pour deux personnes –, un rideau en lin pendant dans l'ouverture de la porte, un coffre où des pagnes étaient rangés en piles, une table et un tabouret. Un mobilier sommaire. Quelques objets personnels sur une étagère de briques séchées. Le sol en terre battue était nu, hormis une épaisse peau de mouton.

Une pièce plus vaste, attenante, servait de salle de musique. Cistre, flûte, trompette, tambourins. Au centre de la pièce, l'instrument préféré de Tanmuzzi, une lyre à tête de taureau, qu'il avait dotée de onze cordes.

À l'aube, le marchand donna le signal du départ. Sous les aboiements de Lion, le chien de Tanmuzzi, le troupeau, encadré par les hommes des montagnes, s'ébranla en direction du levant, soulevant un nuage de poussière dans lequel il disparut.

Alors que Tanmuzzi pensait à ses bêtes – malgré l'habitude, il éprouvait un petit déchirement à les voir s'éloigner –, Askum se réjouissait du départ du marchand et de son frère : « Ils ne me plaisent pas. Ils ont dîné à l'écart. Malgré ce qui s'est passé entre vous, c'est contraire aux coutumes.

– Nous ne sommes pas nés à la même altitude, ils viennent des montagnes, nous de la plaine. Ils se croient plus près du ciel, nous plus près de la terre. »

Askum, soucieux :

« Tu lui as infligé un affront redoutable.

– Aurais-je dû me forcer à ne pas remarquer sa tromperie, me laisser gruger sans dire un mot ?

– Il n'est pas homme à oublier pareille humiliation.

– Tant pis. Il reste qu'il possède les plus belles pierres qui soient. »

Levé à l'est, couché à l'ouest, le soleil semblait suivre une course immuable. Pas plus que les autres astres, il n'était libre d'aller à sa guise. Ce trajet s'était imprimé dans l'esprit de Tanmuzzi durant ses interminables marches à travers la steppe ; il le « voyait » comme une marque tangible tracée dans le ciel.

Coiffé de son chapeau reconnaissable entre tous, son bâton à la main, accompagné de Lion, il avançait, éprouvant toujours le même plaisir : la texture du sol, la teneur de l'air, la direction du vent. Allant de pâturage en pâturage, de point d'eau en point d'eau, capable d'effectuer des distances hors du commun sans fatigue, il était dans son élément.

Dans cette solitude habitée, il entretenait avec la nature une complicité que le commerce des hommes, fût-il celui d'Askum, ne pouvait lui procurer.

Plongé dans ce silence peuplé de bruits furtifs, il existait autant pour lui-même que pour le reste de l'univers, il se sentait sans limites et cela lui procurait un sentiment de joie, de plénitude, d'apaisement. Il était une partie du monde qui le nourrissait, et que lui-même, à son tour, il nourrissait.

Tanmuzzi était berger jusqu'au fond de son être. Suivre les bêtes, leur ouvrir le chemin, ramener les égarées, soigner les blessées, mettre fin aux agonies, tout cela lui était aussi naturel et aussi nécessaire que marcher et éprouver sa liberté.

Maniant la massue, la lance, le glaive et le javelot, il tenait de son aïeul Ninur les qualités du combattant d'exception. Mais c'est dans l'art du maniement du bâton qu'il était inégalable. Parfois, pour la joie de ses compagnons qui se rassemblaient autour de lui, il le lançait haut dans le ciel, plus haut que le regard portait. Le bâton, un instant invisible, réapparaissait soudain, filant vers le sol. D'un geste d'une rapidité inouïe, Tanmuzzi le récupérait au vol, déchaînant les ovations.

Ils se ressemblaient. Le bâton était dans l'ordre végétal ce que Tanmuzzi était dans l'ordre des humains : souple, solide, doux au toucher, résistant aux coups, durci à tous les feux. Ils étaient inséparables.

Quittant la salle des archives, Askum alla à la rencontre de Tanmuzzi pour l'entretenir d'un contrat. Faisant à peine mine de l'écouter, Tanmuzzi lui demanda de but en blanc de lui décrire Aémer.

Askum hésita :

« Eh bien... Ce que je peux dire, c'est qu'elle est plus belle que toutes les femmes du domaine.

– Je ne te demande pas ton avis, je te demande une description précise, la forme des yeux, l'arc des sourcils, l'ovale du visage, le bombement du front. »

Ils s'assirent sous un tamaris. Tanmuzzi écoutait attentivement, interrompant régulièrement son ami pour exiger plus de précisions. Askum, intarissable, parlait, parlait. Lorsqu'il se tut, il constata que Tanmuzzi dormait.

Askum le regarda, ému. Son ami, habité sans doute par un rêve, avait le visage d'un enfant ravi.

De retour d'un déplacement de quelques jours, Tanmuzzi annonça à Askum son départ pour Uruk :

« Je te laisse le domaine. Prends-en soin comme s'il était à moi.

– Mais il est à t... Cela t'amuse de te moquer de moi. Resteras-tu longtemps ?

– Que préfères-tu ?

– Eh bien, que tu restes longtemps avec elle, pour ton plaisir, et que tu reviennes vite, pour le mien.

– Comment faire ?
– C'est ton affaire. »
Askum fit préparer le plat préféré de Tanmuzzi, des brochettes de criquets. Les ailes grillées craquant sous leurs dents, ils échangèrent des souvenirs d'école. Askum savait que son ami partait pour longtemps.

Tanmuzzi regagna sa chambre dès la fin du repas. Bientôt, le son de la lyre s'éleva dans la nuit. Askum s'immobilisa, écouta attentivement. Cet air lui était inconnu. Il sourit : Tanmuzzi composait. Askum avait une petite idée de l'identité de celle qui lui inspirait cette musique si fluide que les sonorités de la lyre emportaient à travers la nuit.

Askum voulait profiter du voyage pour faire parvenir des marchandises à Uruk, ballots de laine, peaux travaillées ; Tanmuzzi s'y opposa, il partait pour un voyage privé, pas pour un voyage d'affaires.

Il emporta ses instruments de musique soigneusement rangés dans des caisses de roseaux, le bloc de lapis-lazuli enveloppé dans plusieurs couches de tissu, un coffret de bois précieux, et des couffins regorgeant de nourriture pour le trajet, qu'Askum avait tenu à charger lui-même. Le tout, recouvert d'une lourde toile, remplissait le chariot ; deux paires de bœufs étaient nécessaires pour le tirer. Il se mit en route. Longtemps, Lion accompagna son maître, avant de s'immobiliser sur un signe de Tanmuzzi. C'était la première fois qu'ils se séparaient. Impossible de l'emmener à Uruk, il ne pourrait pas vivre enfermé, même dans un grand espace. Et puis, sans moutons après qui courir... Assis au milieu du chemin, Lion regarda avec tristesse Tanmuzzi s'éloigner.

Il aurait été plus commode et plus rapide de faire le voyage par bateau, en suivant les canaux jusqu'à Uruk. Mais l'eau n'était pas l'élément de Tanmuzzi. Il n'aimait pas cette sensation d'être porté par les flots. Et puis il voulait ne pas se précipiter, les événements longtemps espérés ne méritent pas d'être offerts à la précipitation de l'urgence.

« Uruk l'enclose », c'est ainsi qu'on désignait communément la ville. Le sens de l'expression s'éclaira immédiatement pour Tanmuzzi dès qu'il eut pénétré dans la cité. Semblables à ses moutons, les hommes étaient parqués derrière les remparts. Qui est leur berger ? se demanda-t-il.

Suivant docilement le chariot, il se laissait porter par le flot des passants, regardant partout autour de lui, allant de surprise en surprise.

Les maisons se touchaient ! Et il y en avait des deux côtés de la rue. Collées les unes aux autres dans une incroyable diversité, certaines de plain-pied, d'autres munies d'escalier, des masures étriquées côtoyant des résidences luxueuses ceinturées de murets. C'était donc cela, la ville.

Tout empêchait Tanmuzzi de dévier de sa route, il ne pouvait que suivre la rue comme l'eau le lit du fleuve. C'était aussi cela la ville.

Lui, si sensible aux sons, au souffle de l'air, aux pas des animaux, aux battements d'ailes, aux piaillements des oiseaux, à l'écoulement de l'eau, n'entendait rien. Ou plutôt, il y avait une telle bouillie de bruits qu'il était incapable d'en isoler un seul. Depuis que je suis arrivé, j'ai vu plus de gens, d'objets, d'habitations que durant toute ma vie, remarqua-t-il. Qu'est-ce qui peut bien les pousser à s'entasser comme ça, alors qu'il y a tant de place dans les steppes ? Il doit bien y avoir quelques avantages. Quarante mille personnes qui mangent chaque jour, qui boivent chaque jour ! Combien de fruits, de légumes, de céréales, de viande, de bière ? Sans nous, à la campagne, je voudrais bien savoir comment ils se débrouilleraient !

Et toutes ces activités rassemblées, commerces, artisans. Forgeron, tanneur, tisseur, teinturier. On vendait de tout, on fabriquait tout. Ça, c'était passionnant.

Plongé dans la multitude indifférente, Tanmuzzi fut pour la première fois de sa vie confronté à cette question : qu'est-ce qui me distingue des autres et me fait différent ? Qu'est-ce qui fait que je suis Tanmuzzi, à nul autre pareil ?

Lui revint à l'esprit la raison pour laquelle il se trouvait là. Une bouffée de joie l'envahit. Il trouva tout presque beau, et la ville, pas si désagréable que ça.

L'après-midi est à peine entamé et il ne fait pas très chaud, constata-t-il. Voilà au moins un avantage : les maisons sont si hautes et les rues si serrées que le soleil et la poussière ne peuvent y pénétrer. C'est aussi cela la ville.

Les bœufs étaient harassés. Malgré les coups de fouet, le chariot progressait avec peine au milieu des autres chariots et des porteurs. Une silhouette, immédiatement engloutie par la foule, attira le regard de Tanmuzzi. Il scruta la multitude. Rien. Il avait cru pourtant... La silhouette réapparut loin devant. Tanmuzzi se mit à courir, perdit son chapeau, eut toutes les peines du monde à empêcher qu'il ne soit écrasé, le ramassa et repartit, se frayant un chemin à travers les groupes qui l'injuriaient. Alerté par le vacarme, l'homme se retourna. Huwa !

Ils restèrent plantés au milieu de la rue, bousculés, invectivés, heureux.

« Maître, maître..., balbutia Huwa. Maître, le vase, je t'assure, je n'ai rien pu faire. » Son regard se brisa au souvenir qui le rongeait.

« Calme-toi, tenta de l'apaiser Tanmuzzi, ému de revoir ce grand garçon fragile comme un enfant. Comment as-tu fait pour vivre durant tout ce temps ?

– Avec ma force, il y a toujours quelque chose à porter. Tu te rends au temple d'Inanna, n'est-ce pas, maître ? Je t'y conduis ? Je connais le chemin », ajouta-t-il malicieusement. Il désigna deux monuments au loin.

Le temple blanc, le temple rouge. Le premier, où habitait le roi, dédié à Anu, le père de tous les dieux ; le second à Inanna, la Dame d'Uruk.

La façade recouverte de mosaïques peintes flamboyait sous le soleil. Tanmuzzi et Huwa pénétrèrent dans le jardin entourant le temple rouge, mais Tanmuzzi ne vit que les escaliers monumentaux grimpant vers le sanctuaire. Soulevant la toile qui recouvrait le chargement, il saisit le coffret et demanda au cocher de l'attendre. Au pied des escaliers, Huwa s'arrêta, s'apprêtant à retourner sur ses pas.

« Ah, non, tu ne me quittes pas, cette fois ! » s'exclama Tanmuzzi. Surpris par sa violence, il baissa la voix : « J'ai beaucoup regretté ton absence. Reste. »

Ils gravirent en silence l'imposant escalier.

L'Eanna, la maison du Ciel ? Quel nom pouvait mieux symboliser le temple d'Inanna. Arrivé au haut des escaliers, Tanmuzzi éprouva un sentiment d'ivresse, il était au milieu du ciel !

Malgré sa hâte de rencontrer Aémer, il se précipita vers la balustrade de la terrasse. D'abord, il ne vit rien. Submergé par un affreux malaise, comme s'il était attiré par le vide, il chancela. Jamais il n'avait éprouvé pareille sensation, la terrasse vacillait sous ses pieds. Dans un réflexe, il leva les yeux ; le ciel seul était stable autour de lui. Était-ce un avertissement ?

Fermant les yeux, tentant de reprendre possession de lui-même, il se récita le célèbre poème d'Uruk pour calmer son effroi.

> *« Construis un temple pour moi », avait demandé Inanna au dieu Enmerkar. Et le temple fut bâti de pierres rouges en un carré achevé. « Enceins ma cité pour moi comme un anneau », avait demandé Inanna. Et l'enceinte enserra la cité comme la bague le doigt de la déesse.*

Du temple était née la cité. Les agriculteurs alentour s'étaient rassemblés autour de l'édifice pour être le plus près possible du lieu sacré. De ces regroupements étaient nées la puissance, les armées, la richesse.

Tanmuzzi agrippa la rambarde, prit une longue inspiration, ouvrit les yeux et se força à regarder au loin. Le malaise s'était dissipé.

Uruk dans son immensité !

Jamais, de mémoire d'homme, il n'y avait eu plus vaste rassemblement. Une multitude d'habitations reliées par des rues, des places, des canalisations, et réunies par toute sorte d'institutions créées pour faciliter la vie collective. L'ensemble profitait d'une protection commune : ces remparts prodigieux que Tanmuzzi découvrait du haut de la terrasse de l'Eanna. Enserrant la ville – et l'étouffant, pensa-t-il –, renforçant l'unité et la solidarité des habitants, ces murailles épaisses étaient plantées de tours fortifiées, comme des crocs dans la mâchoire d'un fauve.

« Les voilà, les neuf cents tours dont on parle tant ! » Il dut l'admettre, leur nombre déraisonnable claironné pour chanter la puissance d'Uruk semblait conforme à la réalité.

Tanmuzzi commençait à comprendre ce que l'on affirmait au sujet des remparts. Ils établissaient, disait-on, une démarcation radicale entre deux univers. En deçà, ce n'était qu'ordre et organisation, l'espace policé de la cité abritant le roi dans son palais blanc, la déesse dans son temple rouge. Au-delà, le désordre et le chaos, l'espace indéterminé du désert et des steppes. « Je vivrai donc au milieu du chaos ! » s'écria Tanmuzzi.

Là-bas, ce trait scintillant longeant l'enceinte, l'Euphrate ! Tanmuzzi s'appliqua à en accompagner le cours, en amont vers le nord, en aval vers le sud, où il se perdit à l'horizon. Quel privilège de pouvoir dominer une étendue si vaste, quelle faveur de porter son regard si loin !

La voix du garde le fit revenir à lui. Le coffret était toujours sous son bras, Huwa se tenait toujours à ses côtés. Tanmuzzi lui colla le coffret dans les mains. Trop tard pour s'en dessaisir ! Huwa ne put qu'emboîter le pas à son maître, revivant avec frayeur ces moments où il avait failli.

La porte s'ouvrit.

Fluide dans son manteau d'apparat, une ceinture de cornaline autour de la taille, un anneau d'or à la cheville, un collier de perles frôlant le bord d'une tunique échancrée qui découvrait ses seins plus qu'elle ne les cachait, Aémer s'arrêta en pleine lumière, à la main une hampe de roseau couronnée d'une boucle, attribut de sa majesté.

« Te voilà enfin, Tanmuzzi des steppes ! »

Tanmuzzi ne put détacher les yeux de son visage.

« Me prendrais-tu pour la déesse Inanna ? le taquina-t-elle. Je ne suis que sa prêtresse. »

Tanmuzzi ne bougeait toujours pas.

Comprenant qu'elle n'y arriverait pas ainsi, Aémer adopta le ton de la conversation :

« Uruk attendait ton aïeul Ninur pour le fêter, mais il a dédaigné la royauté qui lui était offerte, préférant les vastes espaces des steppes.

– Le lui reproches-tu ? parvint à articuler Tanmuzzi.

– Il a fait ce qu'il croyait être le mieux pour lui. Tout le monde n'a pas ce courage. » S'adressant à Huwa, planté au milieu de la salle, elle désigna le coffret dont il ne savait que faire : « Cela devient une habitude. »

Huwa baissa la tête.

« Tu avais l'air si malheureux. Mais tu n'y étais pour rien, mon pauvre. Et toi, Tanmuzzi, pourquoi avoir tant tardé ?

– J'avais une tâche à accomplir, prêtresse.

– L'as-tu accomplie ?

– Oui. »

Tout naturellement, il posa le coffret sur la table basse près de la fenêtre. Huwa trembla. Aémer ne l'avait pas sitôt ouvert qu'elle laissa échapper une exclamation. Elle tendit la main, hésita et retira délicatement le masque que le coffret contenait. Elle l'éloigna lentement d'elle, jusqu'à le tenir à bout de bras.

« C'est moi ! Exactement moi ! » murmura-t-elle.

Le retournant d'un geste brusque, elle le plaqua sur son visage. Il s'ajustait parfaitement. Une différence : le regard d'Aémer était animé d'une mobilité lumineuse, tandis qu'au creux des orbites de marbre deux pierres de lapis-lazuli étaient incrustées dans une fixité d'azur.

« Une femme, bien vivante » – la phrase résonna aux oreilles de Tanmuzzi. Il eut envie de crier à Aémer : « Bouge, je t'en prie, bouge ! » Pressant le masque sur son visage, elle restait immobile. Masque parfait, figé dans son intemporalité de pierre. Tanmuzzi se précipita, arracha le masque, leva le bras pour le jeter à terre.

« Arrête, maître ! »

L'exclamation d'Huwa interrompit Tanmuzzi au milieu de son geste. Huwa, abasourdi d'avoir osé, était partagé entre la crainte et la jubilation.

Une femme et son double, un masque et son double. Stupéfiante ressemblance. Tanmuzzi et Huwa étaient sidérés. Mêmes yeux en amande, mêmes sourcils arqués, mêmes lèvres fines, mêmes joues pleines, même ovale du visage, même coiffure plaquée, raie au milieu. Même gravité, même tristesse contenue.

« Tu as eu peur qu'il ne reste collé à mon visage ? lança Aémer à Tanmuzzi, ses yeux noirs pétillant de malice. Tu ne peux tout de même pas ne m'offrir que des objets brisés ! »

Huwa quitta la pièce, guilleret.

« Oh, excuse-moi, Tanmuzzi, je ne t'ai même pas proposé de t'asseoir, minauda Aémer. Je manque à tous mes devoirs, cela fait pourtant partie de ma fonction. »

S'asseyant à bonne distance, elle lui indiqua un siège, puis héla une servante.

« Veux-tu boire un de nos délicieux breuvages ? De la bière, peut-être ?

– Jamais avant que le soleil soit couché. Hésitant : Je pourrais avoir du lait ?

– Brebis ? Chèvre ?

– Chèvre. »

Aémer commanda du lait de chèvre et une boisson dont il ne connaissait pas le nom. Brusquement, elle demanda à Tanmuzzi :

« M'avais-tu déjà rencontrée ?

– Jamais. »

Elle insista :

« Au cours d'une cérémonie ? dans une réception ? le long d'un cortège ? d'une procession ?

– Jamais, te dis-je.

– Bon. Mais l'artiste qui a réalisé ce masque m'a déjà rencontrée, lui ?

– Jamais.

– Il ne reste qu'une possibilité, le pasteur Tanmuzzi est un magicien, lança-t-elle.

– Pas plus magicien que toi, déesse. La réalité est plus humaine que tu ne l'envisages. Askum, que tu as juste eu le temps d'apercevoir, a eu, lui, le temps de t'observer. Il est prodigieux. Tout ce qu'il regarde s'incruste dans sa mémoire. Je l'ai interrogé. À mesure qu'il te décrivait, je t'imaginais. Au début, c'était terriblement flou, j'entrevoyais des morceaux de toi, pas l'ensemble. Je me suis subitement endormi. Là seulement, dans un songe, tu es apparue.

– Alors ? lui demanda-t-elle.

– Tu es comme je t'ai vue, plus belle encore. »

Tanmuzzi buvait à petites gorgées. Passant devant les fenêtres, les mésanges commencèrent leur ronde folle autour du temple. Aémer et Tanmuzzi, chacun pour soi, prenait la mesure de ce qui venait de leur arriver. Jamais je n'ai vu semblable sculpture, se disait Aémer. Un visage de marbre en grandeur réelle, animé d'une telle vie ! Et c'est un visage de femme, et c'est le mien.

À cet instant, elle sut que ce masque durerait plus longtemps qu'elle. Transcendant le temps, il demeurerait tel qu'en lui-même. Elle vit défiler les mois, les siècles. Elle entendit le masque clamer à ses sœurs à venir qu'Aémer, la prêtresse d'Inanna, avait été et qu'elle leur adressait un salut témoignant qu'au-delà des différences charriées par le défilement des époques, elle était semblable à elles. Aémer en sa permanence.

Tanmuzzi lui offrait l'immortalité. Pas celle d'une déesse, celle d'une femme bien vivante amenée à disparaître. L'immortalité d'avoir été. Elle sut qu'elle l'aimerait plus que tous les autres hommes qu'elle avait connus et qu'elle devrait connaître.

Après une telle journée, Tanmuzzi s'endormit sans même avoir jeté un coup d'œil sur la chambre luxueuse qui lui avait été réservée.

La matinée était belle, il ne faisait pas encore trop chaud. Aémer et Tanmuzzi descendaient joyeusement l'escalier du temple.

« J'avais beaucoup entendu parler de toi. La première fois, c'était au cours d'une réception. Un dignitaire nous racontait l'histoire d'un pasteur qui, prétendait-il, possédait les plus beaux troupeaux de Sumer. Est-ce vrai ?

– C'est conforme à la vérité.

– Il affirmait que ce pasteur possédait autant de têtes de bétail...

– ... qu'il y a d'étoiles dans le ciel, je sais, je sais, coupa Tanmuzzi.

– Est-ce vrai ?

– Cela ne veut rien dire. Le nombre d'étoiles dans le ciel... Haussant les épaules : Les gens ne savent pas ce qu'ils disent. Ce nombre, on serait bien incapable de le représenter avec un calame. Pas plus lui, d'ailleurs, que des tas d'autres nombres. »

Ils arrivaient dans le jardin. Elle lui montra les amandiers, les néfliers au tronc torturé, les pommiers, les poiriers. Lorsqu'elle désigna un arbuste au tronc cendré, le visage de Tanmuzzi s'éclaira. Il s'exclama : « Pas plus que le nombre de graines de toutes les grenades de tous les grenadiers de Sumer. »

Elle le regarda, surprise.

« Oui, je disais qu'il y a des tas de nombres qu'on ne peut pas représenter, comme le nombre de graines de toutes les grenades de tous les grenadiers de Sumer.

– Je te montre des arbres, tu me parles de nombres, lui fit-elle remarquer, peinée. On dit pourtant que les gens des steppes sont plus... Elle chercha le mot.

– ... terre à terre, c'est ça ? Au contraire, nous avons tout le temps et tout l'espace pour penser.

– Ne te fâche pas. Ce jardin est important pour moi, je voulais te le faire visiter. Bon. Tous les grenadiers de Sumer, dis-tu ? Où vas-tu chercher de telles idées ?

– Ce ne sont pas des idées. Je l'ai fait.

– Tu as compté toutes les graines de tous les grenadiers de Sumer ?

– Seulement de mon jardin. Là, déjà, je n'avais pas assez de calculi, et, de toute façon, il n'y aurait pas eu de boules assez grosses pour les contenir. Imagine si j'avais pris tous les grenadiers de Sumer !

– J'imagine que tu n'aurais pas eu le temps.

– Je parle des nombres, pas du temps ! »

Comprenant qu'elle se moquait de lui, il reprit lentement :

« Si j'avais pris toutes les graines de tous les grenadiers de Sumer...

– Ce nombre n'existe pas !

– Bien sûr qu'il existe. Tu comptes le nombre de graines dans une grenade, tu le multiplies par le nombre de grenades dans un grenadier, puis par le nombre de grenadiers...

– Alors, qu'est-ce qui ne va pas ?

– C'est qu'il existe et qu'on ne peut pas l'écrire.

– Pourquoi veux-tu l'écrire, pour quelle transaction ? En échange de quoi ?

– En échange de rien, explosa Tanmuzzi.

– Alors tu comptes, comme ça, pour rien !

– Oui, je veux l'écrire seulement pour l'écrire.

– Mais, justement, tu me dis que tu ne peux pas. Et d'ailleurs pourquoi ne le peux-tu pas ?

– Parce qu'il n'y a pas assez de signes. Il faudrait que j'en invente des tas de nouveaux. Avec ceux que l'on a on ne peut pas aller au-delà de cent mille. Un peu plus, peut-être.

– Tu l'as vraiment fait ? Compter les graines de toutes les grenades des grenadiers de ton jardin ?

– J'y ai passé des heures.

– Voilà ce que font les bergers de Sumer ! se moqua-t-elle. Ils comptent les graines des grenades. Et tes moutons, que faisaient-ils pendant ce temps, ils pesaient leur laine ?

– Et les prêtresses, elles comptent quoi ? » demanda-t-il brusquement. Il faillit continuer : Les amants ? Il n'eut pas besoin de terminer sa phrase, Aémer comprit.

« Chacun sa fonction », déclara-t-elle fièrement. Elle ajouta, mais seulement en pensée : Une prostituée sacrée obligée à avoir des amants toujours et toujours.

Se plantant devant lui : « As-tu une fille, Tanmuzzi des steppes ?

– Non.

– Une femme ?

– Non.

– Une mère. Ménageant un court silence : Là, tu ne peux pas y échapper.

– Oui, j'en ai eu une.

– Sache-le, Tanmuzzi, les femmes passent leur vie à compter. Je n'en connais pas une qui ne sache pas compter jusqu'à vingt-huit, le nombre de jours de nos menstrues, pas une qui ne sache pas compter le nombre de semaines qui la séparent du jour de l'accouchement... Oh, ce nombre-ci, je n'en ai pas besoin. Ne nous appelle-t-on pas les " femmes en friches ", nous, les prêtresses à qui la maternité est interdite ? »

Elle se calma. « Les nombres, dit-elle doucement, confidence d'une femme à un homme, vous les avez dans la tête, nous les avons dans le ventre. »

Tanmuzzi s'excusa, conscient de l'avoir blessée. « Je crois seulement qu'il est important de savoir jusqu'où vont les nombres », conclut-il.

Elle hocha la tête.

« Je ne m'étais jamais posé la question. Tu arrives du fond de la steppe, et tu me parles de choses auxquelles je n'avais jamais pensé. Quoi qu'il en soit, en tant que prêtresse, les nombres dont nous disposons me suffisent... Brusquement : Qui sont tes proches, Tanmuzzi ?

– Mes proches ? Quelle question ! Mes proches... ce ne sera pas bien long. Askum, que tu as déjà vu. Huwa, que tu connais aussi, et... Lion. Lui, tu ne le connais pas.

– Lion ? Étrange nom.

– Bien mérité. Ah, Lion ! Un sourire épanouit son visage. C'était une grosse boule rousse, quand on me l'a apporté, un superbe chiot. J'avais décidé de l'amener à la chasse pour lui apprendre le métier. Nous pistions une gazelle depuis des heures. Il était épuisé. Elle a fini par nous échapper. Soudain, nous nous sommes retrouvés face à un lion, énorme. J'ai armé mon arc. Le chien, écrasé à terre à force d'avoir trotté, s'est dressé sur ses pattes. Il a foncé sur le lion en aboyant. L'autre l'a regardé, déconcerté. Ils étaient aussi roux l'un que l'autre, mais pas tout à fait de la même taille. Le chien continuait de plus belle, le lion a tourné la tête, ennuyé, regardant ailleurs, comme s'il ne s'intéressait pas à ce qui se passait. Puis, exaspéré, il s'est retourné et a poussé un rugissement terrible. Le chien s'est sauvé en hurlant. Le lion nous a tourné le dos et s'est éloigné dignement. On n'a pas revu le chien pendant deux jours. Voilà d'où lui vient son nom.

– Pourquoi ne l'as-tu pas pris avec toi ? Il a affronté un lion, il peut bien m'affronter.

– Toi, oui, mais pas la ville. Il ne supporterait pas de vivre ici. Pas plus que moi. Viens chez nous, il te fera une fête. »

Préoccupée, Aémer se glissa dans un bain à peine tiède. La soirée pour laquelle elle se parait, et qu'elle espérait depuis si longtemps, allait changer le cours de sa vie. Tant de questions. Abandonnerait-elle ses fonctions de grande prêtresse ? Accepterait-elle, enfin, d'être une femme comme les autres ? Tanmuzzi resterait-il auprès d'elle ? Comme toujours, le Destin décidera, mais une fois encore je ferai tout pour ne pas en être prisonnière, se promit-elle.

Ne parvenant pas à se détendre, elle quitta le bain. Une jeune prêtresse la mena jusqu'à son lit et commença à la masser tendrement avec de l'huile de myrte, tandis que, s'emparant de ses mains, la manucure dégagea la peau recouvrant le haut des ongles à l'aide d'un petit outil arrondi jusqu'à ce que le croissant laiteux des lunules apparaisse dans sa perfection. Aémer commençait à se sentir plus paisible.

L'ayant installée sur un siège, le coiffeur s'appliqua à redessiner la raie, bien au milieu, avant de rejeter sur la nuque la masse sombre de ses cheveux. Il détacha quelques mèches et façonna trois petits accroche-cœurs qu'il fixa sur son front.

Aémer choisit elle-même son vêtement dans sa riche garde-robe, une parure de lin clair si fine qu'à travers on percevait sans peine sa peau mate.

Revenue avec un nécessaire de maquillage, la jeune prêtresse essaya les différents khôls sur le dos de sa main. Ayant opté pour le plus intense, elle demanda à Aémer de garder les yeux ouverts. Elle se mit à l'œuvre, accentuant l'ovale de ses yeux en amande, insistant sur ses sourcils qui dessinaient deux arcs effilés d'un noir bleuté. Puisant dans un petit pot, elle appliqua sur ses joues une pellicule de poudre d'ocre, suspendit un collier de lazulite à son cou, fixa les pendants d'oreilles assortis, enfila des bracelets d'or à ses poignets, disposa un cache-seins sur sa poitrine et, sur ses épaules nues, jeta un châle. Une touche de parfum, Aémer était parée.

La jeune prêtresse, la manucure et le coiffeur reculèrent pour juger du résultat. Rien à reprendre. Aémer était vraiment la plus belle femme d'Uruk.

Pour ce pasteur venu des steppes, la grande prêtresse d'Inanna, déesse de l'Amour, se devait d'être plus belle encore. Enveloppée de la « bonne odeur des dieux », Aémer quitta sa chambre.

Tanmuzzi avait insisté pour qu'Huwa vienne à la soirée offerte en son honneur. La salle était pleine. Tant de monde, de bruit, de lumière ! Huwa voulut s'enfuir. Tanmuzzi le retint. « Si je reste avec toi, je serai exposé à tous les regards », gémit Huwa affolé. Repérant un endroit à l'écart, il s'y précipita aussi discrètement qu'il put.

Tanmuzzi s'avança, royal. Tous le regardaient, guettant ses réactions. Impassible, il s'assit en face d'Aémer qui sut cacher l'impatience qu'elle avait de le voir. Elle était magnifique. Il se contenta de lui adresser un sourire réservé. Abruptement, il demanda si on pouvait lui servir à boire.

« Lait de bique, de brebis, de vache ? demanda Aémer, narquoise.

– De raisin.

– Je me souvenais que tu ne buvais jamais avant le coucher du soleil, mais tu n'avais pas précisé pour après. »

Un serviteur versa du vin à Tanmuzzi. Une larme. Étonné, Tanmuzzi interrogea Aémer du regard.

« Il suit mes instructions, expliqua Aémer. J'ai demandé que les boissons alcoolisées ne nous soient servies qu'en petites quantités. Je tiens à ce que, cette nuit, la seule ivresse soit celle de nos corps.

– Pourrais-tu faire une exception ? Tanmuzzi désigna Huwa dans un coin de la salle : J'aimerais qu'on lui serve du vin. Demande qu'on insiste, il ne boit jamais. Ce serait bien qu'il perde un peu la tête. »

Regardant dans la direction indiquée par le serviteur qui remplissait son verre, Huwa aperçut Aémer. Elle levait à son intention un gobelet qu'elle but sans le quitter des yeux. Impossible de refuser. Tanmuzzi, ahuri, vit Huwa vider son gobelet d'un coup.

Le rideau tomba, découvrant un orchestre au grand complet. Un instrument attirait tous les regards. Ce qui impressionnait le plus, hormis sa taille inaccoutumée, c'était, postée comme une proue devant la caisse de résonance incrustée de lapis-lazuli, une tête de taureau en or, portant une étrange barbe tressée d'un noir de bitume, longue et dense, et les onze cordes, fixées par des clous d'or à la traverse reliant les montants crénelés. Elle a fait transporter ma lyre sans m'avertir, s'irrita Tanmuzzi. Une grande prêtresse peut-elle tout se permettre ?

Les instruments à vent débutèrent. Assumant seule l'ouverture, la flûte s'avança assez loin dans la mélodie pour que la trompette, partie bien après, soit contrainte de forcer le rythme afin de la rejoindre. Elles firent un bout de chemin ensemble, puis la voix aiguë s'éteignit, engloutie par les éclats triomphants.

Deux hommes massifs au torse nu se lancèrent à l'assaut de la peau tendue d'un grand tambour circulaire. À leurs côtés, animées par une jeune fille énergique, des cymbales excitées tentaient de se mesurer aux battements sourds. Elles y seraient parvenues si la musique ne s'était interrompue sur un signe d'Aémer. Elle se tourna vers son hôte : « Ta lyre t'attend, Tanmuzzi ! »

Et maintenant, elle me force à m'exhiber devant des courtisans. Il fut tenté de rester assis. Je ne peux pas lui infliger un tel affront, pourtant.

Il se leva, lui lançant au passage un regard assassin, et s'assit derrière sa lyre, au centre de l'orchestre, sans oser lever les yeux vers la salle.

Il entra en lui-même, adopta immédiatement la bonne posture, avança la main vers les cordes.

Un long roulement de tambour, le tonnerre annonçant la pluie salvatrice. Un silence. La première corde vibra dans une plainte fragile. Aémer fut emportée dans la steppe. Elle y rejoignit Tanmuzzi. C'était la mélodie qu'il avait composée la dernière nuit passée à la bergerie, une musique des espaces sans fin, que rien ne semblait pouvoir épuiser.

Suivant les instructions, le serviteur emplit à plusieurs reprises le gobelet d'Huwa. Grisé, Huwa crut apercevoir Tanmuzzi quittant la salle avec Aémer. Subjugué par les ébats des danseurs, il se leva pour se rapprocher de la scène.

Il était fasciné par l'un des danseurs. Un jeune homme de taille moyenne, aux yeux bleus immenses, le visage maquillé. Serré dans des habits de soie, il dansait divinement, le corps animé de mouvements sensuels merveilleusement équivoques.

L'intensité de l'attention que lui portait ce beau garçon attira le regard du danseur. Il adressa à Huwa un sourire plein de promesses.

Huwa n'avait jamais ressenti pareille sensation. Subitement traversé par un flot de joie qui lui fit aimer l'humanité entière, il ressentit une chaleur au cœur. Il explosait de joie et de désir.

Il ne savait plus où il était. S'apercevant avec épouvante qu'il se tenait debout au milieu de la salle, attirant les regards, surtout celui des femmes, il se précipita vers sa table, à l'écart, adressant un signe au serviteur qui, un sourire aux lèvres, lui remplit à nouveau son verre.

La danse terminée, le danseur vint s'asseoir à la table d'Huwa sans lui demander son avis. Ils ne se quittèrent pas de la soirée. Ces yeux bleus !

Tard dans la nuit, ils partirent main dans la main. C'est cette nuit-là qu'Huwa adopta définitivement la ville. Rien de ce qui venait de se passer n'aurait pu arriver à la bergerie.

Une petite brise soufflait sur la terrasse. Aémer et Tanmuzzi la traversèrent sans échanger un mot. Comme le jour de son arrivée, Tanmuzzi s'approcha de la rambarde et regarda. Le firmament se reflétait sur la terre ! Des milliers de petites lumières scintillaient, un autre ciel s'étendait à ses pieds, Uruk la nuit... Des étoiles habitées, si proches, si lointaines. Il leva les yeux.

Sensation indicible. Sur cette terrasse, dressé dans la brise, Tanmuzzi était dans le mitan du monde, entre deux cieux, celui des hommes, celui des dieux.

Aémer, en retrait, respectait sa contemplation.

Après avoir longé un couloir faiblement éclairé, ils s'arrêtèrent devant une porte. Sur un signe d'Aémer, Tanmuzzi la poussa. Un lit vaste comme la steppe ! Tanmuzzi ne vit que lui. Traversant la chambre, il s'approcha, ne pouvant s'empêcher d'avoir une pensée pour sa pauvre couche si étroite.

Cela sentait merveilleusement bon. On avait disposé des brûle-parfums dans divers endroits de la pièce dont le sol avait été enduit d'huile de cyprès. De l'autre côté du lit, deux flambeaux, placés là pour attirer l'attention. Contournant le lit, Tanmuzzi s'approcha :

« Mais, c'est...

– Le vase que tu m'as offert », confirma Aémer.

À l'écart des fenêtres, baignant dans une lumière douce, le vase d'albâtre. En parfait état !

« Il n'est pas brisé ! » s'exclama Tanmuzzi, stupéfait, oubliant d'un coup le lit vaste comme la steppe. Où sont donc les morceaux qu'Askum m'a décrits ? Il m'aurait menti ! se demanda-t-il.

« Askum ne t'a pas menti, déclara Aémer, lisant dans sa pensée.

– Il était brisé ou pas ?

– À chacun son tour de refuser de croire ce qu'il voit ! Imagines-tu que quelqu'un serait capable de faire aussi bien que ton lapidaire ? Ce vase comme le masque sont uniques.

– Il était brisé ou pas ?

– Il l'était.

– Alors, ce n'est pas le même !

– Il l'était et il ne l'est plus, précisa Aémer, rieuse. Pas besoin d'invoquer l'œuvre d'un magicien, les artisans d'Uruk accomplissent de véritables prodiges. »

Elle prit sa main. Leur premier contact. Il trembla ; fit glisser ses doigts sur l'albâtre.

« Tu ne perçois rien ? »

Il aurait voulu lui dire ce qu'il percevait. Sa peau, seulement sa peau.

« Rien, répondit-il.

– Concentre-toi ! »

Il ferma les yeux, se laissant guider comme un enfant jouant à l'aveugle. Aémer sourit, émue.

« Toujours rien ?

– Si, si », s'écria-t-il.

Une agrafe métallique ! Indétectable à la vue, presque indécelable au toucher. Une seconde agrafe, une autre encore, maintenaient les morceaux du vase impeccablement recollés. Il suivit des doigts les motifs en relief.

« Tu dois faire confiance aux gens qui t'aiment, lui dit Aémer doucement. Et si nous nous occupions de nous, maintenant ? »

Ils restèrent un long moment immobiles, allongés, éloignés l'un de l'autre. Pressés et pas pressés. Le lit était si vaste qu'il fallait, pour se joindre, le vouloir vraiment.

Il n'y tint plus, il l'attira à lui, posa ses lèvres sur les siennes. Il l'embrassait ! Il n'avait jamais osé en rêver, il n'avait jamais cessé d'en rêver. Il la débarrassa de son habit, dégagea le cache-seins, détacha le collier, ôta les pendants d'oreilles, fit glisser les bracelets. Puis ce fut le tour des cheveux, il les délia, brouilla la raie, dispersa les accroche-cœurs. Il se plaça doucement sur elle.

Le sceau de cornaline se balançait au-dessus du visage d'Aémer. Elle l'attrapa au vol avec ses lèvres, le suça suavement en regardant Tanmuzzi dans les yeux : « Tu es de cornaline, moi de lapis-lazuli. Puis, lâchant le bijou : Je vois un calame. Un bâton de berger. Cesse de remuer ! Je n'arrive pas à lire. Elle lut à voix basse : Tanmuzzi célébrant Inanna et Aémer sa prêtresse bien-aimée. Elle sourit. Tu es malin. Et lequel des deux sens privilégies-tu ?

– Ferai-je l'amour à la prêtresse d'Inanna ? »

Elle jeta ses bras autour de son cou : « Je t'adore, je t'adore. » Elle se mit à réciter :

Lorsque pour le berger Dumuzzi, je me serai baignée,

Lorsque avec du khôl j'aurai peint mes yeux,
Lorsque mes reins auront été modelés entre ses douces mains,
Lorsque avec du lait et de la crème il aura lissé ma cuisse.

Il la fit taire d'un baiser. Elle se libéra et poursuivit :

Lorsque sur ma vulve il aura posé sa main,
Lorsque comme son bateau noir...

Il scella ses lèvres d'un baiser plus brûlant. Elle continua de parler dans sa bouche, il but ses paroles. Vaincue, elle se tut. Elle détacha Tanmuzzi de ses lèvres, posa la main sur sa tête, la poussa lentement. Inexorablement, il glissait le long de son corps, goûtant au passage la saveur de sa peau moite. Il descendit le long de son ventre, s'arrêta à l'orée de son triangle. Elle entrouvrit les cuisses.

« Bois dans ma coupe, mon Tanmuzzi. »

Nuit de félicité, nuit d'amour. Pour la première fois, Aémer connut le plaisir sans limites.

Il y eut d'autres nuits, semblables à celle-ci. La passion qui les unissait ne faiblissait pas. Elle remplissait les nuits de Tanmuzzi, mais ses journées lui paraissaient d'autant plus vides. Peut-on ne vivre que de nuits d'amour ?

Pour la première fois de sa vie, Tanmuzzi s'ennuya.

Les prières sans fin, les offrandes incessantes, les prêtres, les prêtresses que l'on rencontrait partout commençaient à l'irriter !

Il allait bien, parfois, accompagné d'Huwa, faire quelques promenades en ville. Trop de monde, de maisons, de rues ! Cette profusion de gens, de marchandises, l'écœurait. Tanmuzzi étouffait. Il se languissait de ses steppes.

Cela faisait longtemps que Tanmuzzi y pensait. Un matin, il se décida, il demanda à rencontrer l'enfant. Aémer s'étonna de sa requête, mais elle fit faire des recherches.

Huwa conduisit Tanmuzzi dans l'un des quartiers les plus pauvres de la ville, près des remparts. Délaissé par ses parents après l'incident du vase, l'enfant avait été envoyé dans une institution. Une sorte de garde l'amena.

Askum avait parlé d'un gamin insupportable ; Tanmuzzi vit arriver un jeune garçon indolent, crâne rasé, dans un habit affreux.

« Comment t'appelles-tu ? lui demanda-t-il.

– Je ne sais pas.

– Avant d'être ici, comment t'appelais-tu ?

– Je ne m'en souviens plus.

– Tu ne te souviens de rien ? »

L'enfant ne répondit pas.

« Et du vase, l'interrogea-t-il brutalement, tu t'en souviens ? Est-ce toi qui l'as brisé ? »

Jusqu'alors l'enfant avait gardé les yeux rivés au sol. Il redressa la tête crânement, affrontant Tanmuzzi.

« Ce n'est pas moi », déclara-t-il d'une voix glacée, de la foudre dans le regard.

« Il avait de grandes boucles qui volaient au vent », lâcha Huwa sur le chemin du retour.

Tanmuzzi attendit qu'Aémer termine son office de l'après-midi. Tout excité, il lui rapporta sa rencontre.

« Es-tu sûr qu'il ne t'a pas menti ? l'interrogea-t-elle quand il eut fini.

– Le regard d'un enfant ne trompe pas. Il n'est pour rien dans cette affaire, Aémer. Et, ajouta-t-il, tu le sais. »

Elle leva la tête, étonnée.

« Je n'étais pas sûre... », bredouilla-t-elle.

Elle lui parla de la tristesse éprouvée lorsque le vase s'était brisé, de l'enfant turbulent, des pierres retrouvées dans ses poches, de son châtiment. Sa voix changea lorsqu'elle lui révéla la découverte du calculus sous le meuble, les affirmations de la jeune prêtresse et les mésanges volant autour de la fenêtre. Mais elle ne lui dit rien de l'avertissement de la déesse, rien non plus de son injonction.

« Un calculus a brisé le vase ! Pourquoi ne pas m'en avoir parlé avant ?

– Il est tellement plus facile de croire que c'était un accident, un enfant turbulent, que d'imaginer... Viens ! »

Elle l'entraîna dans sa chambre. Une petite boîte était posée au chevet du lit, elle l'ouvrit. Le calculus reposait sur une touffe de laine. Semblable à ceux que Tanmuzzi utilisait, il n'avait rien de particulier, un petit cône...

« Il a été accusé à tort, Aémer, il faut réparer cette injustice.

– Mais tu n'y es pour rien !

– Lorsqu'un enfant a dit la vérité, et qu'on ne l'a pas cru, plus jamais il n'aura confiance dans les hommes. Laisse-moi l'emmener dans mon domaine. Il lui faut du bon air, de l'exercice, de l'espace. »

Aémer ressentit une douleur dans la poitrine. Il pensait donc à rentrer chez lui.

« Ses parents seuls peuvent t'en donner l'autorisation, répondit-elle.

– Ils me l'ont donnée, je les ai rencontrés tout à l'heure.

– Tu as tout arrangé », constata-t-elle tristement.

Tanmuzzi ne répondit pas. Aémer sut que son départ était inéluctable. Quelle idée de vouloir retenir un berger dans un temple au cœur de la ville !

« Tanmuzzi ! » cria-t-elle.

Il leva la tête. Elle le regardait, les yeux brillants. D'une voix troublée, elle lui confia :

« Chaque année, au jour de l'an, tu le sais, le roi épouse l'une des prêtresses d'Inanna pour assurer la fertilité des terres. J'ai toujours fait en sorte qu'il ne me choisisse pas, et jusqu'à présent j'y suis parvenue. Combien de temps le pourrai-je encore ? Tanmuzzi, tu es d'une lignée héroïque. Rien ne s'oppose à ce que tu deviennes le roi de Sumer. Tu pourrais être mon époux.

– Devenir roi ! Jamais, Aémer. »

Aémer descendait les escaliers monumentaux au bras de Tanmuzzi, pressentant que ce serait la dernière fois. Arrivée à l'entrée du jardin, elle l'invita à faire une ultime promenade.

Un an déjà qu'il était arrivé à Uruk.

En ce début d'automne, la chaleur faiblissant, le jardin reprenait vie. Les néfliers regorgeaient de fruits. Tanmuzzi en détacha un, l'éplucha, le tendit à Aémer. Arrivé devant les grenadiers qui ployaient aussi sous le poids de leurs fruits, Tanmuzzi détacha une grenade, ôta l'écorce avec les dents et retira la membrane qui isolait les graines. Il en préleva une, la glissa dans la bouche d'Aémer : « *Ges,* je t'aime. » Il en préleva une deuxième qu'il déposa sur sa langue : « *Min,* un peu. » Puis il continua à égrener le fruit en dénombrant les graines : « *Es,* beaucoup. *Limmu,* passionnément. *Ià,* pas du tout. *Às,* je t'aime. *Imin,* un peu. *Ussu,* beaucoup. *Ilium,* passionnément. *U,* pas du tout. *U-ges,* je t'aime. *U-min,* un peu. *U-es,* beaucoup. *U-limmu,* passionnément.

– Arrête ! Arrête là, c'est bien ainsi, l'interrompit Aémer, la bouche pleine. Ne joue pas avec les présages, Tanmuzzi, on ne sait pas ce que ton jeu nous réserve. À moins que tu ne gouvernes les nombres pour parvenir à ce que cela s'arrête sur passionnément. De toute manière, je n'aurais pas la patience d'attendre la fin du compte, et puis je ne veux pas savoir. »

Elle se serra contre lui. Il poursuivait mentalement le compte des graines. Soudain lui revint en mémoire ce qu'elle lui avait confié : « Vous avez les nombres dans la tête, nous les avons dans le ventre. » Il eut honte. Un éclat de rire le sortit de ses pensées.

« Lorsque tu m'as raconté ton histoire de nombres, savais-tu que les grenades sont un puissant aphrodisiaque ? lui demanda Aémer.

– Non ! Mais tu le sais, toi. Il la regarda douloureusement, il venait de comprendre. Alors, notre première nuit, c'était cela ?

– Pas du tout ! s'écria Aémer affolée. Ce n'est pas ce que je dis. »

Tanmuzzi s'était fermé.

« Je t'en prie, Tanmuzzi, ne crois pas cela. Je ne t'ai fait boire aucun philtre, aucun ! Tu m'en crois capable ? Regarde-moi ! M'en crois-tu capable ? Il évita son regard. Ainsi, tu penses que nous avons eu besoin d'être aidés pour nous aimer ? » Des larmes se mirent à couler sur son visage. D'une voix brisée, elle murmura : « Le plaisir que nous avons éprouvé, nous ne le devons qu'à nous, Tanmuzzi, à nos corps, à notre amour. »

Elle éclata en sanglots.

Qu'est-ce qui me prend à devenir méchant ? se demanda Tanmuzzi. Est-ce la ville ? la jalousie ? la nouveauté d'aimer ? Est-ce tout simplement que je me révèle tel que je suis ?

Aémer retrouva son sourire.

« Au fait, l'interpella-t-elle, sais-tu que les grenades ont d'autres vertus ? Elles éliminent les vers jaunâtres et plats que l'on trouve dans les selles ? »

Il haussa les épaules, vexé.

« La première fois que nous nous sommes promenés ici, je t'avais dit que ce jardin était très important pour moi, je vais te raconter pourquoi. C'était un bel après-midi d'automne, j'avais seize ans, le jardin était magnifique. Je me suis endormie. Une sensation de fraîcheur m'a réveillée en sursaut. Quelqu'un avait détaché mon pagne, c'était l'un des jardiniers. Il s'allongea sur moi, je ne pouvais pas bouger. Pour rien au monde je n'aurais appelé à l'aide, cela n'aurait d'ailleurs servi à rien, la nuit tombait, le jardin était désert. Je me suis débattue, je l'ai griffé, mordu. Il m'a assommée. Quand j'ai repris conscience, un instant après, il me pénétrait. Ce fut terrible. Je n'avais jamais été imprégnée. On l'a retrouvé. Il a été condamné, j'ai assisté à son exécution. Par bonheur, je n'ai pas eu d'enfant. Et je n'en aurai jamais. Le lendemain, je suis retournée dans le jardin. L'homme qui m'avait fait cela ne devait pas triompher et semer en moi la peur, tuer en moi l'amour des arbres, des fleurs. Il ne devait pas tuer en moi le plaisir et la jouissance du corps. Voilà pourquoi je suis devenue grande prêtresse d'Inanna, pour qu'il ne tue pas la femme en moi », dit Aémer d'un ton neutre, lointain.

Tanmuzzi voulut la prendre dans ses bras. Elle l'arrêta d'un geste.

Maintenant, elle pouvait le laisser partir.

Tanmuzzi rejoignit le chariot qui devait le ramener à son domaine.

La lyre était solidement rangée dans un coffre, ainsi que les autres instruments. L'enfant était déjà installé à l'arrière. Aémer l'aperçut et lui adressa un signe maladroit. Tanmuzzi prit Aémer dans ses bras : « S'il n'y avait eu cet enfant, nous ne nous serions jamais rencontrés, n'est-ce pas ? Donnons-lui un nom. »

Aémer réfléchit. Un sourire douloureux se dessina sur ses lèvres.

« L'Enfant-au-calculus, proposa-t-elle.

– Je voudrais te demander pourquoi on t'appelle la mémoire du temps », demanda Tanmuzzi.

Pour toute réponse, Aémer lui glissa le calculus dans la main.

« Tanmuzzi est de retour ! Tanmuzzi est de retour ! »

Déjà, Lion se jetait sur lui, frottant son museau humide contre la joue de son maître. Askum se jeta dans les bras de son ami. Découvrant le jeune garçon qui se tenait peureusement à ses côtés, il l'examina, peinant à reconnaître dans cet enfant maigre le démon rondouillard au regard narquois et insolent. Pourquoi l'avoir ramené ? se demanda-t-il, mécontent. Entraînant Askum à l'écart, Tanmuzzi lui raconta ce qu'il avait appris au sujet du vase.

Askum explosa : « Je l'ai dit et répété à Huwa, qu'il n'était pas responsable. Il n'a pas voulu m'entendre. Il devrait être ici, avec nous, aujourd'hui. Pourquoi n'est-il pas là ? »

Tanmuzzi resta évasif. Chaque chose en son temps, pensa-t-il. Puis, revenant vers l'enfant :

« Vous vous êtes déjà rencontrés, je crois, lança-t-il, provocateur. Askum, voilà un élève pour toi, tu devras lui enseigner tout ce que tu sais.

– Et toi le reste, je suppose. Tu trouves que je n'ai pas assez à faire, les comptes, la gestion, les contrats... ? Bon... Il fit un clin d'œil à l'enfant. Je trouverai bien un moment. Mais il faut qu'il soit raisonnable.

– Pas trop », corrigea Tanmuzzi.

Quand il apprit le nom du garçon, Askum haussa les épaules, contrarié : « Un nom, ça reste toute une vie. Il ne peut pas toujours s'appeler l'Enfant-à... ceci, l'Enfant-à... cela. Lui donner un nom qui lui rappelle une faute pour laquelle il a été accusé à tort, tu crois que ça va l'aider à se débarrasser de cette histoire ?

– Voilà que tu comprends les enfants, à présent ! Tu y as cru, pourtant, à cette histoire. C'est bien toi qui m'en as informé dès que tu es revenu d'Uruk ! Comme il était turbulent, c'était forcément lui le coupable. Et, en plus, il était menteur. Ne viens-tu pas à l'instant de lui demander d'être sage ?

– Pas sage, raisonnable. »

Askum accusa le coup.

« D'accord, d'accord, mais en l'appelant ainsi, vous n'avez pensé qu'à vous. »

Tanmuzzi retrouva son lit, si étroit ; sa chambre, si petite. Ayant rangé ses instruments dans la pièce à musique, il fit le tour de l'enclos, inspecta les bêtes, resta un long moment dans la pièce où l'on travaillait le lait, retrouvant les senteurs qui lui avaient tant manqué, l'aigre-doux du petit-lait, le rance du beurre, l'odeur forte des fromages.

Il était à nouveau chez lui, à nouveau actif, à nouveau pasteur.

Roi d'Uruk ! Elle me demande d'être roi d'Uruk. Qu'ai-je fait pour accéder à une telle fonction ? Ai-je remporté des batailles, terrassé les ennemis de Sumer, accompli des exploits dignes des héros ? Tel n'est pas mon destin. Ninur l'a voulu aussi. Nous sommes des pasteurs, pas des souverains. Les rois vivent dans des palais, nous dans la steppe. Ils ont besoin de murs pour soutenir leur pouvoir, de frontières pour délimiter leur territoire, d'enceintes pour défendre leurs cités. Mes frontières sont l'horizon, mon territoire est sans limites, mon pouvoir est en moi et en cette terre. De toute façon, nous serions séparés ; moi dans le temple blanc, elle dans le temple rouge. Je ne parcourrai pas le chemin inverse de celui qu'a accompli Ninur... Ce serait pourtant le seul moyen de l'avoir pour épouse. Amour impossible !

Une leçon suffit à Askum pour réaliser l'ampleur de la tâche. Non seulement on n'avait rien appris à l'Enfant dans son institution, mais on lui avait fait oublier, semble-t-il, ce qu'il savait avant d'y entrer. Prenant très au sérieux son rôle de maître, Askum commença par lui apprendre à compter en s'aidant des doigts de la première main : *ges, min, es, limmu, ià,* de la seconde main : *às, imin, ussu, ilimu.* Puis à la façon de combiner les nombres pour aller au-delà : *u-ges, u-min, u-es, u-limmu...*

Askum s'appliquait à se montrer sévère, mais il laissait parfois échapper des gestes d'affection, se reprenait bien vite.

Ils partirent ensemble dans les marais couper des roseaux pour confectionner des calames. Askum offrit l'un de ses coffrets à l'Enfant pour qu'il y range ses calames. Son premier objet vraiment à lui.

Il lui enseigna l'écriture des nombres, l'inclinaison et la pression des calames selon qu'on inscrivait un cône, un disque, une bille.

« Et les jeunes scribes qui se plaignent ! lança Askum. Trop compliqué ! Trop de signes à se souvenir ! geignent-ils sans cesse. S'ils savaient comment on faisait avant ! Je n'ai pas connu cette époque ; mes parents, peut-être, ou mes grands-parents... Cela devait être terrible, ils avaient un signe pour " dix-moutons ", un autre pour " dix-brebis ", un autre pour " dix-chèvres ", un autre encore pour " dix-agneaux ", pour " dix-béliers " ! Comment pouvait-ils s'en sortir ! Là, c'était compliqué !

« Peu à peu, parce qu'on va toujours vers le plus simple, ils ont créé un signe particulier pour " dix ", la bille que nous utilisons aujourd'hui. Pour " dix " tout seul, sans préciser dix quoi : le même signe pour les moutons, les brebis, les chèvres, pour toutes les choses. Eh bien, conclut Askum, avec une petite moue, je préfère être scribe aujourd'hui que du temps de mes parents. Tu peux les remercier.

– Merci, merci », chantonna l'Enfant en se moquant d'Askum.

L'intendant hocha la tête en s'éloignant : « C'est bien la peine que je lui explique... Puis, compréhensif : Comment c'était avant, il s'en fiche, il a bien assez à faire avec aujourd'hui. » Il se retourna. L'Enfant jouait, insouciant, ayant oublié ce qu'Askum venait de lui raconter.

C'était pire avant, quel argument imbécile! admit Askum. Ce qui est pire, c'est si c'était meilleur avant.

L'Enfant n'avait pas son pareil pour chasser les oiseaux avec des cailloux, il les atteignait en plein vol avec une habileté stupéfiante. Peu à peu, il retrouvait la vivacité qu'Askum lui avait vue au sanctuaire. Il faudrait du temps pour que sa gaieté et son insouciance lui reviennent. Sans doute ne lui reviendront-elles jamais, se dit Askum, amer.

L'Enfant faisait de solides progrès, appréciant les leçons de l'intendant auxquelles il prenait même du plaisir. Mais le plus beau des cadeaux, c'était le moment où Tanmuzzi lui proposait de l'accompagner dans ses longues randonnées.

Tanmuzzi enfilait sa casaque, saisissait son bâton, ajustait son chapeau. Le troupeau rassemblé, ils partaient, Tanmuzzi, Lion et l'Enfant. N'échangeant que quelques mots, mangeant leurs provisions, dormant à la belle étoile. De temps à autre, Tanmuzzi indiquait à l'Enfant quelque chose à voir, un signe à remarquer, une odeur à sentir, un bruit à entendre. Le garçon n'avait jamais quitté Uruk. Comment pouvait-il se douter que de tels espaces ouverts dans les quatre directions existaient ?

En quelques semaines, le monde s'était agrandi pour lui.

« *Ges, min, es...* » L'Enfant riait en tentant de s'échapper des bras de Tanmuzzi qui comptait les longues boucles de ses cheveux.

Tanmuzzi s'attachait à lui.

Mais il partait de plus en plus souvent seul avec ses bêtes, restant absent durant plusieurs semaines. Là, immergé dans la steppe, avec son troupeau et Lion, il rêvait tout son saoul. Avant qu'il l'ait rencontrée elle lui manquait déjà. Depuis qu'ils étaient séparés, elle lui manquait encore plus, bien plus qu'il ne l'avait craint. Un manque insatiable que le temps ne comblait pas.

Nous sommes là, tous les deux, vivant sur la même terre, au même moment, à une poignée de jours de chariot, et nous sommes éloignés comme si des siècles et la mer infranchissable nous séparaient.

Askum gérait tout seul le domaine et s'occupait de l'Enfant. N'y tenant plus, il interpella Tanmuzzi au retour de l'une de ses longues absences : « Tu pars sans cesse ! Moi, je n'aime pas les enfants et je ne veux pas en avoir. Tu en ramènes un, et c'est moi qui m'en occupe. Tu es responsable de lui, sinon renvoie-le dans cette institution d'où tu l'as tiré. » Askum se calma en pensant à l'Enfant. Un sourire apparut sur ses lèvres. « Il a fait de superbes progrès. Il compte parfaitement, il commence à manier le calame. Mais... Askum se reprit : Il a plus besoin d'affection que de leçons. »

Askum continua néanmoins ses leçons. Le comptable qu'il était tenait à ce que l'Enfant comprenne bien la différence entre écrire et calculer. « Ce n'est pas du tout la même chose. Écrire les nombres et faire des calculs sont deux métiers différents, le *dubsar* écrit, le *lugesdab* calcule. Le premier se sert de la tablette d'argile et du calame, le second, du *gesdab,* la table à calcul, et de bûchettes de bois.

– Eh bien, je préfère être pasteur. L'idée de passer comme toi mon temps avec un calame, je préférerais mourir. »

Il plongea son outre dans le canal. Attendant qu'elle se remplisse, il se mit à chantonner : « *Ges, min, es, limmu, ià, às, imin, ussu, ilimu, u, u-ges, u-min, u-es, u-limmu* », éprouvant un plaisir sensuel à égrener les nombres.

Il a du souffle ! s'enthousiasma Askum. Il fera un bon marcheur, comme Tanmuzzi. L'Enfant avait récité la longue liste de nombres sans reprendre sa respiration.

L'été s'annonçait terrible. La nuit était torride, Tanmuzzi s'étendit sur son lit. L'absence d'Aémer se fit plus présente encore. Son envie d'elle, plus pressante. Si elle vient vivre ici, je devrai changer de lit, se dit-il avec sérieux, et de chambre – un lit même moitié du sien n'y entrerait pas. Il faudrait changer beaucoup de choses, un peu de renouvellement dans ce domaine géré par deux célibataires ne ferait pas de mal.

« Tu rêves, Tanmuzzi ?

– Oui, je rêve.

– La grande prêtresse dans une bergerie !

– Mais ici elle ne serait plus la grande prêtresse !

– Et alors ?

– Pour tes beaux yeux ?

– Pour mes beaux yeux, exactement. Elle apporterait ici tout ce qu'une femme peut apporter, la grâce, la douceur, la persévérance. »

Plongé dans son dialogue intérieur, Tanmuzzi la revit le dernier matin dans le jardin. Ce jour-là il avait compris pourquoi il y avait ancrée en elle une si profonde tristesse.

D'Aémer au masque, du masque à la pièce de marbre (dans laquelle il avait été taillé), de la pièce de marbre à la transaction (par laquelle il en avait pris possession), de la transaction à la boule comptable (qui l'avait officialisée), Tanmuzzi ressentit le besoin impérieux de récupérer cette dernière.

La transaction était vieille de plusieurs années, et pourtant il y avait repensé à de nombreuses reprises. Étaient-ce les conditions difficiles dans lesquelles elle s'était déroulée, ou bien sa durée inhabituellement longue ?

Aucun bruit. Hommes et bêtes dormaient. Tanmuzzi entra dans la salle aux archives, alluma la lampe. Les boules comptables étaient rangées à l'intérieur de niches creusées dans les murs. Leur classement par ordre chronologique l'aida à retrouver facilement celle qu'il recherchait. Il retourna dans sa chambre, posa la boule sur la table, la regarda longuement.

D'un coup de poing, il la brisa.

Sa violence, son irritabilité permanente, Tanmuzzi en connaissait la raison. Il ne supportait plus d'être séparé d'Aémer. Pourquoi faut-il que la seule femme qui m'ait ému ce soit elle ? ne cessait-il de se demander. Une femme qui ne peut habiter chez moi, avec laquelle je ne peux me marier, avec laquelle je ne peux avoir d'enfants. Cette nuit, peut-être dort-elle avec un autre homme. Un long frisson le parcourut. Cela ne peut pas durer. Demain, je retourne à Uruk. S'il le faut, je deviendrai roi d'Uruk. Quoi qu'il m'en coûte. Quoi qu'il en coûte, se promit-il.

Il sortit de sa longue rêverie apaisé.

Sous ses yeux, la boule éventrée, les calculi éparpillés. Il allait devoir refaire une boule. Bien sûr, il manquerait le sceau du marchand. Tant pis. Il se rendit dans l'atelier, revint avec la jarre à argile.

Chaque grande demeure se devait d'avoir, toujours prêtes, de la pâte pour le pain, de l'argile pour les tablettes. La pâte protégée par un linge, la motte d'argile par l'eau de la jarre dans laquelle elle était plongée. De la terre, de l'eau, des céréales et du feu. La richesse !

Digne fils de Sumer, Tanmuzzi avait peu à peu pris conscience du double présent qu'il avait reçu en héritage. Le premier datait d'avant la fondation d'Uruk. Là, avait été accompli un acte capital : le passage des objets dans leur multiplicité et leur diversité – têtes de bétail, pierres précieuses, végétaux, pièces de tissage – aux calculi d'argile, objets conventionnels représentant les choses en leur absence.

Uruk avait été fondée. Les générations avaient succédé aux générations, chacune apportant son écot. Puis une nouvelle étape, capitale, dans la prise en compte de la quantité avait été accomplie : le passage des calculi à des signes inscrits sur un support.

Pouvait-on aller plus loin ?

Tanmuzzi plongea la main dans la jarre à argile, en retira une motte ruisselante, façonna fébrilement la nouvelle boule, inséra son pouce, le retira, fouilla dans le coffret aux calculi, en saisit un. Au moment de l'insérer, il hésita, le reposa, regarda la boule. Pris d'une envie irrépressible, il l'aplatit entre ses mains.

Et la boule devint tablette.

Sur la face légèrement bombée, à l'aide des calames taillés en biseau, il inscrivit les signes gravés sur la boule qu'il venait de briser.

Ceux qui, les premiers, avaient inscrit des signes sur la surface d'une boule contenant les calculi, avaient, sans s'en rendre compte, rendu ces derniers inutiles. En les conservant, néanmoins, ils n'avaient fait que la moitié du chemin...

Il jubilait : la mince tablette recouverte de signes qu'il tenait dans sa main attestait que l'on pouvait se passer des calculi.

Tanmuzzi se leva, sortit dans le jardin. Pas un souffle. La chaleur accablante, la nuit noire. Une nuit d'incendie.

Tout s'enchaînait. Sans calculi, à quoi bon une boule creuse ? À quoi bon, même, qu'elle soit ronde ? Finalement, à quoi bon une boule ? Les calculi avaient permis d'effectuer une longue route, ils devenaient à présent un fardeau. Tanmuzzi comprit enfin la raison de son irritation lors des transactions comptables.

Il retourna dans sa chambre, troqua le tabouret pour le siège au dossier allongé, s'installa à sa table, reprit le calame et continua de graver des signes sur la tablette. Un bruit furtif lui parvint. Tanmuzzi tressaillit. L'Enfant le regardait.

« Que fais-tu debout en pleine nuit ? Tu devrais dormir.

– Je n'y arrive pas. Je peux rester un peu avec toi ?

– Hum. Un tout petit moment, mais après, tu vas te coucher. »

L'Enfant s'approcha.

« Qu'est-ce que tu fais ?

– J'écris.

– Dessine-moi un mouton. »

Tanmuzzi le regarda, surpris, puis s'exécuta. Il dessina un cercle et une croix dedans.

« Ça ne ressemble pas à un mouton, constata l'Enfant, déçu. Tu ne sais pas dessiner ?

– Non. Je ne sais qu'écrire.

– Alors là, tu as écrit “ mouton ” ? Mais pourquoi tu as fait un cercle avec une croix au milieu ?

– Je ne sais pas.

– Tu le fais et tu ne sais pas pourquoi tu le fais ?

– Peut-être que le rond, c’est un enclos, et la croix, un mouton dans l’enclos.

– Oui, mais je t’ai demandé “ mouton ”, pas un mouton dans un enclos. Et puis une croix, ça n’a pas de pattes, pas de queue, pas de...

– Qu’est-ce qui te prend ? l’interrompit Tanmuzzi, surpris par sa véhémence.

– Rien, rien. » Il ne voulait pas dire qu’il avait peur. C’est pour cela qu’il n’arrivait pas à dormir.

« Et puis, admit Tanmuzzi, on n’a pas besoin de savoir tout ce qu’on fait.

– Ah, bon. »

L’Enfant le considéra avec condescendance. Regardant par la porte ouverte, il aperçut un pan de ciel fourmillant d’étoiles : « Écris “ étoile ” », demanda-t-il.

Tanmuzzi écrivit « étoile ».

« Là, ça ressemble, constata l’Enfant satisfait.

« Et “ oiseau ”. »

Tanmuzzi écrivit « oiseau ».

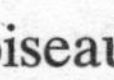

« Là, ça ressemble, mais de loin, admit l’Enfant. Pourquoi tu ne dessines pas tout simplement un oiseau ?

– Parce que chacun ferait le sien, et ils seraient tous différents. L’un le dessinerait en train de voler, l’autre, perché sur un arbre. Comme il y a des tas d’oiseaux différents, il y aurait des tas de dessins différents, et personne n'y comprendrait rien.

– Ah..., fit l'Enfant, pas convaincu par l'explication.

– Les scribes ont mis du temps, mais ils ont fini par se mettre d'accord pour que le même signe représente “ oiseau ”. Ce n'est plus vraiment un dessin, c'est un oiseau, comment dire... plus simple. C'est ça, l'écriture.

– Tu penses toujours à la grande prêtresse ? demanda l'Enfant. N'attendant pas la réponse : je te vois si souvent rêver. Moi, je n'ai jamais rêvé à une femme, dit-il tristement. Brusquement : Écris “ femme ”. »

Tanmuzzi écrivit « femme ».

L'Enfant regarda, déçu. « C'est comme “ mouton ”, ça ne ressemble pas, bougonna-t-il.

– Euh, si... comment te dire ? bredouilla Tanmuzzi. Tu as déjà vu une femme toute nue ?

– Même plusieurs, quand elles se lavaient au lavoir.

– Bon, en bas du ventre, tu as vu un petit endroit sombre ?

– Comme la toison d'une brebis ?

– Euh... oui. Et au milieu, oui mais tu n'as... tu n'as pas pu la voir. Au milieu il y a une petite fente. L'Enfant l'écoutait, médusé. C'est pour cela que j'ai fait cette forme avec trois traits et un petit au milieu. Allez, laisse-moi maintenant. »

La tablette bien en main, Tanmuzzi fut pris d'une folle envie d'écrire autre chose que des nombres, autre chose que des contrats. Il prit un calame taillé en pointe.

Son désir d'écrire et l'abondance de ce qu'il brûlait d'exprimer étaient tels que la main appliquée à tracer les lignes courbes ne parvenait plus à suivre le rythme de sa pensée. Tanmuzzi ressentit l'urgence, il lui fallait aller plus vite, écrire tout ce qu'il avait à dire. Il changea de calame, reprenant celui taillé en biseau. Ses doigts déliés par la musique étaient prêts pour l'écriture. La longue pratique de la lyre l'aidait à apposer des marques brèves et efficaces, les lignes courbes des dessins, trop longues à tracer, firent place à de petits segments brefs. Dans la chambre torride s'éleva le chant du calame sur la tablette d'argile.

Il n'y avait pas un souffle d'air. La nuit n'avait apporté aucune amélioration. L'atmosphère était lourde, comme si un orage menaçait. « Il ne pleuvra pas, il ne pleut jamais ici », grommela Tanmuzzi. Il s'assoupit, rêvant à la pluie du Déluge, mais à une pluie sage qui tomberait quelques heures et puis s'arrêterait et qui, au lieu de déverser toute l'eau du ciel d'un coup, en déverserait un peu chaque fois mais souvent.

Un bruit de pas précipités ne parvint pas à le sortir de son rêve. Askum entra en trombe dans la pièce : « Tanmuzzi ! Tanmuzzi ! » Il découvrit son ami endormi, la tête posée sur la table. « Il dort », murmura-t-il ému. Entendant un souffle derrière lui, il se retourna vivement.

L'Enfant dormait aussi, recroquevillé sur le lit.

« Réveille-toi, réveille-toi donc ! » cria Askum en secouant Tanmuzzi.

L'Enfant se leva d'un bond, regardant Askum sans comprendre. Tanmuzzi ouvrit les yeux : « Il pleut ?

– Nous sommes attaqués ! hurla Askum de plus en plus affolé. Les hommes de la montagne... Ils sont revenus ! Un berger vient de les repérer. Ils seront là dans un instant. Dépêche-toi, je t'en prie. »

L'Enfant se précipita vers Tanmuzzi. Les hommes de la montagne... Tanmuzzi peinait à comprendre. S'apercevant qu'il tenait la tablette, il la posa avec précaution sur la table.

L'Enfant tremblait. Tanmuzzi fit mine de le gronder :

« Tu vois, je t'avais dit d'aller dormir dans ta chambre.

– Le berger a surpris ce qu'ils disaient, ils sont venus pour te tuer », lui glissa Askum le plus bas possible.

L'Enfant avait entendu.

« Non ! » hurla-t-il en se précipitant vers Tanmuzzi. Il se blottit dans ses bras.

Tanmuzzi caressa avec tendresse ses longs cheveux bouclés : « N'aie pas peur, ce n'est rien. Tanmuzzi est fort. »

Askum éloigna doucement l'Enfant.

Tanmuzzi saisit son bâton : « Regarde comme Tanmuzzi est fort, lança-t-il crânement.

– Ne cherche pas à les braver, le supplia Askum, ils sont nombreux. Je t'en prie, Tanmuzzi, déçois-les ! » Empoignant la peau de mouton, il la jeta sur le dos de son ami : « Rejoins les bêtes, elles te protégeront. »

Tanmuzzi saisit le calculus que lui avait offert Aémer et suivit Askum. Il lui ordonna de fuir avec l'Enfant. « Il doit vivre », insista-t-il. L'Enfant l'enlaça. Tanmuzzi l'embrassa avec une immense tendresse.

« Il faudra que je te dise comment une fois j'ai douté de toi, confia Tanmuzzi à Askum.

– Demain, demain, répondit Askum, les larmes aux yeux, entraînant l'Enfant qui se laissait emporter tout en regardant Tanmuzzi.

– Askum, la tablette ! Sur la table ! » lança Tanmuzzi avant de disparaître.

Les chiens se mirent à aboyer.

Au loin, des flambeaux s'agitèrent. Pourquoi n'ont-ils pas aboyé plus tôt ?

Et Lion ? Où est Lion ?

Tanmuzzi se jeta à terre. S'aidant des coudes, il se dirigea vers l'enclos. Pas facile de ramper avec un bâton. Ramper comme un lâche, dans mon propre domaine ! Il se leva, furieux contre lui. « Déçois-les ! » avait dit Askum. Comme d'habitude, il avait raison : pourquoi leur faciliter la tâche ? Se baissant à contrecœur, Tanmuzzi se remit à ramper. Le sol était encore chaud.

Il se glissa dans l'enclos, referma la porte derrière lui. Les bêtes étaient rassemblées autour de l'entrée. Elles vont se précipiter vers moi et faire un bruit terrible, redouta-t-il.

Elles ne bronchèrent pas. Oreilles dressées, elles le fixaient de leurs yeux doux. Dans ce silence inespéré, il continua de ramper. Arrivé à leur hauteur, il hésita, craignant leur réaction. Il avança, elles s'écartèrent. Le troupeau se referma derrière lui. Avec sa peau de mouton sur le dos, impossible de le repérer, il pourrait rester là jusqu'au matin.

En cette étrange et terrible nuit, Tanmuzzi était une bête parmi les bêtes. Tu es notre pasteur, tu as pris soin de nous, tu nous as nourries, soignées, tu nous as aidées à mettre bas. À notre tour de te protéger, semblaient-elles lui murmurer.

Il progressa au milieu d'elles comme la proue d'un bateau fendant l'eau calme, son sillage dans cette mer de laine aussitôt effacé. Quel apaisement de sentir ces toisons le frôler ! À plusieurs reprises, suffoquant sous la peau de mouton, il lâcha son bâton, fit une pause, le récupéra. Lorsqu'il se fut profondément avancé dans l'enclos, il s'arrêta, se mit sur le dos. Dans les nuits sans lune, les étoiles sont reines. « Autant de moutons que... » Il sourit au rappel de cette phrase qui n'avait jamais été aussi justifiée. Il aurait pu se croire dans la steppe, seul au milieu de ses moutons.

Les assaillants pénétrèrent dans la chambre de Tanmuzzi.

Attaquer en pleine nuit est contraire aux usages, cela ne peut être que les hommes des montagnes, se dit Tanmuzzi. Ils sont venus venger l'affront que j'ai fait subir au marchand de Zagros. Mais pourquoi avoir attendu si longtemps ?

Le fracas d'objets que l'on brise retentit.

Tanmuzzi tenta d'interpréter chaque bruit. Les moutons s'étaient resserrés autour de lui. Je n'aurais jamais dû écouter Askum. Imaginant la tablette réduite en miettes, il se maudit d'avoir quitté sa chambre. Je devrais défendre ce qui m'est cher. Il voulut se lever, quelque chose l'en empêcha. Soumis à deux forces contraires, l'une le poussant à courir vers sa chambre, l'autre le maintenant à terre, il pleura de colère et d'impuissance. C'est alors qu'il entendit la voix d'Aémer : « Pourquoi es-tu parti ? Avec moi, tu ne risquais rien. Comment veux-tu que je te protège, tu es si loin de moi ? »

La table, la lampe, les étagères, la chaise, le tabouret fracassés, les pagnes lacérés, le lit déchiqueté. Le chef des assaillants, de tous le plus véhément, prenait un plaisir ignoble à tout détruire. Se ruant dans la pièce attenante, ses hommes marquèrent un moment d'hésitation.

Devant eux, bien rangés, les instruments de Tanmuzzi. Cette lyre, ce tambour, cette flûte n'étaient pas leurs ennemis, ils n'avaient pas reçu mission de les détruire. Ils aimaient la musique, certains en jouaient. Fascinés par la finesse de ces instruments, ils ne bougèrent pas. Les bousculant, leur chef fonça vers la lyre, la toisa, leva le bras et abattit son épée, tranchant la tête d'or du taureau qui rebondit sur le sol, s'immobilisant aux pieds de ses hommes, stupéfaits de ne pas voir un flot de sang sourdre de la plaie de bois. Affichant son mépris pour ces guerriers sensibles qu'il commandait et qu'il voulait provoquer, le chef abattit une nouvelle fois son épée, sectionnant d'un même coup la traverse et les cordes. Les onze ! Elles émirent en se détendant une plainte déchirante.

Tanmuzzi entendit le cri. Cela aussi, je le laisserais faire ?

Figés par le regard assassin de leur chef, les hommes se turent, réprouvant l'exécution de la lyre.

Tanmuzzi se redressa, soulagé de pouvoir enfin combattre. Mais il se promit de ne pas mourir dans l'obscurité de la nuit. Il résisterait jusqu'à l'aube. Accomplissant le chemin inverse de son aïeul Ninur, le pasteur Tanmuzzi se fit guerrier. Se débarrassant de la peau de mouton, il leva son bâton, l'étendard du pasteur, et dans la nuit clama son propre nom : « Tanmuzzi ! » qui éclata aux oreilles des assaillants comme un défi.

Sachant à présent où se trouvait celui qu'ils étaient venus exécuter, les guerriers coururent vers l'enclos. Un grondement menaçant les accueillit, le martèlement de centaines de sabots sur le sol sec.

Une bête se mit à bêler et le bêlement cent fois multiplié éleva une barrière sonore annonçant aux assaillants les difficultés qui les attendaient. Au lieu de s'enfuir à leur approche, ils se mêlèrent à eux, entravant leur marche. Cris de colère, jurons. Les bêlements redoublèrent. Pour progresser, les assaillants durent se tailler un passage à coups d'épée. Le vieux bélier, monument ovin miraculeusement réchappé de tout ce qui aurait dû l'abattre – morsures des serpents, égorgement –, fonça vers un homme, l'envoyant voltiger dans les airs d'un coup de cornes prodigieux. Le corps s'écrasa dans un bruit sourd.

Malgré leurs efforts, les bêtes ne purent empêcher la horde d'atteindre Tanmuzzi. Le berger les attendait.

Le combat s'engagea.

Tanmuzzi faucha les premiers rangs comme à la moisson. Faisant des sauts de dix pieds, esquivant, frappant. Avec une époustouflante dextérité, il passait son bâton d'une main à l'autre. Les hommes qui, le croyant occupé d'un côté, attaquaient par l'autre, étaient sidérés de le retrouver face à eux.

Souple, résistant, le bâton était toutes les armes à la fois, lance, épée, masse, fouet. Tanmuzzi le faisait tournoyer autour de son poignet, dans un sifflement rendu effrayant par la vitesse qu'il lui communiquait, le bâton se transformait en un bouclier infranchissable sur lequel venaient se fracasser les armes de ses adversaires. Pas une parole, pas un cri, ne vint troubler la lutte qui accablait l'enclos. Tanmuzzi percevait les respirations rauques, le crissement des sandales, le choc des armes. Il sentait la haine et l'envie forcenée qu'ils avaient de l'abattre. Mais il n'était pas seul. Toute la nuit, il entendit Aémer l'appeler. Cette voix le soutint. Elle lui donnerait la force de résister jusqu'à l'aube.

Encore ne combattait-il que sur un seul front.

Plus pour longtemps. Il venait de repérer deux groupes tentant de s'infiltrer sur ses côtés pour le prendre à revers. Dans quelques instants, il serait cerné.

Dans un éclair, Tanmuzzi aperçut une boule flamboyante bondir au-dessus des assaillants. Jugeant qu'il ne pourrait l'éviter, Tanmuzzi se campa sur ses jambes. Venu d'on ne sait où, Lion retomba à ses pieds en jappant de joie.

« Va-t'en ! Va-t'en ! » lui ordonna Tanmuzzi.

Pour la première fois, Lion refusa d'obéir. Tanmuzzi lui lança un coup de pied pour le faire partir. Lion leva la tête. Dans son regard, Tanmuzzi lut une incompréhension absolue. Soit, nous combattrons ensemble, décida-t-il.

Crocs, griffes. Lion ne commettait pas l'erreur de s'acharner sur ses victimes. Bondissant, mordant, égorgeant, il lui suffisait de les mettre hors d'état de poursuivre le combat. Il se battait avec une férocité que Tanmuzzi ne lui avait jamais vue. Un fauve.

Les deux groupes infiltrés sur ses flancs s'étaient rejoints. Tanmuzzi et Lion étaient encerclés. Sans que Tanmuzzi ait rien eu à dire, Lion vint se placer derrière lui. Le chien et son maître allaient se battre ensemble, dos à dos. Entre deux assauts, Tanmuzzi jeta un regard vers le ciel.

Nuit sans lune. La femme, la lune. Cette nuit, ni l'une ni l'autre n'étaient présentes.

Beaucoup d'étoiles avaient disparu. Il y avait à présent plus de moutons dans l'enclos que d'étoiles dans le ciel.

Un hurlement déchira l'air. Lion était touché. Tanmuzzi, impuissant, ne pouvait rien faire pour le protéger. Lion continua, mordant, griffant.

Une lumière aveuglante éclaira la nuit. Le chef des assaillants, la tête ceinturée d'une couronne de feu, progressait vers Tanmuzzi qui se souvint. Le récit de Ninur. Le démon Asakku que son aïeul avait mis à mort avait la tête ceinturée d'une couronne de feu. Tanmuzzi comprit. Les assaillants arrivaient de la montagne, ainsi qu'Askum l'avait affirmé. Mais ils n'étaient pas venus laver l'injure faite au marchand, ils étaient venus accomplir la vengeance d'Asakku. Les hommes-pierres étaient là pour donner la mort au petit-fils de Ninur.

Le jour se levait. Il ne restait qu'une étoile dans le ciel. Tanmuzzi abordait l'aube, comme un naufragé parvenu à la côte. Il avait réussi à ne pas mourir dans les ténèbres. Lâchant son bâton, il saisit le calculus, rassembla ses dernières forces et le lança vers l'ultime étoile de la nuit. Le calculus s'éleva. Surpris, les assaillants le suivirent des yeux avec inquiétude. Accrochant les premiers rayons de soleil, il scintillait dans les airs.

Dernier cadeau pour Aémer.

Un souffle terrible. Les assaillants baissèrent la tête. À peine eurent-ils le temps de voir Tanmuzzi s'élancer vers leurs lances et leurs épées dressées. Ils restèrent longtemps obsédés par son cri.

La vengeance d'Asakku était accomplie.

Au milieu de l'enclos, à côté de la dépouille de Lion, on retrouva le corps de Tanmuzzi, la poitrine criblée de blessures. Le sceau de cornaline ne pendait plus à son cou.

On dégagea les bêtes mortes, aucune n'en avait réchappé. Décapité, le vieux bélier avait l'air plus furieux encore. Fiché dans le sol, le bâton de Tanmuzzi s'élevait au-dessus des corps. On enterra Tanmuzzi avec.

Le cœur serré, Askum pénétra dans la chambre. Le spectacle était affligeant. De la table fracassée, au milieu des décombres, il ne restait qu'un pied indécent, dressé dans une ultime offense. Un bref regard dans la pièce à musique acheva d'accabler Askum. Avançant comme un somnambule, il se penchait, saisissait un débris, le contemplait avec un étonnement consterné et le reposait délicatement au milieu des autres.

Suprême outrage, les assaillants avaient laissé la tête d'or du taureau, sans doute pour qu'elle soit le témoin de l'effroi de ceux qui découvriraient la dévastation. Reposant sur la joue, souffrant encore du terrible coup asséné par le chef, mais conservant toute sa dignité dans la douleur, elle flamboyait au soleil levant.

La lyre désarticulée faisait peine à voir. Des bouts de corde pendaient douloureusement de la traverse épargnée, au-dessus de la caisse de résonance dont l'incrustation de lapis-lazuli n'était plus qu'une bouillie dispersée autour du grand tambour éventré.

Si ce n'était la nécessité de rechercher la tablette dont lui avait parlé Tanmuzzi, Askum se serait enfui loin de la bergerie. Il se mit à genoux et commença à fouiller. Bois, roseau, tissu, céramique, argile entremêlés. La jarre, la boule, le coffret, la lampe, le siège, le coffre, le lit, les pagnes, tout ce qui avait appartenu à Tanmuzzi avait été broyé ! D'un tel déchaînement de fureur destructrice, comment un seul objet aurait-il pu sortir indemne ?

Des décombres, Askum finit par retirer une plaque d'argile recouverte de signes. Était-ce la fameuse tablette ? Ni l'eau du vase ni l'huile de la lampe ne s'était répandue sur les faces presque sèches. Elle était intacte.

Askum déblaya un petit espace dans lequel il déposa les fragments de la boule qu'il avait pu récupérer, ainsi que la tablette. Il les contempla. Peu à peu le lien se fit.

La tablette remplaçait la boule !

Quel gain énorme ! Plus de boule à confectionner ! Askum sourit au souvenir de ce qui était arrivé à leur maître, ce pouce qui les avait fait tant rire. Les meilleurs amis du monde, la vie devant eux... Askum resta un long moment à revivre ces moments passés ensemble. Il reprit tristement la liste interrompue : plus de calculi à fabriquer... plus de calculi, plus de coffrets !

Les critiques qu'il avait secrètement accumulées durant des années de pratique, et qu'il ne s'était pas autorisé à formuler, affluaient à sa conscience.

La taille des boules, par exemple. Comment la déterminer par avance ? Que de fois, à ses débuts, il avait dû refaire la boule après s'être aperçu que les calculi ne pouvaient tous y entrer ! Un autre point l'agaçait : l'impossibilité d'établir un lien systématique entre l'importance du nombre et la taille de la boule, un petit nombre pouvant nécessiter une grosse boule. Trois bâtonnets et un grand cône nécessitent-ils une plus petite boule que deux sphères et un cône perforé ? Exaspérant tout de même, parce que plus il y a de moutons, plus l'enclos est grand, n'est-ce pas ? Il devrait y avoir un lien entre la taille de l'enclos où sont enfermés les moutons et celle de la boule où sont enfermés les calculi représentant le nombre de moutons, non ?

Que de manipulations ce « simple » passage de la boule à la tablette allait supprimer ! Ah, Tanmuzzi, te rendais-tu compte de ce que tu accomplissais ?

L'Enfant ne quittait pas l'enclos. Lui aussi fouillait. Il recherchait le calculus que Tanmuzzi avait emporté en quittant la chambre.

Le lait coulait de nouveau, les brebis mettaient bas, les fromages étaient apprêtés.

Que la tablette soit ressortie intacte du saccage, Askum n'y était pour rien. Mais c'était à lui qu'incombait le devoir d'en découvrir le secret. Décidé à s'employer exclusivement à cette tâche, il délégua la gestion du domaine à ses collaborateurs.

Il s'installa dans la chambre de Tanmuzzi remise en état et se lança dans l'étude des inscriptions de la tablette, avec toute la perspicacité, l'attention et l'immense savoir de lettré qu'il avait bâti, mais surtout avec tout l'amour qu'il portait à son ami.

Comment croire que Tanmuzzi avait passé la nuit à jeter au hasard avec son calame des marques sur l'argile ? Tout portait à le croire, pourtant, car Askum n'avait jamais vu pareil griffonnage. Comme si tout avait été fait pour résister au déchiffrement. Surmontant le malaise qu'un tel fouillis d'inscriptions déchaînait en lui, Askum décida d'étudier la tablette. Il y passa ses jours, ses nuits.

Il commença par tenter de faire des liens entre certains signes gravés par son ami et ceux qu'il connaissait. Il imagina comment Tanmuzzi avait pu passer des signes tout en courbe à ceux hachés et pointus qu'il avait sous les yeux. Il s'essayait à refaire le passage des premiers aux seconds en recomposant les étapes.

Il n'y avait aucun doute, ce n'étaient pas là des signes insensés placés sans intention.

Il s'agissait d'une écriture. Il fallait la déchiffrer.

Askum ne quittait plus la chambre dans laquelle il avait fait transporter un lit. L'Enfant lui apportait ses repas ; ils n'échangeaient pas une parole. La lampe à huile brûlait toutes les nuits. Askum avait le regard fiévreux des inspirés.

Première victoire, il parvint à reconnaître quelques signes. Les traits continus, les dessins, les arrondis avaient disparu. Le cercle représentant le mot « mouton » avait été transformé en quatre encoches.

Il fallut des journées pour identifier tous les autres signes que Tanmuzzi avait, dans sa hâte, inscrits sur la tablette. Tanmuzzi ne le quittait pas, sa présence, d'autres diraient son absence, l'accompagnait sans cesse. Il ressentait même un certain plaisir à cette graphie leste et nerveuse. Il imaginait son ami, tiraillé par l'urgence, pressant le calame à un rythme de plus en plus rapide.

« Tu pressentais ta mort toute proche, murmura-t-il. Durant cette effroyable nuit, Tanmuzzi, mon frère, tu as été celui-qui-va-vite-et-droit-sur-la-tablette. *Dubsar.* »

Askum saisit l'étendue de ce que Tanmuzzi avait accompli. Son ami avait réalisé une double simplification stupéfiante, le passage du rond au plat pour le support, le passage du courbe au droit pour l'écrit.

Ce qui était inscrit sur la tablette ne cherchait pas à imiter les choses, mais à en être un représentant dans une chaîne de sens. Il ne s'agissait plus d'une écriture de choses, mais d'une écriture de mots. Il ne s'agissait plus de ressembler, mais de signifier.

Quelque chose de nouveau dans la représentation venait de naître : le sens !

L'Enfant entra en trombe dans la chambre, rayonnant. Il venait de retrouver dans l'enclos le sceau de Tanmuzzi. Le sceau était intact. Le calculus, lui, restait introuvable.

Quelques heures plus tard, Askum finissait de décrypter la tablette, dont le titre lui était devenu limpide. Ce qui y était écrit avait une valeur inestimable à ses yeux. C'était la preuve que l'écriture ne servait pas seulement à établir des contrats, qu'elle n'était pas uniquement liée à la comptabilité, aux nombres et à la gestion du monde. Elle permettait d'exprimer les sentiments et les pensées les plus profondes des êtres humains.

Quittant la chambre après tant de jours, il se dirigea vers le four. Le feu couvait. Askum y glissa la tablette de Tanmuzzi. Puis, las, il regagna sa propre chambre, se lava, s'habilla. Quand il revint, la tablette était cuite. Désormais indestructible, elle pourrait traverser les siècles.

Askum la posa sur la table avec le sceau de cornaline et fit venir l'Enfant. Il lui caressa les cheveux : « Nous avons bien travaillé, toi et moi. Nous avons trouvé ce que nous cherchions. Notre tâche est terminée. » L'Enfant s'approcha, il posa la main sur l'épaule d'Askum.

« Tu voudrais savoir ce qui m'a tenu éloigné de vous pendant tout ce temps ? » demanda Askum.

La réponse de l'Enfant était dans ses yeux.

Askum lui raconta ce qu'avait créé Tanmuzzi durant la nuit fatale. C'était difficile à formuler, c'était si nouveau !

« Si les signes ne figurent plus les choses qu'ils représentent, comment savoir ce qu'ils veulent dire ? demanda l'Enfant.

– Ils diront les sons qui composent les noms des choses, tenta d'expliquer Askum.

– Les sons ? Mais il y en a tellement.

– Et des choses, crois-tu qu'il y en ait moins ? Chaque mot que tu prononces est fait de sons. Il y aura toujours moins de sons que de choses. Pour écrire le nom de notre ami, il faudra trois signes, le premier se lira TAN, le deuxième MU, le troisième ZI.

– Il n'y aura plus de dessins alors ? demanda tristement l'Enfant.

– Mais ce sera tellement plus simple ! s'enthousiasma Askum.

– Sûrement, sûrement. Mais je ne vais pas l'apprendre tout de suite. Laisse-moi du temps. »

Du temps. Il en avait fallu pour en arriver là. Askum était fier de Tanmuzzi. Il le remercia de lui avoir offert d'être le témoin d'un tel événement. Mais il savait que cette découverte, d'autres hommes, ailleurs, dans d'autres circonstances, l'accompliraient, ou l'avaient déjà accomplie.

Le lendemain, Askum partit pour Uruk.

Que d'événements depuis sa première venue au temple d'Inanna. Huwa, le vase, l'Enfant...

Dans quelques instants, il allait revoir Aémer.

Askum fut conduit directement à sa chambre. Elle s'empressa de le recevoir : depuis qu'elle avait appris la mort de Tanmuzzi, elle l'attendait. Ils se regardèrent sans un mot.

Elle était toujours aussi belle, son visage n'avait pas changé, pas plus que celui du masque de marbre. Mais en dessous, elle était atteinte. Askum était bien le seul qui pût le remarquer.

Il lui tendit deux boîtes. Aémer les ouvrit ; l'une contenait le sceau de Tanmuzzi, l'autre la tablette.

Levant la tête, Askum aperçut le vase d'albâtre. En parfait état, ainsi que le lui avait rapporté Tanmuzzi. Croisant son regard, Aémer sourit tristement. « Quelques agrafes, le vase est réparé. Et le cœur qu'est-ce qui le répare ? »

Huwa attendait Askum. Il se précipita en sanglotant. Le fard qui maquillait son visage coulait sur ses joues. Askum n'eut pas l'idée de sourire. Huwa l'entraîna sur la terrasse, à l'endroit où, quelques années plus tôt, ils s'étaient retrouvés après avoir gravi le monumental escalier du temple rouge.

« Dis-moi un peu ce que tu fais à Uruk ? lui demanda Askum pour tenter de le sortir de son chagrin.

– Je fais partie de la troupe de danse du temple. Et je continue à jouer du fifre. Je suis devenu un très bon danseur.

– Es-tu heureux ?

– Oui... non. Je l'étais, oh, comme jamais je ne l'avais été. Mais depuis la mort de Tanmuzzi... »

Askum retrouva Aémer dans sa chambre. Elle lui désigna un siège, puis lui tendit la tablette, attendant qu'il la lise pour elle. Il ne s'était jamais trouvé dans semblable situation. Il était messager ; la moindre maladresse risquait de provoquer de graves blessures.

Il prit la tablette bien en main et prononça :

Chant de Tanmuzzi le berger à Aémer sa bien-aimée, grande prêtresse d'Inanna.

Aémer se redressa, resplendissante de bonheur. Le titre à lui seul était une promesse.

Faisant tourner entre ses doigts le sceau de cornaline, elle se souvint de la phrase que Tanmuzzi y avait fait inscrire : *Tanmuzzi célébrant Inanna et Aémer sa prêtresse bien-aimée.*

Presque la même. Mais l'ambiguïté avait disparu.

Ayant laissé à Aémer tout son temps, Askum commença la lecture. Sa voix grave assumait le texte, troublée parfois par l'émotion. Mais pas une seule fois il ne s'interrompit. Tanmuzzi avait écrit le chant d'une seule traite, Askum devait le lire d'une seule traite. Il le fit sans regarder Aémer, pour qu'elle puisse laisser ses sentiments s'exprimer librement.

Par moments, il butait sur un mot, son élocution devenait peu assurée. Il se reprenait. Le texte défilait.

Aémer, les yeux fermés, écoutait. À elle s'adressaient les plus belles paroles d'amour jamais écrites.

La nuit s'apprêtait à tomber. Dans le ciel pur d'Uruk, la première étoile scintilla. Debout devant la fenêtre de sa chambre, tandis que volaient les mésanges silencieuses, Aémer la fixa longuement.

« Première à apparaître, dernière à disparaître, tu seras désormais notre étoile, murmura-t-elle. Je t'offre deux noms. *Dilbat*, étoile de l'amour, que je dédie à la déesse Inanna. *Étoile du Berger,* que je dédie à Tanmuzzi des steppes, le pasteur. Chaque matin, à l'aube du jour nouveau, je penserai à toi. Chaque soir, au crépuscule, je penserai à toi. Et le ciel s'en trouvera modifié. »

Elle s'éloigna de la fenêtre. Aucune lampe n'était allumée dans la chambre, les limites de son lit se perdaient dans l'obscurité. Elle hocha la tête : une étoile brillant éternellement dans le ciel ne remplace pas un amant dans un lit, ne serait-ce que le temps d'une nuit.

À quoi bon tant de place à présent ? Elle décida de changer de couche. « Non, surtout pas ! s'écria-t-elle. Un lit étroit rendrait ton absence moins criante et finirait par la colmater. » À son amant perdu, elle fit cette promesse : « Cette place vide à mes côtés sera à jamais la tienne. »

Askum décida de rester à Uruk jusqu'à ce qu'Aémer connaisse le chant par cœur, puisqu'elle ne savait pas déchiffrer les signes de Tanmuzzi.

Chaque jour, il se rendait dans sa chambre et lui lisait le chant. Elle écoutait et récitait en même temps que lui.

Un matin, au début d'une séance, elle demanda des nouvelles de l'Enfant. Comptait-il revenir à Uruk ?

« Il reste à la bergerie, il a trouvé sa place », lui répondit Askum.

Aémer n'insista pas. Elle alla chercher le sceau de Tanmuzzi, le tendit à Askum : « Donne-le-lui. Le domaine a besoin d'un nouveau pasteur. »

Askum quitta Uruk à l'aube. La journée avait été longue pour Aémer. Elle sortit sur la terrasse du sanctuaire. Là, dans le souffle d'air qu'apportait la nuit, elle récita le chant de Tanmuzzi pour s'assurer qu'elle le connaissait par cœur. Il était à présent inscrit dans sa mémoire. Elle saisit la tablette et la brisa.

La mémoire l'emportait sur l'écriture et les sons de la voix de Tanmuzzi habitant son esprit l'emportaient sur les mots gravés dans l'argile cuite.

Lui revint la question qu'il lui avait naguère posée : « Pourquoi t'appelle-t-on la mémoire du temps ? »

Elle ne lui avait pas répondu.

3

Ur

Un millénaire plus tard

Une quinte de toux secoua Bilili, ses cheveux bouclés balayèrent ses épaules nues. Peinant à reprendre son souffle, elle se retint au mur rugueux du rempart. Elle savait qu'elle ne pouvait rien contre ces crises ; semblables à la crue de printemps, elles étaient inéluctables et imprévisibles.

Se forçant à regarder autour d'elle, elle fixa les objets alentour afin de laisser le monde s'introduire en elle et chasser l'angoisse qui l'étreignait. Elle attendit, elle avait l'habitude. Sa vision s'éclaircit. Réinvestissant son corps, elle remua les membres, le torse, la tête.

Elle quitta le mur, serra les poings et s'éloigna. Après quelques pas qu'elle voulut alertes, elle prit conscience des tensions qui l'habitaient. Elle se détendit. Enfin, l'air pénétra en elle. La crise était passée. Ce n'est pas le moment de tomber malade, se dit-elle, guillerette.

Dans quelques jours, pour la fête du jour de l'an, Ur serait envahie par une foule d'étrangers à la ville, agriculteurs de la région, bédouins, habitants de la toute proche Eridu, de Larsa, d'Uruk, de Lagash et de Girsu, qui viendraient assister au mariage sacré. C'était la période de l'année où elle travaillait le plus.

S'éloignant des remparts, Bilili marcha vers le quartier sacré, au cœur de la ville. Le quartier des temples, Ur en regorgeait ! Ils portaient des noms qu'elle continuait à trouver inquiétants, Ekishnugal, Ehursag, Enunmah, « temple de la grande lumière », « temple-montagne », « temple du très-haut prince ».

Après les temples, les tombes. Bilili passait devant les tombeaux des premiers souverains de Sumer dans lesquels reposaient, prétendait-on, des trésors qui enflammaient l'esprit de ses compagnes de travail.

Bilili avait peu à peu appris à connaître cette ville où elle avait été conduite de force et qui, elle le savait, serait la sienne jusqu'à sa mort. Elle y étouffait, se cognait contre les remparts qui lui rappelaient sans cesse son enfermement.

« Au Long Chalumeau ».

Célèbre pour la beauté de ses femmes autant que pour la qualité de ses bières, le cabaret était niché dans un renfoncement des remparts, à l'écart des quartiers d'habitations. Les nuits y étaient agitées, la musique endiablée, la boisson inépuisable.

Mince, la peau mate, le cou frêle et tonique, les jambes aux muscles effilés, Bilili se déplaçait à travers les tables, attirant les regards comme les fruits l'abeille. L'Étrangère ! Elle plaisait aux hommes qui recherchaient en elle cette sauvagerie exempte de cruauté dont leur vie monotone avait rendu le manque criant. La souplesse de son corps félin incitait les imaginatifs à fantasmer quelque position que jamais leur épouse raide ne pourrait exécuter. Une heure passée dans ses bras, les voilà partis pour un voyage éblouissant dont ils revenaient avec leur provision de promesses pour une poignée de semaines.

Bilili était Mar'tu, de l'une des tribus bédouines nomadisant de Sumer aux pays de l'Ouest. Entre celles-ci et Ur, les relations étaient instables, parfois la guerre, parfois la paix, mais jamais une paix complète.

La dernière guerre s'était soldée par une terrible défaite des Mar'tu. Offerte comme butin par le roi à l'un de ses valeureux officiers, Bilili s'était retrouvée clouée « Au Long Chalumeau » et mise au travail dès ses seize ans dans ce cabaret d'Ur, sous les ordres d'une matrone sévère au cœur bon.

Elle avait fini par s'y résoudre. Ce lieu ou un autre...

Il lui aurait été facile de s'enfuir, elle ne risquait rien, elle le savait. Que valait-elle pour que son propriétaire prenne la peine de lancer des gardes à sa recherche ? D'autant que sa valeur diminuait : plus les armées d'Ur étaient victorieuses, plus elles ramenaient d'esclaves, et moins ceux-ci avaient de prix.

Les bédouins de passage à Ur pour leurs affaires trouvaient toujours un moment pour lui donner des nouvelles de la tribu. Un jour, le chef d'une tribu lointaine pénétra dans la ville, juché sur une superbe monture. Personne n'avait jamais vu pareil animal. Haute stature, racé, poil lisse, queue nerveuse. Tellement différent d'un âne ou d'un onagre. Un cheval ! Le premier qui pénétrait dans Ur. Le cavalier avançait majestueusement ;

se frayant difficilement un passage, il s'amusait à exciter du talon sa monture qui ruait au milieu des curieux effrayés, et riait d'un rire sonore et insolent.

Bilili l'aperçut. Reconnaissant la belle allure des Mar'tu, le cavalier lui tendit la main, la hissant à ses côtés. Bilili, triomphante, traversa la moitié de la ville sous les regards envieux des passants qu'elle dominait. Ce fut sa journée.

Des bédouins résidant à Ur se rendaient parfois au Long Chalumeau spécialement pour faire l'amour avec « une de chez eux ». Bilili préférait leur corps sec et nerveux à celui des Sumériens, souvent menacés par l'embonpoint. Ils ne fatiguent pas assez leur corps, se disait-elle, ils devraient marcher davantage, courir, se dépenser.

Bilili n'était pas seule. Elle avait une amie au cabaret. Sans Aémer, sa vie eût été tellement plus difficile. Il fallait les voir, les deux *kezertu*, celles-dont-les-cheveux-ondulent, marchant dans les rues d'Ur, suscitant l'envie des femmes qu'une si ostensible liberté enrageait et faisait rêver. La brune Bilili et la claire Aémer. Même âge, même allure, même indomptable irrespect. S'amusant comme les adolescentes qu'elles n'avaient jamais été, elles parcouraient la ville, rieuses, à la recherche des plaisirs dont on les avait privées. Les prostituées étaient respectées, elles n'étaient nullement tenues en infériorité. Les esclaves, elles, étaient maltraitées; offertes aux sanctuaires, marquées comme des bêtes, on leur tatouait au creux de la main le signe du dieu du temple auquel elles étaient attachées : un croissant pour Sin, une étoile à huit branches pour Inanna-Ishtar...

Ce n'était pas comme prostituée mais comme Mar'tu que Bilili était méprisée. Pour les habitants d'Ur, ces bédouins étaient des « gens sans maison ».

La rue des Achats et le *karu*, le marché du port, étaient les lieux préférés d'Aémer et de Bilili. Il ne se passait pas une semaine sans qu'on les y voie, achetant tout ce qu'elles pouvaient, parfums, bijoux, vêtements.

Ensemble, elles avaient découvert le henné, ensemble elles avaient abandonné l'écarlate de la grenade pour le safrané qui roussit un temps la paume de leurs mains.

Leur dernière trouvaille dans la rue des Achats était le vêtement de décence. Une merveille que cette petite pièce de tissu qui emprisonnait le sexe et les fesses pour se resserrer juste au-dessous du nombril et qui procurait un double plaisir. Celui d'enfiler le vêtement et de se sentir bien tenue dedans, celui de l'ôter et de sentir libérée. Sans compter qu'il leur offrait un nouvel élément d'érotisme qu'elles avaient été les premières à mettre en pratique.

Sans conteste, le confiseur de l'Ekishnugal était le meilleur de la ville. Bilili et Aémer étaient ses plus fidèles clientes. Elles se gavaient de gâteaux au miel, de fruits séchés aux aromates. Et elles ne grossissaient pas. Mais le régal des régals, elle le trouvait au *karu*. Les dattes de Dilmun ! Il n'y en avait malheureusement pas souvent. Le marchand avait reçu ordre exprès de leur en garder à chaque arrivage de bateaux.

Maison-dont-la-haute-terrasse-inspire-la-frayeur, Etemenigu, ainsi les Sumériens nommaient-ils la ziggourat. Cette frayeur, Bilili, l'enfant bédouine, la ressentait quand, marchant dans la steppe au loin, elle apercevait le terrible édifice, unique montagne de cet espace plat. À l'image des habitants de cette cité contre laquelle souvent combattait sa tribu, la ziggourat semblait vouloir, par sa présence incontournable, lui rappeler qu'elle était dominée.

Mais lorsqu'elle la voyait de plus près, Bilili était fascinée comme aux premiers jours. Effrayée et fascinée. L'édifice, massif et élancé, lui procurait une sensation contradictoire. Au sol, Bilili se sentait écrasée par le volume considérable de sa base de brique crue, mais dès que son regard s'élevait, le monument rétrécissait dans une perspective fuyante qui le faisait paraître bien plus haut qu'il ne l'était en réalité.

Ses trois terrasses superposées, de moins en moins étendues, figuraient les marches d'un gigantesque escalier bâti à la mesure des dieux, afin que ceux-ci puissent à loisir se rendre sur la terre ou la quitter. La ziggourat était le lien entre ces deux mondes, elle rendait aux hommes les dieux atteignables.

Trois escaliers situés face au soleil levant, deux latéraux et un central, se rejoignaient à la première terrasse. Les deux latéraux s'arrêtaient là, tandis que le central poursuivait sa progression jusqu'au sommet où s'élevait le sanctuaire de Sin, le dieu Lune, jeune taureau aux puissantes cornes, le menton garni d'une barbe bleue, né du viol de la déesse Ninlil par le grand dieu Enlil.

Quoi de plus incongru qu'un escalier pour un bédouin ? Pour les gens de la tribu de Bilili, aucun objet n'était plus haut que l'homme. « Notre monde est à hauteur de l'homme », disaient-ils fièrement.

Fillette, Bilili n'avait connu que l'horizontalité, un univers au ras de la terre. À Ur, elle avait découvert la hauteur de l'intérieur, la verticalité. La première fois qu'elle avait gravi la ziggourat, mêlée à la peur, elle avait ressenti une sorte de griserie.

Lors de ses courses sans fin dans la steppe, elle jouait avec son poids, s'aidant de lui pour sauter et rebondir. Chaque bond, chaque saut, préparait le suivant. Dans les escaliers de la ziggourat, elle n'avait tout simplement plus de poids. Chaque montée, commencée comme une ascension, se transformait en une élévation. Et surtout, qu'on ne lui dise pas que la légèreté qu'elle ressentait était due à sa perte de poids ! Elle ne maigrissait pas. Elle s'évaporait.

Il y a plusieurs années, du temps où Bilili allait bien, elle faisait la course avec Aémer. Leur jeu préféré, c'était à qui arriverait la première, non pas au sommet, ni même à la deuxième terrasse, mais à la première. Elles n'étaient jamais montées au sommet, où se dressait le sanctuaire de Sin. Comme la plupart des habitants de la ville, elles n'en avaient pas le droit. Quelques rares privilégiés avaient le droit de voir les dieux en dehors des processions.

Tout, à Ur, tournait autour de la lune. Autant Uruk était la ville d'Inanna, autant Ur était celle de Sin, son père. Les fêtes étaient fixées sur ses phases et le mois commençait avec l'apparition de la nouvelle lune.

Toujours le même émerveillement.

Contemplant la ville à leurs pieds, Bilili et Aémer s'extasiaient. Les remparts, là, on les voyait ! Encerclant la ville, la défendant et l'étranglant. Mais, ce qui, chaque fois, les surprenait, c'était l'eau. Ur était entourée d'eau. L'Euphrate, qui la bordait à l'ouest, les larges canaux qui la longeaient à l'est, et le canal, si important pour les habitants, qui la traversait de part en part.

Autant Bilili exécrait la ville, autant Aémer en raffolait. Elle n'aurait pas pu s'en passer : la multitude, les rues bondées, la vie trépidante. Sauf, au plus dur de l'été, les affreux après-midi de mort où toute vie cessait. Ces jours-là, et chaque fois qu'elle avait besoin de se retrouver seule, Aémer se rendait dans son lieu secret. Même Bilili n'en connaissait pas l'existence. Une petite anse le long de l'Euphrate, en direction de la mer.

Ce lieu était à présent inséparable d'Adappa.

Aémer se souvint de la première fois qu'elle l'avait vu. En fait, ce n'était pas elle, mais lui, qui l'avait remarquée. Il y avait près de trois ans, elle s'était aperçue qu'un jeune garçon la suivait, quatorze ans au plus, portant la tenue des écoliers. Elle n'y avait pas prêté attention. Comme il persistait, elle voulut savoir pour le compte de qui il opérait. Elle s'était retournée brusquement, il n'avait pas eu le temps de s'échapper.

« Tu ne crois pas que tu es un peu jeune pour suivre les femmes dans la rue ? »

Il rougit.

« Alors, pourquoi me suis-tu depuis plusieurs jours ?

– Parce que je te trouve belle. »

Ce fut au tour d'Aémer de rougir.

« Eh bien moi, je ne te trouve pas beau du tout », lança-t-elle.

Adappa leva la tête, des larmes dans les yeux, blessé.

« Mais non, mais non, se reprit-elle. À vrai dire, tu es plutôt beau garçon. Mais un conseil, étudie bien pour le moment, et après, tu t'intéresseras aux femmes, tu leur plairas, j'en suis sûre. Quel métier veux-tu faire plus tard ?

– *Dubsar.*

– Scribe ! Mais c'est très difficile.

– Et alors ? répliqua-t-il. Tu veux me décourager ? »

Elle secoua la tête, décontenancée par sa réaction.

« Je serai scribe, mais ni au palais ni dans un temple. Je veux être libre, écrire ce que je veux. Pas seulement recopier des textes ou faire des calculs.

– Tu travailles bien, au moins ?

– Hum... pas trop.

– Alors, tu n'as aucune chance d'y parvenir. »

Par deux fois, Aémer l'avait blessé. Elle s'en voulut.

Le lendemain, Adappa était là, à l'attendre. Aémer savait qu'elle aurait de graves ennuis si on la surprenait, elle, la *kezertu*, en train de parler avec un garçon de cet âge. Elle s'apprêtait à lui interdire de revenir quand la phrase revint à sa mémoire, remuant tant de souvenirs : « Je te trouve belle. » Elle n'eut pas le courage.

« Comment se fait-il que tu sois dans la rue à cette heure ? Tu devais être rentré chez toi. Tes parents ne te grondent pas ?

– Oh, non, jamais ! Aémer crut deviner une pointe de regret. Mon père est tout le temps parti, il visite les provinces. Il ne parla pas de sa mère. J'habite une grande maison, je te la montrerai si tu veux. Elle est pleine de serviteurs. Il y a un vieux serviteur qui s'occupe de moi, je l'aime bien, je l'ai toujours connu et il ne me dispute jamais. »

Adappa suivait les cours de l'*eduba* la plus renommée de la ville.

« Le seul qui me fasse peur, c'est le Père de l'*eduba*. Quand il entre dans la classe, on tremble tous.

– Il vous bat ?

– Jamais. C'est le travail du chargé du fouet, et crois-moi, il adore ça. Celui qu'on aime bien, c'est le Grand Frère, il nous fait faire les exercices d'écriture et les récitations. »

Il parlait, parlait. Aémer sentait que c'était la première fois qu'il se confiait. Il lui racontait ce qu'il faisait de ses journées. Elle ne pouvait lui raconter ce qu'elle faisait de ses nuits. Brusquement, elle lui demanda : « Tu sais ce que je fais comme métier ?

– Oui. »

Ils ne devaient plus en reparler.

Puis, sans savoir pourquoi, Aémer se planta devant lui : « Veux-tu m'apprendre à écrire ? »

Abasourdi, Adappa balbutia : « Tu me le demandes à moi ? Mais... je ne saurai pas, je ne connais pas encore assez de choses.

– Suffisamment pour m'apprendre ce que je ne sais pas. Tu seras mon Grand Frère. »

Une folle fierté envahit Adappa. Il se précipita vers Aémer pour l'embrasser. On était en pleine rue. Aémer interrompit son geste sans que personne ne le remarque.

Deux jours plus tard, à la même heure, au même endroit, il courait vers elle, brandissant une tablette d'argile. « Suis-moi », murmura-t-elle, l'entraînant dans la petite anse le long de l'Euphrate.

« C'est un secret entre nous ? » demanda Adappa, les yeux brillants.

Il la prévint que la tablette était de très mauvaise qualité. Il sortit son calame.

« Tu dois d'abord t'assurer que ton calame n'est pas émoussé. Il faut le tailler régulièrement. »

Il lui demanda de passer l'index sur le tranchant.

« Bon, on commence. Il faut le tenir de cette façon.

– Je sais, l'interrompit-elle.

– Mais tu m'as dit que tu ne savais rien ! »

Il avait raison. Mieux valait tout oublier et recommencer au début. Comme sur une tablette neuve, pensa-t-elle.

« Tu dois appuyer le calame toujours de la même façon, c'est très important ! Aémer était ailleurs. C'est comme quand tu marches sur un sol tout mou, poursuivait-il. Il s'arrêta. Tu ne m'écoutes pas.

– Si, si... Répète quand même.

– Je disais, c'est comme quand tu marches sur un sol mou, les traces de tes pas doivent être les mêmes. »

L'image plut à Aémer. Écrire, c'est marcher, aller plus loin.

Adappa obligea Aémer à « faire des lignes », uniquement pour l'exercer à la pression du calame. Le résultat fut lamentable. Ici, des empreintes à peine perceptibles, là, des sillons profonds, comme si elle avait manié le soc d'une charrue.

Adappa reprit le calame : « Tu l'appliques d'un coup sec, indiqua-t-il. Tu presses, tu retires, tu presses, tu retires. Surtout, tu ne le remues pas quand il est enfoncé, sinon tu élargis la marque. Tu sais ce que dit le maître ? “ Ni la patte d'un oiseau ni le sabot d'un bœuf. ” Un poète, cet homme ! »

Après quelques lignes, Aémer ressentit des douleurs partout, dans l'index, le dos de la main, le poignet.

« Les *dubsar* écrivent durant des heures sans ressentir la moindre douleur », déclara Adappa sentencieusement.

Irritée, Aémer rétorqua : « Cela n'est pas plus remarquable que de passer la houe ou de faucher l'orge de l'aube au crépuscule.

– Je ne sais pas, je n'ai jamais passé la houe ni fauché l'orge, ni ramassé des dattes, ni trait les brebis.

– Tu devrais. Cela te ferait du bien ! »

Elle le planta là.

Adappa la rappela : « Tu te mets en colère pour avoir un prétexte de ne pas continuer. »

Comment avait-il deviné ?

« U, a, i. » De l'écriture de mots à l'écriture de sons. Adappa enseigna à Aémer les trois voyelles, l'utilisation des consonnes et la formation des syllabes.

« *Ur, ar, ir, uh, ah, ih, tu, ta, ti, nu, na, ni, bu, ba, bi, zu, za, zi...* »

Aémer le pressait, voulant toujours en savoir plus, brûlant de rattraper le temps perdu. Obligé de travailler dur pour pouvoir répondre à ses demandes, Adappa, à la surprise de ses maîtres, devint le meilleur élève de l'*eduba*.

Le lendemain, Aémer était sur le bord de l'Euphrate. Adappa n'y était pas. Elle l'attendit, il n'arrivait jamais en retard. C'était à cause de l'accrochage de la veille, elle en était sûre. Tant pis, s'il est à ce point susceptible... Elle se leva et partit. Je viens ici depuis des années pour être seule et, quand il n'est pas là, je m'en vais ! songea-t-elle. Elle revint sur ses pas, s'assit face au fleuve et l'oublia.

Au bout d'un long moment, elle l'aperçut, avançant lentement, comme s'il avait de la peine à marcher. Il avait un sourire forcé. Elle lui demanda s'il s'était battu. Il lui dit que non, mais en laissant échapper une telle grimace de douleur qu'elle ne put le croire. Le chargé du fouet lui avait administré les verges. « J'ai l'habitude », crâna-t-il. Mais il ne voulait pas lui dire pour quelle raison il avait été puni. Elle lui demanda d'ôter son vêtement. Il refusa avec véhémence.

« Ce n'est pas la première fois que je verrai un homme sans son habit, l'encouragea-t-elle.

– Oui, mais moi, ce sera la première fois que je me montre sans. »

Ah, la pudeur de l'adolescence ! Celle que l'on n'avait jamais respectée en elle. Il ne fallait pas le brusquer. Aémer posa la main sur son épaule. Délicatement, elle le débarrassa de son vêtement. Il se laissa faire, le rouge aux joues. Chaque mouvement lui arrachait un gémissement. Quand il fut torse nu – il commençait à avoir des poils sur la poitrine – Aémer réprima un sourire. Elle lui demanda de se retourner.

Un massacre !

Son dos était strié de marques bleuies, mais aucune trace de sang n'était visible. Les verges s'étaient profondément enfoncées dans la peau sans jamais l'entailler. Le chargé du fouet connaissait son métier : la douleur sans les risques d'infection que des plaies ouvertes auraient pu entraîner.

Aémer trempa un linge dans le fleuve, le passa doucement sur la peau meurtrie. Adappa se détendit. Il tourna la tête vers Aémer, se forçant à sourire malgré la douleur : « Tu ne remarques rien ?

– Si, qu'il t'a bien arrangé ! s'exclama Aémer.

– Regarde bien les marques, elles sont toutes de la même profondeur. Ne me dis pas non, je l'ai vu sur le dos des élèves punis. Ni trop profondes ni trop superficielles, n'est-ce pas ? Le chargé du fouet manie son instrument comme les bons scribes utilisent le calame. Le problème, c'est que, cette fois, la tablette, c'est mon dos. Voilà comment tu dois écrire. »

Aémer éclata de rire.

Il fallait lui passer un onguent rapidement. Adappa devait rentrer chez lui, le vieux serviteur s'en chargerait. Sur le chemin du retour, alors qu'Aémer insistait pour connaître la raison de sa punition, il finit par lui avouer qu'il avait volé une tablette toute neuve pour leurs exercices d'écriture.

Quelque temps plus tard, Adappa annonça qu'il allait lui enseigner l'écriture des nombres. Aémer affirmait qu'elle n'en éprouvait pas le besoin. Adappa la persuada. Avant de commencer, il l'avertit, gêné, qu'il ne pourrait lui apprendre que l'ancienne méthode. « La nouvelle, je ne la connais pas. Le maître de calcul nous a annoncé qu'elle était vraiment plus simple, mais il nous a dit qu'il n'allait pas nous l'expliquer parce que... il n'a pas dit pourquoi. Parce qu'il ne la comprend pas, tout simplement. Fallait pas qu'il nous en parle alors ! » explosa Adappa.

Les séances commencèrent. À l'une d'elles, Adappa arriva avec un sac lourdement chargé qu'il déposa aux pieds d'Aémer. Il en sortit des tablettes recouvertes de nombres : « Les tables de multiplication, annonça-t-il. Plus tu en connais par cœur, moins le sac est lourd. »

Rien n'aurait pu empêcher Aémer et Bilili d'assister à la fête du nouvel an. C'était aussi l'arrivée du printemps et l'annonce de la crue. La ville était noire de monde, on venait de partout, les gens se précipitaient vers le quartier des temples où aurait lieu le mariage sacré. Excitées comme des gamines, Aémer et Bilili suivaient les processions jusqu'à épuisement.

Les jeunes filles venaient en masse se choisir un amoureux, elles en rêveraient en attendant de recevoir de leurs parents l'époux qu'ils avaient choisi pour elles.

Le mariage sacré était le moment de la refondation de la cité. Cette nuit-là, le roi et la prêtresse, dans leur lit au cœur du temple, œuvraient pour réactiver la fertilité et l'abondance. Une question hantait les esprits, le roi consommait-il l'union avec la prêtresse ou bien leur rapport restait-il chaste ?

Une étrange atmosphère planait sur la cité, l'érotisme flottait dans l'air, faisant vibrer les corps. Émoustillés, les hommes se rendaient en masse dans les nombreux cabarets de la ville. Nuits harassantes pour les *kezertyu* du Long Chalumeau.

Au milieu de la nuit. Aémer se mit à danser, envoûtant les spectateurs.

Elle ne partit avec aucun homme. Son corps épuisé n'aurait pas supporté le moindre contact. Heureusement, avec le temps, elle avait appris à se préserver. De la boisson particulièrement. La bière fait la tête vide et le ventre gros.

La matrone du Long Chalumeau n'avait jamais pratiqué personnellement le métier – certains prétendaient qu'elle n'avait jamais été « écartée » –, ce qui ne l'empêchait pas d'en connaître toutes les ressources, tous les périls. Elle avait confié à Aémer qu'enfant, elle avait rêvé d'être prêtresse. N'ayant pu y parvenir pour une raison qu'elle avait refusé de lui dévoiler, elle s'était rabattue sur la direction d'une « maison ». Pour elle, point de Sumériennes, de Gutis, de Mar'tu, d'Élamites : toutes les filles qui travaillaient sous son autorité étaient « ses filles ».

« Quand j'ai atterri au Long Chalumeau, racontait Aémer à Bilili, elle m'a tout de suite prise en main : “ C'est un métier, comme un autre, ma fille ”, répétait-elle tout le temps.

– Elle m'a dit la même chose !

– C'est que cela doit être vrai. Elle m'a immédiatement appris les recettes pour les situation “ difficiles ” comme elle disait. Quand un homme monte avec toi, et qu'il n'y arrive pas, quoi faire ? Simple ! Tu prends une touffe de poils d'un bélier en rut. Facile ! Tu la mêles à quelques gouttes de son sperme. Facile ! Tu entoures le tout d'un linge fin. Tu fixes le linge sur les lombes de l'homme. “ Qu'est-ce que tu fais, chérie ? – Rien, rien. – Mais qu'est-ce que c'est que ce chiffon que tu me fourres dans le dos ? – Rien, je te dis. Seulement des poils de bélier en rut et des gouttes de sperme. Du même bélier, c'est important. – Ce n'est que cela ? Alors vas-y, chérie. ”

« Tu y vas. Tu fixes le tout sur ses lombes avec une ficelle que tu serres bien. Il est sur le ventre, le chiffon collée sur le haut des fesses. Il se retourne, tu le regardes dans les yeux et tu récites sept fois – pas six, pas huit : sept. “ Excite-toi, mon amant ! Excite-toi comme un taureau sauvage. Fais-moi l'amour six fois comme un mouflon ! Sept fois comme un cerf ! Douze fois comme un mâle de perdrix ! ”

– Et ça marche ? demanda Bilili en s'efforçant de garder son sérieux.

– Oh, sûrement. J'avais tout, la ficelle, la touffe de poils, mais je n'ai jamais pu obtenir des gouttes de sperme toutes fraîches.

– Dommage », explosa Bilili.

Elles éclatèrent de rire.

Elles se retrouvaient dans la chambre d'Aémer, celle de Bilili était trop petite et trop sombre, et parlaient souvent de leur travail. La plupart du temps, elles en riaient. C'était la seule façon pour qu'il ne leur devienne pas insupportable. Aémer en appliquait une autre, bien à elle. Elle avait décidé de prendre ce qu'il y avait de mieux dans chaque homme qu'elle rencontrait. Elle était là, ils venaient... et revenaient comme les vagues ou bien disparaissaient à jamais, emportés vers le large.

Une fois, un marin lui avait rapporté un morceau d'ivoire qui venait de Meluhha. Elle l'avait fait tailler pour en faire un petit peigne.

Une autre fois, un jeune homme au visage d'une étonnante finesse l'avait fait rêver. Il avait récité un vieux poème que les marins chantaient la nuit en mer. Les yeux clos, elle l'avait écouté parler des plongeurs nus de Dilmun qui disparaissaient au fond de l'eau durant un temps si long qu'ils ne pouvaient que s'être noyés. Et qui surgissaient dans une fontaine d'eau, un bras levé vers le ciel, riant comme des gamins, exhibant au bout de leurs doigts effilés des perles scintillant sous le soleil. Puis il lui avait fait l'amour avec passion.

À l'aube, au moment de la quitter, il lui avait tendu une perle d'une pureté enivrante. Elle ne l'avait plus jamais revu.

Agrippé au mât, Unzu regardait, affligé. Le batelier qui maniait avec peine la petite embarcation dans les flots agités lui commanda de s'asseoir. S'obstinant à rester debout, Unzu tentait de voir le plus loin possible.

Le cadavre d'une vache gonflée à éclater passa près d'eux. Du bout de la gaffe que lui passa le batelier, Unzu l'écarta. Elle s'éloigna, ballottée par le vent. Au loin flottaient d'autres cadavres. Un troupeau entier s'était noyé.

Pas de pires circonstances pour entreprendre un voyage. Si ce n'avait été cette convocation adressée par le chef de l'administration centrale, Unzu aurait attendu quelques jours. Traverser de bout en bout le pays en pleine inondation était pure folie.

De l'eau à perte de vue. En avance de plusieurs semaines, la crue avait surpris tout le monde. L'Euphrate, gros des eaux accumulées dans les montagnes du nord, s'était déversé bien au-delà de l'aire habituelle, anéantissant les dispositifs de régulation de la crue. Sa violence avait rendu toute protection inefficace.

Faveur des dieux accordée aux humains chaque année, la crue régénératrice s'était transformée en inondation destructrice. Les habitations en brique crue, dissoute, s'étaient effondrées. Seules celles protégées par un revêtement de brique cuite avaient résisté. Unzu ne se souvenait pas d'avoir vu pareil désastre. Il n'avait que vingt-quatre ans, mais le batelier, presque un vieil homme, confirma. Et il n'avait pas plu une seule goutte. Par bonheur, le ciel était nuageux et voilait le soleil.

Pas la moindre hauteur naturelle qui eût permis aux hommes, aux bêtes et aux habitations d'échapper à l'avancée de l'eau dont la couche était mince, certes, mais dont l'étendue était immense. Unzu ne put s'empêcher d'effectuer un sommaire calcul de volume, totalement vain. Il sourit à ce réflexe devenu une manie ; il ne pouvait pas associer deux nombres sans les embarquer dans des calculs complexes.

Unzu habitait depuis quelques années à Agadé, l'ancienne capitale de Sargon. Il était chargé de l'inspection du réseau d'irrigation pour toute la province, l'une des trente que comptait le pays. Un poste qui ne comblait pas toutes ses aspirations, mais qui avait eu l'avantage de l'éloigner d'Uruk où il était né, à l'autre bout du pays.

Le temps avait passé. Il serait à présent heureux de revenir dans le Sud, et d'être nommé, pourquoi pas, à Ur, la capitale du puissant royaume de la nouvelle dynastie. Encore fallait-il qu'il ne laisse pas sa peau dans l'aventure. C'est ce qui serait arrivé sans l'habileté du batelier et sa longue connaissance du fleuve.

Pas une voile à l'horizon. Ils étaient les seuls à oser braver le danger. Unzu avait dû insister, et payer fort cher, pour que le marin accepte de sortir son bateau.

En professionnel averti, Unzu devinait sous l'eau les digues rompues, les remblais effondrés, les canaux endommagés, les vannes détruites. Quelle immense tâche pour les remettre en état ! C'est à son chef et à lui qu'incomberait la direction des travaux. Il pensait pouvoir tirer avantage de cette calamité pour améliorer le système d'irrigation qui, en bien des points, n'était pas satisfaisant. Il avait la tête pleine de projets.

« Regarde, regarde ! » cria le marin.

Deux hommes plaqués chacun sur une outre-flotteur en cuir pagayaient avec leurs mains. Lancés dans une conversation qui semblait retenir toute leur attention, ils passèrent sans leur adresser un mot. Unzu et le batelier éclatèrent de rire.

Unzu s'était assoupi. Entrouvrant les yeux, il crut être en proie à ce que les peuples du désert nommaient « mirage ». Le Muriq-Tidnim, « le mur qui écarte les Mar'tu », barrait l'horizon, semblant surgi de l'eau.

Unzu l'avait déjà aperçu lors de ses déplacements, mais la vision était cette fois insolite et inquiétante. Quel dieu avait fait dresser ce mur de brique au milieu des eaux ?

Ce n'était pas un dieu, mais un roi, Shu-Sin, qui l'avait édifié pour protéger le pays des incursions nomades. Le relief n'avait pas été généreux avec Sumer, il ne lui avait offert aucune défense naturelle. Les habitants ne pouvaient compter que sur les constructions qu'ils élevaient sans cesse, murs, murailles, enceintes, remparts. Mais Unzu connaissait les atouts des nomades, leur rapidité, leur mobilité, leur imprévisibilité. La confrontation qui ne manquerait pas d'éclater opposerait deux façons de concevoir l'existence, le mouvement contre l'implantation, l'éphémère contre le durable ; nous avons nos temples, nos villes, nos maisons à défendre, eux, pourvu qu'ils aient leur content de ciel et d'espace, ne portent pas d'attachement à un lieu particulier. Les murailles nous protègent, l'étendue les fortifie. Quel pays laisserai-je à mes enfants ? se demanda-t-il.

Des montagnes du nord jusqu'à la mer du Soleil levant, le même pays ! Unzu se félicitait de pouvoir accomplir un si long déplacement sans qu'aucune frontière ne vienne l'entraver.

Il était loin le temps où le pays était morcelé en dizaines de cités qui ne cessaient de se combattre.

Loin le temps où les temples avaient donné naissance aux villes.

Loin le temps où les villes avaient annexé les campagnes voisines, devenant chacune un petit pays, avec son souverain, son clergé, son armée. Fières de leur indépendance et de leurs différences, elles n'avaient cessé de combattre, Isin, Kish, Larsa, Lagash, Uruk. Jusqu'à ce que Ur, l'emportant sur toutes les autres, fonde un empire puissant unifié sur une étendue considérable.

L'administration devenue de plus en plus puissante s'était centralisée, installant une hiérarchie rigide. « Organisation » était devenue le maître mot. Organisation du pouvoir, des transports terrestres, de la navigation, du courrier, de la collecte des impôts, du système d'irrigation.

Unzu était l'un des maillons de cette chaîne qui faisait la force de l'empire d'Ur.

Portée par les flots, l'embarcation voguait à vive allure. À l'horizon, le Muriq-Tidnim déployait sa silhouette sombre. Fasciné, Unzu la fixa jusqu'à sentir ses yeux le brûler. Un peuple qui avait pu bâtir une telle muraille était invincible. Cette pensée l'apaisa.

Ils s'arrêtèrent dans la toute petite bourgade de Babilu. Le batelier refusant de continuer plus avant, Unzu se mit en quête d'une nouvelle embarcation et d'un nouveau passeur.

Le lendemain matin, le soleil était au rendez-vous et ne les quitta plus. La réverbération était terrible. Ils étaient entourés par un immense miroir de cuivre qui renvoyait les rayons cent fois multipliés. Unzu dut s'attacher un linge autour du visage pour ne pas avoir la peau entièrement brûlée.

Lorsque l'eau se sera retirée, elle laissera un immense lac de boue dans lequel on s'enfoncera jusqu'aux genoux. La tonte sera reportée. Aucun travail ne sera possible tant que la terre n'aura pas séché. Les semailles retardées, voire annulées, le risque de disette était réel. Les grains engrangés dans les entrepôts royaux suffiraient-ils à nourrir la population ?

Les fêtes du nouvel an ne devaient-elles pas réactiver la prodigalité de la nature ? Devant une telle désolation, Unzu ne put s'empêcher d'admettre que quelque chose n'avait pas fonctionné dans leur célébration.

Ils arrivèrent à Uruk. La ville qu'il avait fuie naguère. Unzu décida de s'y arrêter une soirée pour rendre visite à ses parents qu'il n'avait pas revus depuis son installation à Agadé. La surprise passée, son père posa la question qu'Unzu redoutait : « Cet enfant que ta mère et moi attendons avec impatience est-il sur le point de naître, mon cher fils ? Parce que, poursuivit-il d'une voie frétillante, nous avons une surprise pour toi. N'est-ce pas ? demanda-t-il à sa femme qui buvait ses paroles.

– Oh, oui, couina-t-elle, un cadeau qui te comblera et qui... »

Le père lui fit signe de se taire, c'était à lui d'annoncer la nouvelle : il venait de faire l'acquisition d'une superbe maison à Ur, près du quartier sacré, pour Unzu et sa bru bien-aimée. Une maison qu'il avait voulue spacieuse afin qu'elle puisse accueillir la nombreuse progéniture. La mère se composa un visage de suppliciée pour ajouter : « Tu es notre seul enfant, Unzu. »

Ur, terme du voyage, était distante d'une trentaine de kilomètres. Avoir traversé d'une seule traite le royaume du nord au sud en pleine inondation ! Un exploit.

Les murailles d'une vingtaine de mètres d'épaisseur protégeaient la ville non seulement des attaques ennemies mais des inondations. Ur n'avait pas souffert de la catastrophe.

Unzu prit un bain, se lava longuement, se fit oindre d'huile pour apaiser sa peau desséchée par le vent et le soleil, se fit raser la barbe. Paré de ses plus beaux habits, il se dirigea vers le palais. Il n'y avait jamais mis les pieds. Subitement, cette convocation l'inquiéta. Quelles erreurs avait-il pu commettre pour être requis en urgence ? Était-ce pour une révocation ? Non, se rassura-t-il, si tel était le cas, une lettre aurait suffi. C'était donc plus grave. À mesure qu'il approchait de l'Ehursag, ses craintes croissaient.

Unzu sortit de son entrevue abasourdi. Il avait tout imaginé sauf cela. « *Gugallu*, *gugallu*, je suis *gugallu* », répétait-il. Le chef de l'administration royale venait de le nommer responsable de l'irrigation pour la région d'Ur !

Puabi – ses parents avaient tenu à lui donner le nom d'une reine défunte – était jolie, d'une beauté sans originalité, de petits yeux rieurs, un visage large, une petite fossette au menton. La stature solide, des formes pleines, une poitrine attirante, portant avec une certaine élégance les habits luxueux dont elle raffolait. L'âge, sans doute, altérerait rapidement sa silhouette.

Voilà quatre ans qu'elle était mariée avec Unzu. Restée à Agadé, elle attendait son retour avec impatience. Ils n'avaient jamais été séparés si longtemps.

Ce n'est pas Unzu qui vint mais un courrier envoyé d'Ur dans lequel il lui apprenait la double nouvelle, le poste glorieux, la maison somptueuse. Son mari accédait enfin à la situation qu'ils méritaient ! Elle allait revenir à Ur, retrouver ses parents, ses amies. Ici, dans cette ville de province qui ne se relevait pas de sa grandeur passée, elle mourait d'ennui. Un sentiment d'espoir l'envahit, ces changements les aideraient sûrement à trouver une heureuse solution au problème qui les minait.

Unzu ayant immédiatement pris ses fonctions, elle prépara le déménagement dans une sensation d'euphorie. Dès qu'elle avait un moment, elle tentait d'imaginer sa nouvelle demeure, en dépit du peu d'informations fournies par son mari. L'emplacement, surtout, l'enchantait. Elle aurait pour voisines les femmes des hauts fonctionnaires du palais, ses enfants joueraient avec les leurs. Elle serait invitée aux réceptions royales...

Les eaux ayant commencé à se retirer, la navigation redevint normale. Puabi put quitter Agadé.

Ur. Puabi s'arrêta devant SA maison. Une maison avec un étage ! Il n'y en avait qu'une poignée dans la ville.

Suivie de ses servantes, elle entra, harassée. Unzu se précipita, elle se jeta dans ses bras.

Dès qu'elle eut étanché sa soif, Unzu lui fit visiter leur demeure. Une grande cour centrale sur laquelle s'ouvraient de nombreuses pièces, avec deux arbres magnifiques, d'une hauteur qui disait l'ancienneté du bâtiment. Une immense chambre pour le couple, plusieurs, déjà aménagées, pour les enfants. Des dépendances et des salles pour ranger les provisions un peu partout. Ses beaux-parents s'étaient occupés de tout. La maison ayant été entièrement meublée, une question lui traversa l'esprit. Où mettre nos meubles lorsqu'ils arriveront d'Agadé ? Ils auraient tout de même pu me demander mon avis !

Finalement, la crue donnait à Unzu une occasion inespérée de montrer ce qu'il savait faire et de mettre en œuvre sa conception d'une irrigation plus efficace. Dans un premier temps, réparer les dégâts les plus importants pour tenter de sauver la récolte. Puis concevoir un nouveau système plus efficace qui puisse résister aux crues.

Il faudrait engager beaucoup d'hommes pour curer, évider, nettoyer, déblayer. Refaire les remblais, reconstruire certaines digues, consolider les autres, creuser les canaux envasés.

Pour éviter une nouvelle destruction des digues, Unzu avait imaginé de multiplier les canaux de dérivation pour servir de déversoirs, et d'agrandir les réservoirs. Il rêvait déjà à un nouveau plan comprenant non seulement les canaux d'irrigation mais aussi des voies d'eau qui relieraient à Ur la plus grande partie des villes et des villages de la région. Décidément, ce retour dans le Sud lui était favorable.

Unzu et Puabi n'ayant toujours pas d'enfants, Unzu décida de mettre toutes les chances de leurs côtés. Chaque nuit, il œuvrait consciencieusement, jusqu'à épuisement, chaque nuit elle l'accueillait, l'aidant du plus qu'elle pouvait. Obligation de résultat qui les éloignait un peu plus chaque jour. Le plaisir, étranglé par l'exigence d'efficacité, avait déserté leurs amours mercenaires. Chacun rendait grâce aux efforts de l'autre.

Ils se faisaient pitié.

Et lorsqu'ils se désunissaient, le corps inondé de sueur, leur séparation les libérait – et les renvoyait à leur solitude.

Puabi savait les dieux exorables. Elle était convaincue que, par les prières et les offrandes appropriées, elle pourrait infléchir leurs arrêts. Comme toute Sumérienne, elle connaissait les rituels pour y parvenir.

Elle se rendait régulièrement à la ziggourat. Comme la lune fait la lune, la femme fait l'enfant, ainsi va le cycle du monde. À Sin, le dieu lune qui présidait aux naissances par son immémoriale capacité à renaître de lui-même chaque soir, Puabi adressait les offrandes pour qu'il la libère de son état de « fleur qui jamais n'engendrera de fruit ».

Sin, luminaire des cieux, maître des destins, lumière des *Igigu* et de toutes les multitudes, à celui qui n'a pas de fils, tu procures un fils. L'inféconde sans toi ne conçoit pas, ne devient pas enceinte.

Un soir, rentrant tardivement de la ziggourat, Unzu l'attendait, irrité. Puabi ne l'avait jamais vu si furieux. « Réussis d'abord les semailles, ensuite seulement tu pourras préparer la récolte ! »

Pour Unzu, les semaines qui suivirent furent pénibles. Il appréhendait les visites de ses parents qui, faisant de plus en plus fréquemment le voyage depuis Uruk, n'avaient d'yeux et d'intérêt que pour le ventre de Puabi. Leurs regards lourds d'une curiosité impudente le mortifiaient.

Il s'absentait durant plusieurs jours, parfois une semaine, revenant épuisé d'avoir sillonné la campagne. Mordante ironie, il était responsable de l'irrigation de la région la plus riche du pays pour rendre à la terre sa fertilité, et il se révélait impuissant à féconder son épouse. Autant dans les champs, ses efforts étaient couronnés de succès, autant dans sa couche, ils étaient vains.

Cela ne pouvait plus continuer. C'est Puabi qui eut le courage d'aborder le sujet. Cette vérité si difficile à admettre, et plus encore à énoncer, lui fit venir les larmes aux yeux. D'une voix brisée, elle demanda à son époux de mettre fin à ses tentatives.

Dans un calme qui impressionna Unzu, elle lui rappela la conduite à tenir en cas de stérilité de l'épouse. Il avait le droit de lui demander de trouver une femme qui lui assure une descendance.

Unzu se jeta dans la rue, marchant jusqu'à la première taverne. Il but sombrement, solitairement, malgré les invites des autres buveurs lui proposant de se joindre à eux. La nuit était tombée. Il ne connaissait pas bien cette ville, cela l'aida à se perdre. Il se précipita dans chaque taverne rencontrée sur son chemin, repartant un peu plus ivre. Il croisa des groupes de soldats qui se moquaient de son luxueux habit taché de bière. Il déambula longtemps, ses pas de moins en moins assurés. Il buta contre une motte de terre et s'affala. Il se serait bien endormi là si un homme ne l'avait pas secoué et aidé à se relever. Sans égard pour la vilaine écorchure de son genou, Unzu reprit sa marche. Il n'avait jamais autant bu, il désirait boire plus encore. Rage, désillusion, tristesse, déception...

Son habit recouvert de poussière, traînant la jambe, il poussa une nouvelle porte. Le bruit, la musique, les chants le cueillirent. Il voulut ressortir, mais un homme aussi saoul que lui le bouscula. Il se retrouva à l'intérieur.

À travers la brume de son ébriété, Unzu distingua une silhouette. Il se retint à une table, ferma les yeux, prit sa tête entre ses mains et la secoua pour évacuer cette vision.

Elle le regardait.

S'abattant sur un siège, il laissa tout son temps à la fantasmagorie pour qu'elle disparaisse. Un temps qui lui sembla une éternité. Il ouvrit les yeux. Aémer assise en face de lui.

Deux statues, le regard gelé.

Le bruit alentour les protégeait du silence qui s'était fait en eux. Unzu, dégrisé, fut le premier à parler :

« Je te croyais morte.

– Je te croyais marié.

– Je suis marié.

– Je ne suis pas morte. »

Ils ne purent en dire plus. La glace qui avait gelé leurs regards commençait à se fissurer. Puis, comme s'ils avaient retrouvé un peu de force :

« Que fait un bon époux ici ? lui demanda-t-elle.

– Que fait une femme comme toi ici ? » lui demanda-t-il.

Ils s'étaient exprimés sur un ton violemment détaché.

« Demande à ton père, lui répondit-elle.

– Mon père ? Il m'a dit que tu étais morte », s'exclama-t-il.

Aémer ouvrit la bouche ; le cri de rage resta bloqué dans sa gorge. Hochant la tête, les yeux mi-clos, accablée, elle murmura : « Il ne t'a pas vraiment menti. Un matin, alors que je travaillais dans la cour et que j'attendais ton retour, il m'a annoncé que tu avais terminé tes études et que tu allais revenir d'Ur pour te marier. Ta mère a ajouté que ta future épouse devait arriver avec toutes ses servantes. Elle m'aurait bien gardée, a-t-elle précisé, mais tu ne désirais pas que je reste. De toute façon, je me serais enfuie. C'est alors que je suis morte.

– Ah, les brutes ! Je n'ai rien dit de tel. Tu me crois, Aémer ? Je n'ai pas rompu notre promesse. Il agrippait avec rage le bord de la table. Tu me crois, Aémer ? », répéta-t-il sourdement.

Son genou lui faisait mal. Il fallait qu'il lui raconte.

« Dès mon arrivée, je t'ai cherchée, j'ai demandé de tes nouvelles. Ils m'ont appris, comme ça, au milieu d'autres informations concernant la maison, que tu avais demandé de partir. Je ne parvenais pas à le croire. Et, dans sa grande bonté, mon père t'avait accordé cette faveur, car, insistait-il, il avait le droit de s'opposer à ton départ, puisque tu étais son esclave.

– Tout ça était faux, faux ! hurla-t-elle. Comment ont-ils pu !

– J'étais désespéré, murmura Unzu, plongé dans ses souvenirs. C'est à ce moment qu'ils m'ont fait leur proposition de mariage. Je l'ai acceptée comme une fuite et comme un châtiment, comme une triste vengeance aussi, puisque tu ne voulais plus de moi. Je me suis marié très vite. Le lendemain des noces, mon père m'a informé que tu étais morte dans un accident. Il me l'avait caché pour ne pas me faire de peine car il savait que je t'aimais bien. Je t'ai pleurée. Cette maison me devenait insupportable, tout me rappelait ta présence. J'entendais ta voix, tes rires, je revoyais l'endroit où je t'apprenais à écrire. Il fallait que je parte, j'aurais perdu la raison. »

Aémer pleurait doucement. Les larmes coulaient, discrètes, emportant chacune un grain de khôl et un bloc de chagrin mêlés.

« Je suis parti pour Agadé avec mon épouse pour prendre le poste de responsable de l'irrigation. »

Aémer et Unzu partageaient sans le savoir la même sensation, chacun voyait l'autre avec le visage qu'il avait lors de leur dernière entrevue, six ans plus tôt. Plus rien n'existait que ce massacre de leurs espérances. Autour d'eux, tout s'était effacé : les bruits, les hommes, les hôtesses, la musique. Ces mensonges, ces intrigues dont ils avaient été les pauvres jouets, les avaient projetés au fond d'un gouffre où perçait un rai de lumière qui les isolait au milieu d'obscures ténèbres.

Ils étouffaient.

Il leur fallait quitter cet endroit, respirer, marcher dans la nuit.

La lune s'était faite grosse pour leurs retrouvailles.

« Tu venais d'arriver de ta campagne, se souvint Unzu.

– Avec mon père, qui m'avait vendue comme esclave pour régler ses dettes ! ajouta sourdement Aémer.

– Quand il est parti, pourtant, tu pleurais sans pouvoir t'arrêter. J'avais tant envie de te prendre dans mes bras pour te consoler.

– Tu passais à côté de moi, sans me dire un mot, comme si je n'existais pas. Je me disais c'est normal, je suis invisible. Pendant des années, après, j'ai voulu être invisible, c'est pour ça qu'aujourd'hui je veux que tout le monde me voie. Mais, tu boites ? »

Elle s'agenouilla, passa le doigt autour de la plaie. Il la releva. Ils laissèrent derrière eux les lumières du cabaret.

« Un matin, murmura-t-elle alors qu'ils marchaient dans les rues vides, au lieu de passer sans me voir comme d'habitude, tu es venu vers moi et tu m'as dit : “ Tu veux que je t'apprenne à écrire ? ”

– Je n'avais trouvé que ce prétexte pour t'aborder, s'excusa-t-il.

– Je me souviens de la première fois que tu m'as touchée. Tu as serré ta main autour de la mienne pour m'apprendre à utiliser le calame.

– Oui, je m'en souviens. Tu te débrouillais bien. Mais c'est toi qui m'as embrassé la première.

– Il fallait dire non, si ça ne te plaisait pas !

– Je n'attendais que cela ! Mais je n'osais pas. Je me disais, si je l'embrasse, elle va penser que c'est parce que je suis le fils du maître et que je me permets tout. Il se tut, puis : Quand je suis parti pour Ur, tes seins commençaient juste à grossir.

– Ils se sont vite arrêtés... peut-être parce que tu es parti.

– Maintenant que je suis revenu, ils vont repousser ! » s'exclama-t-il.

La lune s'était cachée derrière les remparts.

« Tu ne m'as toujours pas dit pourquoi tu es venu dans cette taverne.

– Pour faire l'amour.

– Dans ton état ? Tu n'y serais pas arrivé, mon pauvre. Ta femme ne te suffit donc pas ?

– Je me suis marié parce que tu étais partie alors qu'on s'était promis de s'attendre jusqu'à ce que je revienne d'Ur, dit-il d'un ton crispé où perçait le reproche.

– Quoi ? Elle éclata d'un rire insensé. Et moi je suis partie... Un hoquet la secoua. ... parce que tu t'es marié... et qu'on s'était promis de s'attendre... »

Elle secoua la tête comme pour sortir d'un mauvais rêve.

Ils restèrent un moment silencieux.

Au loin, le son sourd des roues d'un chariot témoignait qu'Ur n'était pas complètement endormie.

« Donc tu t'es marié, reprit-elle douloureusement, et tu débarques ivre dans un cabaret au milieu de la nuit. »

Il lui raconta, amer, la stérilité de sa femme.

« Remercie-la. Sans sa stérilité, nous ne nous serions pas revus, lui fit-elle remarquer.

– Écoute, Aémer... » L'entendre prononcer son nom la fit frissonner.

« Quand j'ai commencé mon travail à la taverne, après mon départ de chez tes parents, le coupa-t-elle, je n'avais jamais été " ouverte ". »

La nuit était finie.

Du même pas lent, Aémer et Bilili gravirent l'escalier central de la ziggourat sans échanger une parole. Bilili réservant son souffle pour l'ascension, de crainte qu'une quinte de toux ne l'assaille, Aémer se taisant par communion.

Ascension maussade, ô combien différente de celles de jadis ! Chacune postée devant l'un des escaliers latéraux, elles se lançaient à l'assaut des marches. Bilili l'emportait toujours. Une fois, Aémer gagna. Savourant sa victoire, elle attendait son amie, qui n'arrivait toujours pas. Tout en bas, Bilili, affalée, se tenait la cheville. Elle fut immobilisée durant trois semaines, au grand dam de la patronne du cabaret qui prétendit leur interdire la ziggourat.

Bilili mit du temps avant de recouvrer son souffle. Cette arrivée à la deuxième terrasse lui faisait toujours le même effet. Elle était suffoquée par l'étendue qu'elle pouvait appréhender du regard. Toutes ces rivières, ces réservoirs, ces canaux. Brillant sous le soleil, comme un immense filet, les mailles du réseau d'irrigation innervaient la campagne verdoyante aussi loin que le regard portait.

Plus loin encore, du côté de l'ouest, elle croyait apercevoir les confins des steppes où elle avait passé ses premières années.

« Alors, sa femme est stérile ! En voilà une affaire, railla Bilili quand Aémer eut terminé de lui rapporter ce qu'Unzu lui avait appris quelques heures plus tôt. Et il te demande de lui faire un enfant, c'est ça ? Elle regarda son amie. Tu ne m'avais jamais parlé de lui, dit-elle sur un ton de reproche. Je vais te raconter une histoire qui s'est passée dans ma tribu du temps de mes grands-parents.

« Un jeune homme et une jeune fille. Le jeune homme était Mar'tu, toutes les filles en étaient amoureuses. Pas trop pressé de se marier, il passait son temps à pêcher et à faire de grandes courses à travers la steppe. La jeune fille était sumérienne, d'une famille noble d'Ur. Quand elle eut quatorze ans, ses parents décidèrent de la marier. Elle refusa, désirant choisir elle-même son époux. " Pas question ! " lui dit son père. Au moins, apercevoir son visage. " Pas question ! " Le jour du mariage, à l'aube, elle quitta la ville. Une journée magnifique, elle ne s'était jamais sentie aussi libre. Mais quand le soleil tomba, avec le froid, la faim, elle trembla de peur. Elle n'avait jamais passé une nuit dehors.

« Le jeune homme pêchait non loin de là. Il s'approcha. Un Mar'tu ! Elle était seule, il faisait nuit, elle eut un mouvement de recul. Mais, quand elle croisa son regard, elle sut qu'elle n'avait rien à craindre. Le jeune homme jeta une couverture sur ses épaules, fit un feu et partagea avec elle du fromage, du pain, des dattes et l'eau de l'Euphrate. Le lendemain, quand elle se réveilla, il n'était plus là. Elle sut qu'elle n'avait pas rêvé, son visage et sa voix étaient gravés dans sa mémoire.

– C'est une histoire vraie ?

– Vraie. »

Bilili poursuivit :

« Elle ne pouvait faire autrement que retourner chez elle. Mais elle avait gagné, le mariage n'avait pu avoir lieu. Pourtant, sur le chemin du retour, sa joie tomba. Son père l'enfermerait jusqu'à ce qu'il lui déniche un nouvel époux, et cela recommencerait. C'est qu'il tenait à assurer sa lignée ! Une idée lui traversa l'esprit : si elle ne pouvait pas avoir d'enfants, personne ne voudrait d'elle pour épouse... Avant de rentrer en ville, elle parvint à trouver des herbes, celles que nous prenons toutes pour ne pas tomber enceinte. La gouvernante, qui ne la quittait plus, finit par remarquer que le sang des menstrues ne coulait pas. Un, deux, trois mois.

« Elle pensa d'abord que la jeune fille était enceinte. Puis elle fut convaincue que c'était le contraire, elle était stérile. Apeurée, elle se résolut à informer le père. Elle redoutait sa colère. Eh bien, il fut ravi ! " Ma fille est asséchée ! s'écria-t-il. Elle peut devenir prêtresse d'Inanna. Quelle gloire pour notre famille ! "

« La jeune fille devint donc prêtresse d'Inanna. Dans le temple, elle se crut à l'abri. Mais elle n'échappa pas aux épousailles sacrées. L'année de ses dix-huit ans, le roi la choisit pour coucher avec elle lors des fêtes du nouvel an.

« Fou de joie, le père allait par la ville en clamant : " C'est ma fille qui a été choisie ! " La fête approchait, on la préparait pour la royale nuit. Que crois-tu qu'elle a fait ? Elle s'est encore sauvée ! Elle a rejoint le jeune bédouin et ils se sont mariés. Les filles de la tribu n'ont pas dû apprécier, ajouta Bilili malicieusement. Une étrangère, leur prendre leur beau garçon ! »

Aémer éclata de rire.

« Je suis heureuse de te voir comme ça », dit-elle en enlaçant son amie.

Bilili, pétillante, semblait avoir retrouvé toute sa vigueur.

« Dis-moi, Bilili, tu aurais pu te sauver, toi aussi, et retourner dans ta tribu ? Tu ne risquais pas plus que cette fille.

– On m'a proposé plusieurs fois de me ramener chez moi, des hommes de ma tribu, des habitués du cabaret. J'en mourais d'envie, mais personne ne m'attend, ma famille a été tuée pendant la guerre contre Ur. Là-bas aussi, j'aurais été l'Étrangère. Et puis, je suis bien ici. Tu nous vois séparées, toutes les deux ? Puis, troublée : Mais je ne suis pas là pour raconter ma vie ! Où j'en étais ?

– Le beau bédouin et la belle Sumérienne se sont mariés.

– Oui, ils se sont mariés... et ils n'ont pas eu beaucoup d'enfants. Ils n'en ont même pas eu du tout. Les herbes étaient d'une efficacité redoutable. Quand la belle Sumérienne comprit qu'elle n'aurait jamais d'enfant, elle appela sa servante. Elle lui dit qu'elle devait coucher avec son mari : " Peut-être obtiendrai-je par toi les enfants que je n'ai pas pu avoir. " Puis elle annonça à son mari qu'elle lui donnait la servante comme concubine. La servante donna naissance à un garçon. Et puis l'épouse a vieilli. Un jour, elle sentit que son ventre grossissait.

– Non ! Parce qu'ils continuaient à coucher ensemble ?

– Elle attendait un enfant. Tu sais ce qu'elle a fait quand on le lui a appris ? Elle a RI ! Elle avait soixante-dix ans ! »

Aémer et Bilili aussi riaient. Entre deux hoquets, Aémer lança : « C'est simple, les herbes aussi avaient vieilli, et leur effet avait cessé. La vieille a eu son enfant ? Un garçon, bien sûr ?

– Exactement.

– Alors, poursuivit Aémer sur sa lancée, ils se sont débarrassés de la servante dont ils n'avaient plus besoin. Et de son fils.

– La mère et le fils, exactement. »

Après un moment, Aémer demanda : « C'est pour ça que tu me racontes cette histoire ?

– À ton avis ?

– Ils s'appelaient comment, tes vieux égoïstes ?

– Elle, Saraï, lui, Abram. »

Aémer et Unzu décidèrent de partir pour Nâr Marratu. Ils embarquèrent sur une pirogue. Au passage, Aémer reconnut sa petite anse qui, depuis le milieu du fleuve, semblait minuscule. Elle faillit la montrer à Unzu, mais se reprit.

Unzu était assis au milieu de l'embarcation. Aémer suivait les mouvements de son dos rythmés par les oscillations des flots. Doucement, elle se mit à chanter.

Quoi qu'on ait pu lui en dire, sa surprise était immense. La vision de cette étendue d'eau sans fin déclencha en elle un sentiment d'allégresse. Une eau si différente de celle de l'Euphrate et des canaux, une eau d'un vert transparent, à travers laquelle dansaient les rayons du soleil. Bien que la mer soit proche d'Ur, Aémer n'y était jamais venue. Elle en mourait d'envie, pourtant. Mais elle retardait toujours le voyage, comme si elle avait attendu de s'y rendre avec Unzu.

« Allez Unzu, on va à Dilmun ! s'exclama-t-elle soudain. Enlève-moi ! »

Un flot d'amour l'emportait. Elle se leva, le bateau pencha.

« Tu vas nous faire chavirer !

– Eh, alors, on se noiera ! Tu me repêcheras, on se laissera emporter par le courant et l'on débarquera dans une terre nouvelle. Une nouvelle vie, Unzu. On recommence... »

Ils avaient trouvé une plage. Ils coururent vers l'eau.

Pour la première fois de sa vie, Aémer se laissa totalement aller, s'abandonnant au seul plaisir d'exister, ses cheveux lâchés dans le vent, son corps caressé par les vagues. Son rêve de gamine amoureuse était en train de se réaliser. Unzu ne pouvait détacher son regard d'elle. Elle s'installa sur le sable.

« T'ai-je dit alors que je t'aimais ? lui demanda-t-il.

– Non, répondit-elle désinvolte. Passe-moi ce bout de roseau, à côté de toi. »

Unzu, intrigué, lui passa le bout de roseau. Aémer l'appliqua consciencieusement sur le sable. Unzu suivait le déroulement des signes et la regarda, abasourdi : « Tu sais écrire, Aémer ! C'est merveilleux ! »

Il la prit dans ses bras.

« Arrête, s'écria-t-elle, tu vas me faire faire des fautes ! Regarde le sable, plutôt. »

Il fixa le sable. Aémer y avait inscrit : « Unzu aime Aémer. »

« Tu ne me le disais pas, mais tu l'écrivais, n'est-ce pas ? Et je te demandais : “ Qu'as-tu écrit ? Et tu me répondais : – Devine. ” Et je n'osais pas deviner. J'ai demandé à Adappa de m'apprendre à l'écrire.

– Adappa ? Qui est-ce ? »

Elle négligea sa question.

« Dans ma chambre, le soir, après le travail, je me suis entraînée à écrire et je rêvais que je te revoyais. Je n'avais qu'un seul visage de toi, celui d'un adolescent de seize ans. Et moi, je vieillissais et ton image restait la même et cela me faisait mal. Tu étais d'une éternelle jeunesse. »

Unzu ferma les yeux, se laissant bercer par la voix d'Aémer. Quand elle eut fini, il resta un moment silencieux puis : « Qui est cet Adappa ? »

Aémer lui raconta sa rencontre avec le jeune homme, et les leçons qu'il lui avait données.

Longeant le rivage, ils atteignirent un village de pêcheurs, composé de quelques huttes de roseaux. Les pêcheurs firent griller des poissons et des légumes sur un feu de noyaux de dattes séchés. Le repas fut somptueux.

Ils restèrent des heures dans l'eau, se courant après, s'aspergeant comme des enfants. Ils avaient besoin de s'amuser ensemble plus que de faire l'amour. Ils avaient le temps.

En fin de journée, ils s'éloignèrent du village et repérèrent une petite crique.

Dilbat, l'étoile d'Inanna, apparut dans le ciel d'une pureté insolite. La nuit était totale. Sin avait déserté, laissant la place aux étoiles qui en profitaient pour se montrer sous leur plus bel éclat.

Ils ne se voyaient pas. Ils entendaient la mer mais ne la voyaient pas. Aémer, en se dévêtant, eut un seul regret : Unzu ne pouvait admirer son vêtement de décence.

Eux aussi, comme la mer si proche, furent remués par des vagues que leur plaisir alimentait, et chacune effaçait une année de leur longue séparation.

Au matin, ils se réveillèrent affamés. Ils retournèrent dans le village de pêcheurs, se régalèrent de gâteaux, de dattes, de fruits. Et, encore, de bains de mer.

Il faisait chaud, mais le vent du large soufflait. Ils s'abritèrent sous un bouquet de tamaris. Aémer demanda à Unzu de lui parler de son travail. Il se mit à raconter avec enthousiasme les travaux qu'il avait entrepris depuis qu'il avait été nommé. Il était heureux de pouvoir disposer d'un nouvel outil qui lui faisait gagner beaucoup de temps. Il hésita, mais, emporté par la passion : « Depuis peu, nous avons une nouvelle méthode. Magnifique. Les calculs sont plus simples, la largeur des canaux, le débit des eaux... Mon scribe en est fou.

– La nouvelle méthode d'écriture des nombres ? demanda Aémer d'un ton détaché.

– Tu connais cela ?

– Pour qui me prends-tu ? Je fais fonctionner ma tête presque autant que mon corps. Et, ajouta-t-elle malicieusement, je fais beaucoup fonctionner mon corps.

– Ça suffit, Aémer ! Comment peux-tu être au courant ?

– Adappa m'en a parlé.

– Adappa, Adappa... encore lui ? »

Elle le regarda, interloquée.

« Tu n'es pas jaloux de lui, Unzu ? C'est un adolescent ! » Elle pensa : Je couche tous les soirs avec des inconnus et il est jaloux d'un gamin qui ne m'a jamais touchée.

« Un enfant ? Il a presque dix-sept ans !

– Il a bien fallu que quelqu'un reprenne les leçons que tu avais interrompues, lança-t-elle, acerbe.

– Tu es injuste.

– Peut-être parce que j'ai encore de la peine. »

Unzu prit un ton cajoleur : « Il est aussi bon maître que moi, Adappa ?

– Je ne sais pas. Je n'écoutais pas ce que tu disais, j'écoutais le son de ta voix, je te regardais, tu aurais pu dire n'importe quoi. »

Ils laissèrent passer un moment.

« Alors, qu'est-ce qu'il t'en a expliqué, de cette nouvelle méthode ?

– Rien. Parce qu'il ne la connaît pas. »

Unzu sourit d'aise.

« Son maître leur a juste dit qu'elle existait mais qu'il ne pouvait pas la leur enseigner.

– Stupide ! Alors, il leur apprend une méthode dépassée. »

Il se leva, furieux, vitupérant les incohérences de l'enseignement.

« Eh, tu m'as oubliée ? protesta Aémer. Tu fais la même chose que le maître d'Adappa, tu m'en parles et tu ne me l'expliques pas. »

Le visage d'Unzu se fit sérieux, sûrement comme lorsqu'il exerçait ses fonctions.

« En fait, c'est très simple. Avec l'ancienne méthode, pour écrire les nombres, on a besoin d'une vingtaine de signes...

– Alors ça, l'interrompit-elle, si j'avais imaginé qu'un jour tu m'expliquerais les nombres sur une plage !

– Eh, tu veux que je t'explique ou pas ? »

Elle le regarda malicieusement : « Avoue plutôt que tu meurs d'envie de me l'expliquer... pour avoir l'occasion de l'expliquer à quelqu'un. »

Il rougit. Elle avait vu juste. Elle est devenue redoutablement perspicace, se dit-il.

« J'ai envie que tu m'expliques », cria-t-elle en se jetant à son cou. Elle se moquait de lui, mais elle était curieuse de connaître ce qu'Adappa n'avait pas été en mesure de lui apprendre.

« Avec la nouvelle méthode, il ne faut plus que deux signes, reprit-il.

– Deux ? Pour écrire tous les nombres !

– Un clou et un chevron. »

Il se leva, ramassa un bout de roseau. « Le clou, vertical. Il le dessina sur le sable. 𒁹

« Le chevron, horizontal. Il le dessina. 𒌋

Le clou vaut *un*, le chevron, *dix*.

– Pas si vite, pas si vite ! Le clou, *un*, le chevron, *dix* », répéta-t-elle.

Piaffant d'impatience, il était pressé de lui annoncer la suite : « Mais la nouveauté, c'est que *soixante* est aussi représenté par un clou vertical.

– Le même clou ?

– Le même.

– Mais on ne va plus s'y reconnaître ! Laisse-moi comprendre ! Clou, *un*, clou *soixante* ! Son regard s'illumina : Alors, comment tu écrirais *trois mille six cents* ?

– Pourquoi ce nombre ?

– Comment tu l'écrirais ? insista-t-elle.

– Un clou.

– Et... ?

– Un clou et rien. Un seul clou.

– Tu te moques de moi ? »

Il fit non de la tête.

« Tu me demandes pourquoi ce nombre ? As-tu oublié que nous, les *kezertu*, on nous appelle les-femmes-aux-trois-mille-six-cents-époux ?

– Ah, c'est pour cela que tu l'as choisi, remarqua-t-il tristement. Tu ne pourrais pas oublier ce sujet un instant ? Non, ce n'est pas la même chose parce qu'il y a la position du clou. Crânant : C'est là toute l'astuce, ma jolie.

– Ne m'appelle pas “ ma jolie ” ! Tu veux que je t'appelle “ mon beau ” ? Puis, grave : Si *un* et *trois mille six cent* s'écrivent de la même façon, qu'est-ce qui distinguera une prostituée d'une épouse ? demanda-t-elle, déroutée.

– La PO-SI-TION, Aémer, je viens de te le dire.

– Quelle position ? Elle se détendit, plissant les yeux malicieusement : Tu ne serais pas en train de devenir grivois, par hasard ?

– Je parle de la position des chiffres dans l'écriture des nombres, répondit-il avec sérieux, refusant de comprendre son allusion.

– Répète !

– La position des chiffres dans l'écriture des nombres. Tiens, un exemple. »

Avec le bout de roseau, il traça des colonnes. Dans la première à partir de la droite, il dessina un clou. « *Un.* »

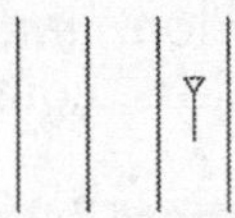

Il effaça le clou, en dessina un nouveau, mais dans la deuxième colonne : « *Soixante.* »

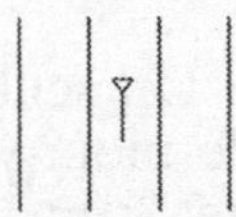

Il effaça le clou, en dessina un nouveau dans la troisième colonne : « *Trois mille six cents.*

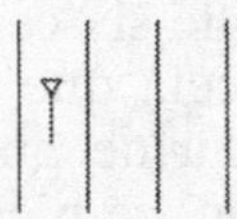

– Attends, attends, tu vas trop vite.

– Qu'est-ce qui va trop vite ? C'est simple !

– Ah, ne me dis pas c'est simple, alors que je te dis que je ne comprends pas, enragea-t-elle. Parce que si c'est simple et que je ne comprends pas, c'est que je suis idiote. »

Unzu la regardait, amusé et admiratif. « Heureusement qu'on n'a pas continué les cours, à l'époque ! Tu as raison, ce n'est pas simple. Mais ça le devient lorsque l'on a compris. La valeur d'un signe dépend de la place où il se trouve dans l'écriture du nombre. »

Aémer écoutait attentivement, répétant pour elle la phrase d'Unzu.

« Tu veux un autre exemple ? Chevron suivi d'un clou, ça fait une fois *dix* plus une fois *un*, ça fait *onze*. Tu me suis ?

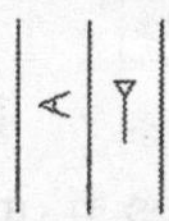

– Oui, dit Aémer.

– Clou suivi d'un chevron : une fois *soixante* plus une fois *dix*. *Soixante-dix*. Tu me suis ?

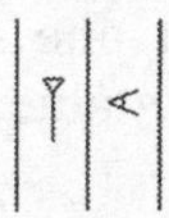

– Oui, dit Aémer, ravie. La tête me tourne, c'est pire que si j'avais bu de la bière

– L'ivresse de la connaissance ! Tu vois, dit Unzu attendri, on continue nos leçons, comme avant. Maintenant, on peut écrire n'importe quel nombre, tu m'entends ? Tu imagines, Aémer, on pourrait écrire le nombre d'étoiles qu'il y a dans le ciel si on avait la patience de les compter ! »

Unzu se souvint de son examen de fin d'études. L'examinateur avait gravé trois clous sur la tablette qu'il lui avait tendue.

« Quel nombre est-ce ? » avait-il demandé.

C'était un piège.

« Cela dépend, avait répondu Unzu, prudent.

– Cela dépend de quoi ? avait insisté l'examinateur.

– C'est que, répondit Unzu, mal à l'aise, cela peut représenter plusieurs nombres.

– Réponds ! Quel nombre ?

– Si c'est les coups de fouet que tu t'apprêtes à m'administrer pour ma mauvaise réponse, je répondrais que c'est *trois*, parce que, si les trois clous ne sont pas séparés, cela fait trois unités. »

Aémer sourit.

« Si c'est les pépites d'or que tu te réjouis de m'offrir parce que je suis le meilleur élève que tu aies rencontré, je répondrais que c'est *trois mille six cent soixante et un*, parce que si les trois clous sont séparés, cela fait une soixantaine de soixantaines, plus une soixantaine, plus une unité.

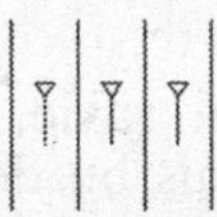

« Si c'est l'âge de mon père, je répondrais que c'est *soixante-deux*, parce que si le premier clou est séparé des deux suivants réunis, cela fait une soixantaine, plus deux unités.

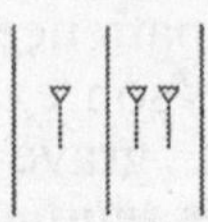

« Si c'est... je ne trouvais pas, puis, oui ! Si c'est onze fois onze – j'étais fier de ma trouvaille, je répondrais que c'est *cent vingt et un*, parce que si les deux premiers clous sont réunis et séparés du troisième, cela fait deux soixantaines plus une unité. »

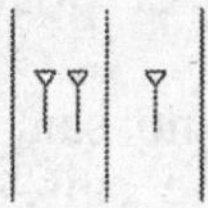

Aémer pensait : il est astucieux et malicieux.

« Comment faire pour qu'on lise ce nombre sans hésitation, alors ? avait demandé l'examinateur.

– Laisser un espace entre les clous pour indiquer les séparations.

– Un espace de quelle taille ?

– Mm ! Unzu haussa les épaules. Un certain espace...

– Qui se perdra à mesure que les scribes recopieront les textes !

– Comment faire alors ?

– Il n'y a rien à faire. Le seul moyen, c'est d'inscrire les clous et les chevrons dans des colonnes pour préciser comment ils sont regroupés. »

L'examinateur avait commencé à tracer les colonnes sur la tablette. À chaque représentation d'un nombre à l'aide des colonnes, il annonçait la supposition émise par Unzu. Pour *trois*, il annonça : « coups de fouet ! ». Pour *trois mille six cent soixante et un*, il annonça : « pépites d'or ! ». Pour *soixante-deux* : « âge du père d'Unzu ! ». Pour *cent vingt et un* : « onze par onze ».

« Et finalement j'ai eu mon examen, conclut Unzu en souriant.

– Avec quelle note ?
– Deux clous ?
– Séparés ou réunis ? »

Aémer réfléchissait.

« Il y a une chose... Le clou ne signifie pas le même nombre selon sa position. Mais pourquoi soixante ?

– Franchement, je ne sais pas, reconnut Unzu, embarrassé. Ce que je sais, c'est que soixante a beaucoup d'avantages. On peut faire six dizaines, cinq douzaines, quatre quinzaines, trois vingtaines, deux trentaines. C'est très utile quand on fait des calculs.

« Mais il y a une autre raison. Il faut partir de Sin, qui rythme notre temps. Sin, c'est trente, les trente jours du mois. Son père Anu, le dieu de la Création, c'est le double : soixante. Et sa fille, Inanna, la moitié : quinze. »

Unzu vit Aémer se lever et le regarder, furieuse : « C'est cela, les parents valent le double des enfants ! Cela ne te choque pas ? Avec ceux que l'on a eus ! Les miens m'ont vendue, les tiens t'ont trahi. »

Quand Aémer et Unzu revinrent de la mer, ils retrouvèrent Bilili au lit, très affaiblie. Elle ne travaillait plus. Elle attendait Aémer avec impatience pour aller à la ziggourat. Aémer tenta de l'en dissuader, proposant qu'elle attende d'aller mieux. Bilili ne voulut rien entendre.

Aémer l'aida à se préparer. Elles se mirent en route, refaisant ce trajet qui leur était si familier. Bilili rassembla son courage. Elle irait jusqu'au sanctuaire de Sin, tout là-haut. C'était important pour elle. En secret, elle s'y rendait souvent pour faire des prières. Des demandes de guérison rituelles qu'elle connaissait par cœur à force de les avoir récitées. Ce n'étaient pas là des pratiques de sa tribu. Elle avait honte de ce qu'elle considérait comme une faiblesse, et elle n'en avait jamais parlé à Aémer.

Malgré de nombreux arrêts, elle n'atteignit pas la première terrasse. Aémer lui proposa de monter sur l'un des ânes qui empruntaient la rampe d'accès jusqu'au sommet. « Tu me prends pour un sac d'orge ou une jarre de bière ! » s'indigna Bilili. Elles firent demi-tour.

En rentrant chez elle, Bilili s'alita et ne quitta plus sa couche. Les quintes de toux incessantes la laissaient vidée, en sueur. Ses longs cheveux bouclés avaient perdu leur éclat. Aémer les lui lavait régulièrement avant de démêler les boucles avec le peigne d'ivoire de Meluhha dont elle lui avait fait cadeau. Elle passa du rose sur les joues de son amie, ôta le khol qui accentuait le cerne autour de ses yeux.

« Qui voudrait de moi à présent ?

– Je t'en prie, ne dis pas cela, la suppliait Aémer en lui caressant le visage. Pour moi, tu es la plus belle fille du monde. »

Bilili la regarda avec un sourire si triste qu'Aémer ne put retenir ses larmes.

Le chariot était arrêté devant la porte de la maison. Bilili s'allongea sur une litière qu'Unzu, aidé du cocher, déposa à l'arrière. Aémer les suivait avec une chaise qu'elle cala à l'avant. Elle s'assit à côté de Bilili, tenant une natte au-dessus de sa tête pour la protéger du soleil. Unzu marchait, la main posée sur l'une des bêtes.

Passant sous la porte monumentale, ils pénétrèrent dans le quartier sacré. Jamais la distance entre la porte du quartier sacré et celle de l'espace consacré à la ziggourat ne leur avait paru aussi longue.

Le chariot s'arrêta au bas de l'escalier central où Adappa les attendait.

Soulevant Bilili, Unzu l'installa sur la chaise. Lui d'un côté, Adappa de l'autre, ils soulevèrent Bilili. Elle les arrêta.

« Si vous m'asseyez face à l'escalier, je verrai diminuer le nombre de marches qu'il me reste à gravir, et se réduire mon futur. Je préfère lui tourner le dos : plus on montera, plus je verrai augmenter le nombre de marches que j'ai gravies et croître mon passé. »

Ils changèrent la chaise de position et commencèrent l'ascension. Oh, Bilili n'était pas lourde !

Arrivés au sommet, ils la déposèrent, radieuse.

Aémer remercia Adappa : « Royal ! Transportée en haut du temple de Sin comme une reine sur son trône ! C'est le plus beau cadeau que l'on m'ait fait. » Le garçon embrassa Bilili. « Va, lui glissa-t-elle à l'oreille, tu plairas aux femmes. Je regrette seulement de ne pouvoir attendre que tu aies l'âge... » Elle lui adressa un clin d'œil coquin.

Les mésanges encerclaient le sommet du sanctuaire de leurs rondes folles.

La voix affaiblie de Bilili perça le silence : « À Dilmun, le corbeau ne crie pas, le lion ne tue pas, le loup ne saisit pas l'agneau, inconnu est l'ours qui dévore le grain. Le malade ne dit pas : “ Je suis malade ”, la vieille femme ne dit pas : “ Je suis une vieille femme ”, le vieil homme ne dit pas : “ Je suis un vieil homme. ” » Bilili se tut, hors d'haleine. Lorsque son souffle revint, elle s'adressa à Aémer : « C'est toi qui m'as appris ce vieux poème sumérien. C'est le moment de le réciter, n'est-ce pas ? »

Ils restèrent jusqu'à ce que la nuit tombe.

Le chariot les attendait au bas de l'escalier.

Aémer et Unzu veillèrent Bilili. Assis à son chevet, ils n'échangèrent pas un mot. Jamais ils n'avaient été aussi proches. Bilili se mit à délirer. Sa tribu, là où elle avait vécu, sa famille, le troupeau de chèvres. Un moment, elle reprit conscience : « Il m'appelait " ma petite gazelle ", c'est vrai, je courais comme une gazelle. » Elle ne dit pas qui l'appelait « sa petite gazelle ». Elle perdit à nouveau conscience. Soudain, elle réclama du lait de brebis. Où trouver du lait de brebis en pleine nuit, au cœur de la ville ? Unzu revint longtemps après avec un broc plein. Aémer le remercia d'un regard tendre. Bilili s'était assoupie. Le retour d'Unzu la réveilla. Aémer versa du lait dans un bol, souleva la tête de son amie, posa le bord du récipient sur ses lèvres. Bilili se mit à boire avidement, les yeux fermés.

Elle vida le bol, reposa la tête sur sa couche et mourut. Aémer lui lissa les cheveux.

Unzu s'approcha d'Aémer, lui prit la main.

Pleurant doucement, elle leva la tête vers les étoiles invisibles que les murs de la pauvre chambre ne parvenaient pas à empêcher de briller. Elle leur adressa cette prière :

Étoiles bienveillantes des cieux,
Nombreux sont les opprimés et les oppressés,
Les gens humbles et les sans-pouvoir
Qui vous suivent sans cesse chaque jour.
Je me suis tournée vers vous,
Je vous ai appelées, parce que vous, vous savez faire un geste de bonté.

Bilili fut mise en terre hors les murs. Toutes les *kezertu* de la ville avaient tenu à accompagner la petite Mar'tu pour sa dernière course. La matrone bouleversée marchait entourée de ses « filles ».

Unzu et Adappa étaient les seuls hommes du cortège.

Bilili fut enterrée suivant la coutume bédouine, dans une fosse recouverte de quelques pierres. Aémer et Unzu furent les derniers à la quitter.

Après un instant, Unzu s'arrêta.

« Aémer, je voudrais te parler.

– Je t'en prie, Unzu, pas ce soir. Ce soir on fait la fête, invite-moi dans une taverne. »

Il la conduisit dans une taverne populaire des faubourgs. Aémer refusa la bière qu'on lui proposait, elle commanda du vin de palme.

« Ce que nous avons de plus fort », annonça le tenancier en posant un broc et deux gobelets sur la table.

« Bilili ne supporterait pas que l'on soit triste ! » lança Aémer en vidant son gobelet.

Ses yeux brillaient d'un éclat inquiétant, la révolte et le sentiment d'injustice qu'elle ressentait devant la mort de Bilili l'étouffaient. Le vin de palme était fort, très fort, et doux, un peu écœurant. Unzu parlait à Aémer, elle voyait ses lèvres bouger, elle entendait les mots. Et les mots sitôt prononcés s'échappaient sans imprimer leur sens dans son esprit.

Il la porta dans sa chambre et la posa tout habillée sur le lit.

Elle se réveilla tard dans l'après-midi. Une tablette d'argile encore humide était posée à son chevet. Elle reconnut immédiatement le dernier mot du texte : « Unzu. » Elle s'était entraînée à l'écrire tellement de fois ! Elle repéra également un autre mot, un nombre, un chevron suivi de deux clous : *Douze.*

Elle avait encore dans la bouche le goût douceâtre du vin de palme.

Elle se lava rapidement, changea de vêtements. Un lettré habitait au bout de sa rue, elle se précipita pour lui montrer la tablette. « Dépêche-toi, tu vas être en retard », la pressa-t-il, confirmant qu'elle avait bien compris. Il lut la lettre à haute voix : *Je t'attendrai à la douzième heure au pied de la ziggourat. Unzu.*

Elle arriva essoufflée et, sans laisser le temps à Unzu d'ouvrir la bouche, elle dit :

« Cette nuit, j'ai fait un rêve. On était ensemble et tu m'as demandé...

– Ce n'était pas un rêve, Aémer, l'interrompit Unzu. Je t'ai demandé de m'épouser. Oh, pas une fois...

– Soixante, alors ? »

Il ne releva pas.

« Et tu ne cessais de me dire : " Demain, demain. " La journée se termine bientôt. »

L'escalier de la ziggourat, tant de fois gravi avec Bilili, s'élevait vers le sanctuaire.

« Ah, Unzu, Unzu, si je ne t'aimais pas, ce serait tellement plus facile. »

En un éclair lui revint l'histoire que lui avait contée Bilili, l'histoire de Saraï et d'Abram.

« Si tu veux être père, choisis une autre femme.

– Je ne te demande pas que nous ayons un enfant ensemble, je te demande de m'épouser », martela Unzu.

Elle lui dit que c'était, que cela aurait été merveilleux, mais qu'il était trop tard.

« Mais nous le pouvons, Aémer. Ma femme est stérile, c'est une chance.

– Comment peux-tu dire que c'est une chance que ta femme soit stérile ? Que c'est une chance qu'une femme soit stérile ? Notre véritable chance, c'est que nous pouvons nous aimer d'un amour libre, que nous pouvons nous aimer seulement pour nous aimer, pas pour fonder une famille, ni pour avoir des enfants. Que nous pouvons nous aimer pour nous-mêmes. Et quand nous ne nous aimerons plus, nous nous éloignerons comme les deux bouts d'un roseau brisé. Rien de nous ne subsistera que d'avoir été ensemble. »

Des gens montaient et descendaient les escaliers. Certains reconnurent Unzu. « Le responsable de l'irrigation », murmuraient-ils en se retournant. Ils parvinrent à la deuxième terrasse.

Brusquement, Aémer se mit à grimper l'escalier. Sautant sur la troisième marche, elle se dressa, raide, les bras collés le long du corps.

Unzu la regardait, ahuri.

Elle annonça : « Clou ! Troisième colonne, *kezertu.* »

Sautant sur la première marche, elle manqua s'affaler. Retrouvant son équilibre, elle se dressa, raide, annonçant de la même voix : « Clou ! Première colonne, épouse. » Puis elle se jeta dans les bras d'Unzu : « Tu vois que je me souviens bien de tes leçons. » Unzu en aurait pleuré.

« Tu avais raison, quand on l'a comprise, cette nouvelle écriture des nombres est très simple. Mais j'ai bien réfléchi, poursuivit-elle, elle ne me plaît pas du tout : la valeur dépend de la position où l'on se trouve. Pas de ce que l'on est, mais de la place qu'on occupe ! insista-t-elle.

– Oui, un nain sur la plus haute marche est plus haut qu'un géant sur la plus basse. »

Unzu prit la main d'Aémer et l'entraîna loin de la ziggourat : « Allez, on retourne à la mer. Là-bas, il n'y a pas de marches ! »

Adappa devint *dubsar*. *Dubsar* libre, ne travaillant ni dans un temple ni pour le compte du palais. Sur ses vieux jours, il écrivit un long poème lyrique où il conta les amours d'Aémer et d'Unzu juste avant la destruction d'Ur par les tribus Mar'tu. Le Muriq-Tidnim ne parvenant plus à les écarter, ils déferlèrent sur le pays de Sumer et d'Agadé.

4

Babylone

Mille cinq cents ans plus tard. Babilim : « La Porte des Dieux. »

Partout du bleu. Bleu le sommet de la ziggourat, bleu l'Ésagil, bleue la porte d'Ishtar qu'à cet instant Nûr passait avec son troupeau.

Le corps recouvert d'écailles, les pattes armées de serres, un cou interminable, une tête de reptile, une gueule béante et langue fourchue, une corne sur le front... Si l'on voulait effrayer les visiteurs, c'était réussi ! Nûr ne jeta pas un regard aux dragons-serpents, reliefs bleus en briques émaillées sur les parois de la porte. Ils le terrifiaient. Il y en avait cent soixante-quinze exactement, c'est ce que n'avait cessé de lui affirmer le vieux berger qu'il avait secondé durant des années. Pour la première fois ce jour-là, Nûr avait l'entière responsabilité du troupeau ; le vieux berger n'était plus en état de travailler.

Nûr s'était levé à l'aube après une nuit agitée par ses nouvelles responsabilités. Il avait nagé quelques instants dans le canal irriguant les pâturages devant la ferme, avait pris un gros morceau de pain et quelques fruits. Il avait rassemblé le troupeau et s'était mis en marche, préférant partir tôt, l'élevage étant à plus d'une heure de la ville.

Comme celle de Jérusalem, la ville des Hébreux récemment détruite par Nabuchodonosor, l'enceinte de Babylone était percée de huit portes. Porte d'Urash : *L'ennemi lui est répugnant*, de Zababa : *Elle déteste ses attaquants*, de Mardouk : *Son Seigneur est berger*, d'Adad : *Ô Adad, protège la vie des troupes*, d'Enlil : *Enlil la fait briller*, de Shamash : *Ô Shamash, soutiens les troupes !* De Nabuchodonosor lui-même : *Que son fondateur prospère !* Enfin, celle d'Ishtar : *Ishtar vainc son assaillant.*

Après s'être resserré pour passer le goulet de cette dernière, le troupeau s'était déployé, occupant une grande partie de la Voie processionnelle dallée de calcaire blanc qui, traversant la partie ancienne de la ville, conduisait jusqu'au pont de l'Euphrate. La plus belle avenue du monde dans la plus belle ville du monde.

Babylone, le centre de l'univers.

Mille ans plus tôt, un Mar'tu, Hammourabi, avait fait d'elle la capitale du plus puissant empire de la région, réunissant durablement le pays de Sumer au sud, et celui d'Akkad au nord. Tous les dieux s'y étaient donné rendez-vous, le plus modeste d'entre eux sachant qu'il y trouverait un temple en son honneur.

Une enceinte comme on n'en avait jamais vu ! Vingt mètres de haut ! Trois murs successifs dressés sur trente mètres, le dernier en briques cuites jointoyées au bitume, suivi d'un fossé de cinquante mètres de large noyé par l'eau de l'Euphrate.

Babylone était imprenable.

Les soldats adressèrent quelques mots à Nûr. Il y répondit hâtivement, toute son attention portée au troupeau.

Un conducteur de chariot l'invectiva, il ne broncha pas, pénétré qu'il était de l'importance de sa fonction. Nûr, berger du « troupeau des dieux ». Combien de fois avait-il effectué cette traversée de la ville depuis la porte d'Ishtar jusqu'au temple de l'Ésagil ! Suivre la Voie processionnelle sur plusieurs centaines de mètres, longer l'interminable terre-plein de l'Éténénanki, passer devant la Porte sainte, obliquer à droite en direction du fleuve, et, avant d'accéder au pont, pénétrer dans la cour du grand temple. Nûr pensa au soulagement qu'il ressentirait au moment où il remettrait le troupeau au responsable des moutons d'offrande.

Il reviendrait le lendemain. Il en serait ainsi chaque jour, jusqu'à ce que, comme le vieux berger qui l'avait initié, il ne soit plus capable de convoyer le troupeau.

Des cris, un choc, des bêlements affreux. Nûr sortit de ses pensées. « Ça devait arriver, ça devait arriver ! » se lamentait-il. Plusieurs bêtes gisaient, heurtées de plein fouet par un char lancé à toute allure. Des flaques de sang maculaient le sol. Roues tournant dans le vide, le char était renversé à quelques pas de là. Le conducteur se tordait de douleur, serrant la cravache avec laquelle il avait cinglé l'attelage qui s'était emballé. Bien fait pour lui ! pensa Nûr, sans chercher à lui porter aide. Il avait autre chose à faire. Les chevaux, couchés sur le flanc, se redressèrent d'un bond et partirent au galop, traînant le char. Semant la terreur, ils fonçaient vers la porte d'Ishtar. Aémer les vit arriver sur elle. Elle n'eut le temps que de faire un petit saut de côté : l'un d'eux la heurta, la projetant au sol. Avertis par les cris, les soldats postés à la porte bleue dressèrent leurs lances, tandis que, au-dessus d'eux, les archers armaient leurs arcs, hésitant à lâcher leurs flèches au milieu de la foule. Les chevaux ralentirent, changèrent de direction; accrochant au passage l'une des statues des lions d'Ishtar dressées tout le long de la Voie processionnelle. Le char se fracassa, les bêtes s'arrêtèrent enfin.

Nûr, catastrophé, ne savait où donner de la tête. Le troupeau disloqué s'était éparpillé. Aémer, étourdie, peinait à se relever. Nûr se précipita.

« Vous êtes blessée ?

– Non. Tout à l'heure je vais être pleine de bleus et de bosses. Allez plutôt vous occuper de vos moutons. »

Les passants se démenèrent pour aider Nûr à rassembler ses bêtes.

Assise sur le socle d'une statue, Aémer pestait contre le conducteur du char que l'on emportait blessé.

Le troupeau reconstitué, Nûr s'approcha d'Aémer : « Excusez-moi, je ne peux pas vous raccompagner chez vous. Vous n'avez rien, vous êtes sûre ?

– Rien ! Elle s'épousseta. Je viens juste d'arriver à Babylone, j'ai laissé mes bagages au port, j'étais en quête d'un logement. »

Exténué, Nûr repartit, soucieux; il allait sûrement avoir des ennuis. Remettant son troupeau au *rêi sattuki*, le responsable des moutons, il signala qu'il manquait plusieurs bêtes. Puis il rendit compte de l'accident aux autorités.

De la gorge maintenue au-dessus du vide gicla un flot de sang. La rapidité avec laquelle Gipsu avait passé la lame était stupéfiante.

Ventre en l'air sur un énorme billot, le mouton lâcha son dernier soubresaut, accompagné par la voix basse de Gipsu, torse nu, poitrail velu, récitant les paroles rituelles du sacrifice pour les offrandes aux dieux. Il était le seul à ne pas transpirer.

Dans l'abattoir sacré de l'Ésagil régnait une atmosphère d'étuve, le sang qui s'écoulait dans le baquet dégageait une intense chaleur. Gipsu essuya son couteau sur un tissu immaculé.

Quatre coups de hache. Les pattes, sectionnées juste au-dessous des cuisses, tombèrent sur le sol dans un bruit mat. Tandis que la bête se vidait de son sang, Gipsu saisit un couteau plus petit qu'il affûta soigneusement.

En de petits coups secs et rapides, il pratiqua de fines incisions entre le cuir et la chair du mouton. Dans l'une d'elles un auxiliaire introduisit le bout d'un roseau évidé ; embouchant l'autre extrémité, il se mit à souffler de toutes ses forces. Le mouton gonfla, la toison se détachant peu à peu de la chair avec un petit crissement métallique.

Gipsu laissa sa place au second boucher qui, avec habileté, dépouilla la bête dont la peau alla rejoindre une quinzaine d'autres dans un coin propre de la pièce. Puis il fendit le corps en deux.

Le dépeçage commença.

Gipsu détacha le foie dont la vigueur et l'éclat témoignaient de la santé de la bête.

Puis les épaules, les reins, les côtes, la queue, le cœur, les gigots...

Gipsu rangea soigneusement ses couteaux après les avoir longuement nettoyés. Il s'était fixé une règle, ne jamais quitter l'abattoir avec ses lames. Lorsqu'il était jeune boucher, l'un de ses collègues avait sorti son couteau de travail au cours d'une altercation en pleine rue, et tué son adversaire d'un coup au cœur. Gipsu ne l'avait jamais oublié.

Boucher-sacrificateur du temple majeur de Babylone, Gipsu possédait une charge enviée et très bien rémunérée. Responsable de l'abattage, il préparait lui-même les morceaux qui seraient servis aux repas des dieux. À ce titre il avait droit à une part importante des bêtes sacrifiées, qu'il revendait fort cher. Gipsu était riche.

Les dieux avaient bon appétit. Quatre repas par jour leur étaient servis dans le sanctuaire de l'Ésagil.

Dès l'aube, des chariots emplis de victuailles affluaient depuis les fermes alentour. Dans les cuisines immenses, les cuisiniers, le brasseur, le boulanger, le responsable du lait, du fromage et du beurre s'affairaient. Au milieu de la matinée, une odeur de viande grillée commençait à se répandre dans le temple. Les moutons embrochés n'étaient pas seuls à servir d'offrandes, il y avait aussi des gazelles, des cerfs, des pigeons.

Le responsable des offrandes avançait solennellement, suivi de serviteurs portant un lourd plateau qu'ils posèrent sur des tréteaux, « à portée de main » de Marduk.

Le responsable des offrandes déposa sur la table plusieurs sortes de pains et de bières. Puis il présenta un à un au dieu les plats fumants, servis dans une vaisselle d'argent, tandis que des serviteurs apportaient de somptueuses corbeilles de fruits et des plateaux de pâtisserie.

Après s'être assuré que tout était en place, il installa un paravent devant la table de Marduk.

Le dieu devait prendre son repas hors de la vue des officiants qui se retirèrent au fond de la pièce.

Le temps du repas écoulé, le responsable des offrandes retira le paravent. Marduk avait bien mangé ! Il s'était nourri et, dans sa grande bienveillance, il n'avait touché à aucun mets, laissant la nourriture aux humains, ses fidèles servants, afin qu'ils s'en repaissent.

En premier lieu, le roi. Le responsable des offrandes choisit les meilleurs morceaux, l'épaule et les premières côtes, qui furent transportés sur-le-champ à la table royale.

Les autres morceaux furent distribués aux membres du clergé attachés au temple et partagés entre les divers prébendiers, selon une comptabilité précise. Gipsu eut sa part.

La tour de Babylone !

Axe du monde reliant l'univers des dieux à celui des hommes, on l'appelait l'*Éteménanki* : le Temple du Fondement du Ciel et de la Terre. Ziggourat la plus célèbre de Babylonie.

Soixante-quinze mètres de haut, sept étages. Au sommet trônait un sanctuaire, recouvert de briques émaillées de lapis-lazuli dont la couleur bleutée accentuait le sentiment de continuité entre l'Éteménanki et le ciel.

Pour les ânes bâtés et les chariots tractés, une rampe extérieure grimpant en spirale jusqu'au sommet. Pour les hommes, un immense escalier débutant juste en face de la porte de l'enceinte qui protégeait la ziggourat sur tous ses côtés. Il montait directement jusqu'au deuxième palier, à plus de cinquante mètres au-dessus du sol, déjà. L'ascension était harassante. Heureusement, Hattâru n'y montait qu'en fin de journée ; en plein après-midi, surtout durant les mois d'été, c'eût été pure folie. Parvenu au deuxième palier, on se disait que le plus dur avait été fait, et on avait raison : les étages supérieurs étaient plus rapprochés, et l'air plus frais. Afin de se remettre de cette première étape, un espace à l'ombre avait été aménagé, avec des sièges – toujours occupés – et une réserve d'eau réapprovisionnée chaque jour.

La tour avait en fait huit étages. Le petit bâtiment élevé au-dessus du sanctuaire était généralement oublié. S'il avait été bâti là, c'est qu'on y était plus près du ciel. Observatoire central de Babylonie, c'était le domaine d'Hattâru.

II y passait le plus clair de son temps. Il avait aménagé une petite pièce en une chambre où il se reposait, lisait, rêvait. Il y était heureux. Loin du sol, près du ciel.

Dans le sanctuaire, juste sous l'observatoire, s'étendait une vaste pièce entièrement vide. Presque entièrement vide, car, au milieu, il y avait un lit immense, le lit de Marduk. Ce lit hantait la pensée d'Hattâru.

Au-dessous d'Hattâru, un espace presque vide ; au-dessus, le ciel surpeuplé.

Le ciel était sa seule famille. Une famille nombreuse. Adolescent, une nuit, il avait décidé de compter les étoiles. Procédant systématiquement, il avait quadrillé mentalement le ciel et s'était lancé dans l'impossible dénombrement. Après un moment, sa vue s'était brouillée, sa tête s'était mise à tourner. Les nombres et les étoiles s'étaient mis à danser dans son esprit.

Cinq mille étoiles, plus peut-être. Et il n'en connaissait qu'une poignée !

Lisant la voûte céleste comme les meilleurs lettrés les tablettes les plus complexes, il connaissait mieux le firmament que la cité, mieux les trois routes qui traversaient le ciel que les artères les plus fréquentées de la capitale.

Ce soir-là, la Lune était rouge, d'une pureté inhabituelle. Et l'obscurité avait commencé de la recouvrir. Hattâru redoubla d'attention ; ce n'était pas sa première éclipse, mais celle-ci promettait d'être l'une des plus belles qu'il ait observées. Au moment où la Lune avait commencé de disparaître, il avait débouché l'orifice de l'horloge à eau et noté sur une tablette la position de l'astre.

La Lune semblait s'effacer inexorablement.

Hattâru savait que, tout en bas, la population avait envahi les rues, suivant avec appréhension la disparition de l'astre.

L'effacement alla jusqu'au bout. Ce fut une éclipse totale.

Hattâru n'entendit pas le lourd silence qui s'abattit sur la cité.

Il boucha immédiatement l'orifice de l'horloge à eau ; le liquide cessa de s'écouler dans le récipient placé en dessous. Il posa le récipient sur une balance ; le poids de l'eau écoulée durant l'éclipse lui fournit le temps qu'elle avait duré : une heure et demie. Il le nota sur la tablette.

Les conditions étaient idéales. La Lune ne s'étant pas couchée durant l'éclipse, Hattâru avait pu en observer toutes les étapes. L'entrée dans la pénombre, l'entrée dans l'ombre, le maximum de recouvrement, la sortie de l'ombre, la sortie de la pénombre.

Alors que la foule se dispersait, Aémer regagna son gîte. Ce retour à Babylone après tant d'années la rendait à la fois euphorique et triste. Ce ciel qu'elle avait scruté pendant tout le temps qu'avait duré l'éclipse lui rappelait son enfance, et ceux qu'elle avait perdus.

Que d'événements pour cette première journée ! Le matin, des chevaux fous la jettent à terre. Le soir, une éclipse totale assombrit le ciel.

Il y a plusieurs centaines d'années, une éclipse de Lune était survenue dans le ciel d'Ur. Pendant que les prêtres l'observaient, le grand roi Naram Sin s'était éteint. Il n'en avait pas fallu plus pour que les éclipses soient considérées comme des présages funestes.

Les astrologues s'étant peu à peu aperçus qu'elles revenaient de façon régulière, elles furent moins redoutées, mais conservèrent cependant une valeur éminente pour la divination. Quels messages les dieux voulaient-ils communiquer aux hommes lorsqu'ils « lançaient » une éclipse ? Les astrologues firent de ce phénomène l'un de leurs champs privilégiés d'interprétation.

À force d'examiner les circonstances précises dans lesquelles chaque éclipse s'était déroulée, les scribes avaient fini par remarquer que certaines d'entre elles semblaient revenir régulièrement, un peu comme les planètes.

Hattâru rangea la tablette. Il la déposerait le lendemain au bureau central de Babylone, dans des salles spéciales de l'Ésagil, où elle serait bientôt rejointe par les dizaines d'autres, envoyées de tous les coins du pays où les astrologues avaient observé l'éclipse. Elles seraient étudiées et permettraient aux astrologues de prédire avec une précision sans cesse accrue les éclipses à venir.

Hattâru se désaltéra avant de commencer les observations courantes, qui avaient été retardées.

Au milieu de la nuit, il fit une pause. S'allongeant sur le sol encore tiède, il ferma les yeux.

Alors que, tout en bas, la chaleur était terrible, que pas un souffle de vent ne venait libérer les gens de la moiteur, il faisait si bon ici. Luxe suprême que même le roi ne pouvait s'offrir, une petite brise souleva son habit avec une délicatesse qu'aucune main féminine n'aurait su égaler.

Un sentiment de plénitude l'envahit. Le murmure lointain, les bruissements de la vie nocturne qui avait repris, la ville, le port, les cabarets surchauffés... comme une preuve qu'il n'était pas seul au monde.

Il reprit ses observations.

De tous les habitants de Babylone, il était le premier à voir poindre l'aurore. Qu'il en avait vu tomber des nuits et se lever des jours !

Hattâru quitta l'observatoire, descendit les marches lentement. En passant devant le sanctuaire, il eut une petite pensée pour la chambre vide au grand lit inoccupé.

Il marcha dans les rues désertes. Rien ne le pressait, personne ne l'attendait chez lui.

Adossée à un mur, une prostituée finissait sa nuit, elle aussi, espérant un dernier client... qui ne serait pas Hattâru. Elle le connaissait. Ils échangeaient parfois quelques mots.

« Il faudrait que tu montes dans ma chambre, lui dit-elle en riant. Je pourrais t'envoyer bien plus haut que ta tour. »

Ils se souhaitèrent le bonjour.

Nûr avait eu beau insister sur la vitesse du char qui avait heurté ses bêtes, le responsable de la ferme, lui reprochant de n'avoir pas su conduire le troupeau, le congédia. Comme il ne lui proposait pas d'autres tâches, Nûr décida de partir à la ville et de chercher du travail au port.

Une nouvelle vie commença. Dormant sur les quais, gagnant peu, il déchargeait les bateaux. Travail harassant, mais dynamique. Rien à voir avec l'accompagnement doux et monotone des troupeaux.

Ses épaules forcissaient, il sentait son corps exister, éprouvant un sentiment de liberté inédit. Les premiers jours, on s'était moqué de sa candeur et de sa chasteté. Il se débarrassa de la seconde, mais jamais totalement de la première.

Et puis, il y avait l'eau. Une eau toute différente de celles des canaux qui coulaient autour de la ferme, plus vivante, plus énergique. Plus dangereuse aussi.

Il ne fallut que quelques jours à Aémer pour dénicher ce qu'elle cherchait : une petite maison avec un jardin. Elle la trouva dans la partie occidentale, de l'autre côté du pont, loin du palais et des temples regroupés sur la rive orientale.

Ayant récupéré ses bagages entreposés au port, elle s'installa.

Aémer adorait faire la cuisine. Première urgence, restaurer le four et installer une cuisine. Elle aménagea une petite chambre à coucher donnant sur le jardin et une salle de travail où elle rangea sa bibliothèque que lui auraient enviée beaucoup de scribes. Elle s'occuperait plus tard du jardin, presque à l'abandon.

Un mois plus tôt, elle avait quitté Uruk définitivement après y avoir passé toute sa jeunesse. À trente ans, elle voulait commencer ici une nouvelle vie.

Elle arrangea la pièce où elle recevrait les personnes qui viendraient la consulter. Sa renommée lui permit de ne pas attendre longtemps.

Un homme d'une quarantaine d'années, richement vêtu, se présenta. Il avait l'air timide. Aémer lui posa les questions d'usage. Il répondit avec concision : veuf, trois enfants, sa femme était décédée récemment. Se rendant compte qu'elle ne connaissait pas son nom, il annonça d'une voix douce : « Gipsu, fils d'Illin, boucher-sacrificateur de l'Ésagil. »

Il était le premier boucher à la consulter. À Uruk toutes sortes de gens venaient la voir, pas des pauvres bien sûr.

Aémer, attentive, l'écoutait et le regardait. Quand il eut terminé, elle laissa passer un petit moment. Elle n'avait pas besoin de consulter les tablettes du *Ziqîqu ! Ziqîqu !*, sa mémoire avait emmagasiné les quatre mille songes analysés dans le traité.

Elle l'avertit immédiatement : « Bon augure, mauvais augure. Même le cours des grands fleuves se modifie. Si ton rêve est de mauvais augure, ne te crois pas condamné. Ton destin n'est pas sculpté dans la pierre, il est inscrit sur une tablette d'argile que tu peux réécrire à la condition que l'on t'aide à en déchiffrer le sens. Messager, tu portes un message dont tu ne sais pas lire le contenu. Je suis le scribe de tes songes. Par l'étude que je ferai de tes rêves, je te mettrai en garde contre les dangers qui te guettent. »

Ainsi, on pouvait changer son destin. Quelle révélation pour Gipsu.

Lorsque, il y a des années, Aémer avait entrevu ce qu'elle venait de confier à Gipsu, sa vie avait basculé. Se jurant de posséder la connaissance des songes, elle était devenue la première oniromancienne de Babylonie.

Gipsu revint consulter Aémer. Après chacune de ses visites, il se sentait plus sûr de lui. Pour la première fois de sa vie, il sentait que quelqu'un était prêt à l'écouter. Pour la première fois de sa vie, il se confiait.

Après une dizaine de séances, il proposa à Aémer de lui faire visiter la ville. Elle accepta.

Ils partirent de la porte de Zababa, longeant le canal qui traversait tout Babylone, jusqu'à la porte d'Ishtar. Beaucoup de gens se lavaient dans les canaux adjacents, aspergeant les passants sans s'excuser.

Gipsu questionna Aémer sur son passé, mais elle lui répondit par d'autres questions. Elle savait faire parler les rêves, et les hommes aussi. À la manière qu'eut Gipsu de raconter son travail, elle comprit qu'il ne l'aimait pas beaucoup.

« Pourquoi le fais-tu, alors ? lui demanda-t-elle.

– C'est une charge très prisée. Mon père me l'a léguée, je la léguerai à mon fils.

– Sais-tu si ton fils aimerait être boucher-sacrificateur ?

– Je ne lui ai pas posé la question.

– Pas plus que ton père ne te l'a posée ?

– Pas plus », admit-il.

Ils étaient à mi-parcours quand un chant s'éleva. Un homme trottinant à côté d'un âne chantait à pleins poumons. Gipsu l'interpella. L'homme demanda à Aémer quelle chanson elle désirait entendre. Prise au dépourvue, elle ne sut quoi répondre. Gipsu glissa un mot à l'oreille du vendeur de chansons qui s'inclina devant elle : « Pour Aémer, de la part de Gipsu, Ô jardinier du jardin des désirs ! » Un attroupement se fit autour d'eux, les gens adressaient des sourires complices à Aémer et à Gipsu : un beau couple. L'âne dressa les oreilles, c'était le signal. De sa voix chaude, l'homme entonna la chanson. Quand il eut fini, l'âne remua la tête joyeusement. Aémer éclata de rire.

La maison d'Aémer abrita leurs rencontres. Gipsu était émouvant, tendre et attentif. Et extrêmement beau. Aémer se détendait. Jamais personne ne s'était occupé d'elle avec tant de gentillesse. C'était sa première liaison apaisée.

Assise dans un jardin près du palais, juste en face de la porte d'Ishtar, Aémer attendait depuis un long quart d'heure lorsque Esther arriva, faisant mine de se presser. Aémer avait fait sa connaissance sur le bateau qui l'avait menée à Babylone, la jeune fille rentrait dans sa famille après une visite à des parents, à Suse.

« Je m'appelle Aémer, lui avait-elle dit.

– Moi, Esther.

– Ishtar ?

– Non, Es-ther, avait insisté la jeune fille. Mais tu as raison, Esther, c'est Ishtar en hébreu. Et, avait-elle ajouté ironiquement, mon père s'appelle Mardochée, Marduk en hébreu.

– Vous n'avez pas de noms à vous ? »

Elles avaient éclaté de rire et ne s'étaient plus quittées durant le reste du voyage.

« Sur le bateau, au moins, tu ne pouvais pas arriver en retard, l'apostropha Aémer. Pendant que je t'attendais, un bellâtre est venu m'importuner.

– J'imagine qu'il a été bien reçu, dit son amie en l'embrassant. Alors, tu as retrouvé ta Babylone ?

– J'étais toute petite quand j'en suis partie. Je ne me souviens de rien.

– Cela doit tout de même faire quelque chose, remarqua Esther, les yeux dans le vague. Revenir où l'on est né. Moi aussi je suis née à Babylone. Mais ma famille vient d'ailleurs.

– Tout le monde vient d'ailleurs, et puis va ailleurs.

– Tu verras, Babylone est la plus belle ville du monde, assura Esther. Un silence : Après Jérusalem.

– Tu connais Jérusalem ?

– Non ! Mais je sais ! »

Elles s'étaient tues, regardant le palais. Le soleil déclinait.

« Ainsi, tu es de ceux qui n'ont qu'un seul dieu ? reprit Aémer. Quelle idée !

– Une idée toute naturelle : la femme n'a qu'un époux, les hommes, un seul dieu.

– L'enfant a plusieurs parents, père, mère, oncles, tantes, grands-parents, qui veillent sur lui, poursuivit Aémer sur le même ton. Les hommes, plusieurs dieux.

– Cela s'est passé comme ça pour toi : père, mère, oncle, tante ?

– Oh ! non, murmura Aémer tristement. Puis, d'un air entendu : Moi, je trouve que ça fait pauvre !

– Qu'est-ce qui fait pauvre ?

– D'avoir un seul dieu.

– Et en avoir des tas, ça ne fait pas désordre ? Je me demande d'ailleurs comment vous faites pour vous y retrouver !

– Comme la mère avec ses enfants, répondit Aémer. Mais ce que je voudrais que tu m'expliques, parce que là, vraiment, je ne comprends pas, c'est pourquoi un, c'est mieux que plusieurs. C'est comme si on détruisait toutes les céréales pour n'en faire pousser qu'une. Plus de blé, d'amidonnier, rien que de l'orge dans tous les champs de Babylonie.

– Moi, ce que je n'arrive pas à comprendre, rétorqua Esther, c'est que vous passiez votre temps à donner à manger à une STATUE ! L'habiller, la déshabiller, lui mettre des bijoux, lui faire des ablutions. Des enfants qui jouent à la poupée ! Et puis, vous aussi vous n'avez plus qu'un seul dieu, mais vous n'osez pas l'avouer. C'est Marduk, le roi des dieux. À Babylone, il n'y en a que pour lui. »

Sur ce point, Aémer était d'accord avec son amie. La toute-puissance de Marduk l'indignait. La façon, dont, par une sorte de coup d'État, il s'était imposé comme la divinité suprême, l'offusquait. Aémer savait que le temps d'Inanna et d'Ishtar était fini, que le temps des déesses était passé.

Mais elle ne voulut pas le concéder à Esther, qui l'interpella : « Crois-tu que lorsque tu aimes vraiment quelqu'un, tu aies besoin d'en aimer d'autres ?

– Je ne sais pas, cela ne m'est jamais arrivé. Et toi ?

– J'en rêve. »

Gipsu avait maintes fois proposé à Aémer de venir chez lui. Elle avait toujours refusé jusqu'à aujourd'hui.

Elle se rendait, un peu anxieuse, dans sa maison au cœur du quartier oriental de la ville. Pour une simple visite, avait-elle précisé. Elle appréhendait la rencontre avec les enfants de Gipsu. Comment l'accueilleraient-ils ?

Tout allait si vite depuis son arrivée, la maison, l'installation, son travail, la rencontre avec Gipsu, sa relation avec Esther. Elle ne s'était jamais sentie aussi bien. Aémer avait une folle envie de rejoindre Gipsu. Elle se pressait sur le pont, comme toujours encombré. Quand des gardes arrêtèrent la circulation : la partie centrale du tablier s'ouvrait pour laisser passer un énorme navire de guerre, son terrible éperon pointé à l'avant. Aémer s'approcha pour admirer les deux rangées de rameurs qui, se sentant observés, redoublèrent d'ardeur. Mais elle se fit rabrouer par une mégère qui l'empêcha d'accéder à la rambarde. Elles faillirent en venir aux mains.

Un frémissement parcourut la foule, le pont était en train de se refermer. La circulation reprit, encore plus houleuse qu'avant l'ouverture du pont. Au milieu des chariots et des attelages excités par les conducteurs, les gens se croisaient, se bousculant. Aémer poussa un cri : « Sirg ! »

Un homme venant en sens inverse se dressa, cherchant qui avait crié. Aémer s'élança, l'agrippa, hurlant : « Tu es Sirg, n'est-ce pas ? »

L'homme se dégagea brutalement. « Qu'est-ce qui te prend ?

– Tu es Sirg, n'est-ce pas ? répéta Aémer.

– Non, dit l'homme, exaspéré. Le cri que tu as lancé était si terrible ! J'étais sûr qu'un accident était arrivé. »

Aémer hochait la tête de façon véhémente. Elle ne le croyait pas.

« Quel est ton nom ? demanda-t-elle d'un ton provocant.

– Je m'appelle Hattâru.

– Je ne te crois pas !

– Je te dis que je m'appelle Hattâru. »

Elle lui lança un regard furieux. Il ne cilla pas. Désemparée, elle lui adressa une ultime interrogation silencieuse à laquelle il ne répondit pas plus. Une tristesse poignante envahit son visage, ses yeux s'emplirent de larmes. Baissant la tête, elle murmura : « Je me suis trompée. Excuse-moi. » Elle poursuivit sa route.

Hattâru ne bougeait pas. Se retournant lentement, il la regarda qui s'éloignait au milieu des passants.

« Eh ! » hurla-t-il.

Aémer se retourna. Planté au milieu de la foule, il la regardait.

Aémer n'avait plus la force de bouger. Il courut vers elle, se jeta dans ses bras. Elle les referma sur ses épaules agitées de sanglots. Le berça.

Sous leurs pieds, l'Euphrate s'écoulait. Le bateau de guerre s'éloignait vers le sud.

Un chant s'éleva au bout du pont. Aémer reconnut la voix. Le vendeur de chansons. Il marchait à côté de son âne. Elle l'acosta, lui glissa quelques mots. L'âne dressa les oreilles. Le vendeur de chansons demanda à Hattâru de s'approcher et, dans le bruit de la foule, il fredonna une berceuse. Hattâru l'écoutait, perdu dans ses souvenirs. « Pourquoi m'as-tu dit que tu t'appelais Hattâru ? » lui demanda Aémer.

Assis dans le jardin de la maison d'Aémer, il lui raconta : « Quelque temps après ton départ, nous avons quitté la maison de la campagne et nous nous sommes installés très loin, dans un petit village près de Ninive. La tante m'a dit : “ À partir d'aujourd'hui, tu t'appelles Hattâru. Tu m'entends ? Ha-ttâ-ru. Promets-le-moi. ” Je ne comprenais pas pourquoi il fallait que je change de nom, mais j'ai promis. Elle arrivait à l'improviste et criait : “ Sirg ! ” Si je répondais, j'étais puni. “ Tu t’appelles Hattâru. Répète ! ” Je répétais. “ Tu comprendras plus tard ”, ajoutait-elle. »

Hattâru parlait à voix basse, comme pour ne pas réveiller trop brusquement les souvenirs. Il contemplait le jardin.

« Il est aussi beau que celui que nous avions. »

Aémer répondit qu’elle n’y était pour rien. Que c’était un ami qui l’avait entièrement dessiné et qui l’entretenait depuis. Il n’était pas encore temps de parler du présent.

« Je devais avoir dix ans quand la tante m’a expliqué, reprit Hattâru. Notre père avait été mêlé à un complot qui avait échoué. Lui, maman et tous les serviteurs avaient été tués. Une voisine a eu le temps de nous cacher, puis la tante nous a recueillis dans son domaine. Nous y sommes restés jusqu’au jour où on l’a prévenue qu’ils avaient retrouvé notre trace. Je n’ai jamais su qui était ce “ ils ” qu’elle semblait craindre plus que tout. »

Aémer, bouleversée, écoutait son frère. Ce retour du passé ravivait une douleur qui ne l’avait jamais totalement quittée.

« Je ne sais pas s’il y avait vraiment un danger, ajouta Hattâru. Je crois que la tante était devenue folle. Elle aimait beaucoup père, elle ne s’est jamais remise de sa mort. Elle répétait : “ Il faut qu’il reste quelque chose de lui. ” Elle était hantée par l’idée que les assassins de nos parents allaient revenir pour nous tuer. C’est pour cette raison qu’elle nous a séparés, pour que l’un de nous deux, au moins, survive. C’est pour cette raison que je devais changer de nom. »

Les yeux clos, Aémer écoutait la voix de son frère lui raconter la moitié inconnue de leur histoire commune. En un instant, tant d’interrogations qui n’avaient cessé de la ronger venaient de recevoir leurs réponses.

C'était à son tour de raconter.

« La tante m'a confiée à une de ses amies qui partait pour Uruk. Ils m'ont embarquée de force.

« Dès l'arrivée, je me suis échappée. On m'a retrouvée. Je demandais tout le temps de tes nouvelles. On me disait que tu allais bien, que bientôt on se reverrait. Et puis, un jour, on m'a dit que vous n'étiez plus à la ferme. On ne savait pas si vous vous étiez enfuis ou si on vous avait emmenés. Je n'ai plus rien su de vous... jusqu'à aujourd'hui. Elle regarda Hattâru avec tendresse. Je n'arrive pas à y croire. Sirg, le petit Sirg. Tu avais cinq ans quand je suis partie.

« Ils m'ont placée dans un temple pour que je devienne prêtresse. Là, je serais à l'abri, les prêtresses sont intouchables. Je me suis mise à apprendre avec rage tout ce que je pouvais.

« Puis j'ai voulu partir. Ils ne m'ont pas retenue. Ils avaient compris que je ne ferais pas une prêtresse convenable.

« Je connaissais les scribes de la bibliothèque, ils me laissaient entrer. J'ai continué à apprendre. J'étais insatiable. J'ai une mémoire qui m'effraie, parfois. Je lis une tablette une fois et je peux la réciter, les mots sortent de ma bouche. Mais, concernant mon passé, c'est différent, je veux à la fois me souvenir de tout et tout oublier. Elle s'arrêta pour s'expliquer : Je voulais réussir, tu comprends. C'était ma vengeance. Je savais de quoi je voulais me venger, mais pas de qui.

– Tu ne m'as pas dit ce que tu fais, lui demanda Hattâru. Tu n'es pas mariée ?

– Pourquoi dis-tu cela ? Cela se voit tant ? minauda-t-elle.

– Oh ! non. Tu es très belle. Je ne te vois pas mariée, c'est tout.

– Je ne me suis jamais mariée. Elle laissa passer un silence. J'ai rencontré un homme, ici. Il me plaît, nous nous entendons bien. C'est celui dont je t'ai parlé tout à l'heure, qui s'occupe si bien du jardin.

– Il s'occupe aussi bien de toi ?

– Aussi bien. Peut-être le connais-tu. Il s'appelle Gipsu.

– Le boucher-sacrificateur de l'Ésagil ? Je ne l'ai jamais rencontré. C'est un homme important. On dit qu'il est sérieux.

– Oh ! oui. Un peu trop. Et toi, es-tu marié ?

– Non.

– Deux célibataires ! constata-t-elle en hochant la tête.

– Pourquoi es-tu revenue à Babylone ? Si tard ? »

Aémer hésita.

« Pour exercer mon métier dans la capitale. En tout cas, c'est la raison que je me suis donnée... Un jour, je suis allée voir un devin. " Tu penses que l'avenir est écrit dans la fumée de l'encens ? m'a-t-il demandé. Deviens libanomancière. Tu penses que l'avenir est écrit dans les gouttes d'huile répandues à la surface de l'eau ? Deviens lécanomancière. Dans les pincées de farine ? Aleuromancière. " »

Hattâru éclata de rire.

« " À moins que tu ne penses trouver ce que tu cherches dans l'interrogation du corps des nouveau-nés, et tu seras tocomancière. Ou dans l'étude des bruits inopinés. Clédomancière. Ou dans celle des grains de beauté. " »

Hattâru s'esclaffait : « Des grains de beauté ! J'en ai partout...

– Ce qui m'intéressait, c'étaient les rêves.

– “ Une femme oniromancienne ? Ça ne s’est jamais vu ! ” m’a dit le devin. “ Eh, bien, je serai la première ”, ai-je répondu.

– Bravo ! » s’écria Hattâru.

Au milieu des rires, il essaya de lier ce visage de femme volontaire avec celui de la fillette qui se penchait sur lui pour l’endormir. Pourrait-il jamais combler le vide qui séparait ces deux images ?

Aémer fut la première à reprendre son sérieux. « Il m’importe par-dessus tout de connaître l’avenir pour pouvoir l’orienter de façon que les temps futurs soient plus cléments que ceux du passé.

– Je suis astrologue, annonça Hattâru.

– Astrologue ! Ça ne m’étonne pas. Il n’y a que les étoiles qui parvenaient à t’endormir.

– Il vaut mieux que je ne m’endorme pas, là-haut, dit-il désignant le sommet de la tour.

– Tu te souviens de la maison de la tante ? demanda Aémer. La nuit, tu te réveillais en poussant des cris. Je dormais à côté de toi, je te prenais dans mes bras, tu me racontais des choses que je ne comprenais pas, tu étais effrayé, j’essayais de t’apaiser. Une fois, j’ai eu l’idée de monter sur la terrasse. Qu’est-ce que j’ai eu peur en grimpant à l’échelle ! Tu étais lourd. Arrivé en haut, tu t’es calmé. C’est devenu le seul moyen pour que tu t’endormes. Il faisait bon. Et je me disais : Ah ! si je pouvais comprendre ce qu’il me raconte et qui lui fait si peur dans ses rêves !

– Ce n’était pas un rêve, dit Hattâru. Je l’ai réellement vu. Des gens se sont jetés sur père, l’ont bâillonné. Et quelqu’un l’a égorgé. J’étais caché sous un lit, maman m’avait jeté dessous. Je voulais crier, mais je ne pouvais pas. »

Aémer le prit dans ses bras. Hattâru tremblait. C’était la première fois qu’il racontait ce qu’il avait vu.

Le soleil s'était couché. Ils restaient assis, muets, dans le jardin de la maison d'Aémer. Au bout d'un long moment, Aémer remarqua : « Nous faisons le même métier. Toi, avec tes yeux, moi, avec mes oreilles. Nous travaillons avec ce que la nuit produit. J'interprète les songes, toi les étoiles.

– Non, l'interrompit Hattâru. Je ne les interprète pas, je ne suis pas devin. Lorsque nous avons quitté la maison de la campagne avec la tante, nous nous sommes installés loin dans le nord. Un vieil homme qui nous rendait visite de temps en temps m'a proposé de “ m'apprendre les étoiles ”, comme il disait. Presque tous les soirs, pendant des années, nous montions sur la terrasse et il m'expliquait le ciel. La tante ne comprenait pas pourquoi je somnolais toute la journée. Une nuit, le vieil homme m'a dit : “ Hattâru, il faut que tu me fasses une promesse. Ne te mêle pas de présage, jamais. Laisse la divination et l'interprétation du ciel aux autres astrologues. Contente-toi d'observer les étoiles, étudie-les, comprends les astres. Sinon tu n'auras que des ennuis. Lorsque j'étais astrologue à Babylone, j'ai fait des présages qui ont déplu au roi. Ce fut ma disgrâce. ” »

Aémer se rappela soudain qu'elle devait se rendre à la maison de Gipsu. Il était trop tard.

Cette nuit-là, Hattâru déserta l'observatoire.

La maison de la famille d'Esther était cossue, mais sans luxe. « Soyez la bienvenue », lança Mardochée, vieil homme à la barbe blanchie. « Alors, c'est vous l'amie d'Esther ! Elle m'a raconté comment vous l'avez sauvée des griffes d'un malappris sur le bateau. Une paire de gifles ! Ah ! j'aurais aimé voir cela ! Vous avez raison, il faut savoir se faire respecter. »

Un peu partout dans la maison brillaient des petites lumières, des mèches plantées dans des bouts de bois flottant sur de l'huile dans des coupes. « Elles doivent brûler jusqu'à demain soir, l'informa Esther. C'est notre coutume pour le shabbat. »

La famille se rassembla autour de la table. Mardochée et les autres hommes, les enfants compris, se couvrirent la tête. Mardochée se leva. D'une belle voix, il récita des prières auxquelles l'assemblée répondait en chœur. Deux vieillards cassés par l'âge ne cessaient de hocher la tête, marmonnant des paroles inintelligibles. Aémer trouvait le temps long, elle avait faim. De temps à autre, Esther lui adressait un petit signe complice. Elles se retenaient pour ne pas rire. Mardochée leur lança un regard furibond. Esther baissa les yeux. Mardochée sourit, c'était un jeu entre eux. Les enfants se poussèrent du coude.

Mardochée versa de l'eau dans une coupe emplie de vin pour la faire déborder. Après avoir bu une gorgée, il passa la coupe. Chacun but au passage. C'était bon. Mardochée souleva un linge finement tissé, découvrant un pain doré dont il trempa chaque extrémité dans du sel, puis il le rompit en deux, en détacha un petit morceau qu'il mangea avant d'en lancer un autre à chaque convive, les hommes en premier, dans un geste volontairement spectaculaire, comme s'il voulait mimer qu'il l'envoyait au loin. Puis tout le monde s'embrassa. Aémer était touchée par cette chaleur. Une chaleur qu'elle n'avait jamais vécue.

Esther servit les plats. Le repas était succulent. « Esther m'a dit que vous avez eu une longue discussion sur Dieu, dit Mardochée.

– Sur les dieux, rectifia Aémer. Elle vous raconte tout !

– Oh pas tout, j'espère bien. Je voudrais bien qu'elle me raconte qu'elle a rencontré un jeune homme. Toi non plus, tu n'es pas mariée. Mais qu'est-ce que vous avez ? Vous n'aimez donc pas les hommes !

– On les adore ! » lancèrent-elles d'un seul cri.

Le repas fini, Aémer aida Esther à débarrasser. Mardochée s'était retiré dans le jardin.

Elles le rejoignirent. Désignant la ziggourat dont la silhouette sombre se détachait dans la nuit, Mardochée interpella Aémer : « Impossible de ne pas la voir. Votre grand roi Nabuchodonosor est venu jusqu'à Jérusalem, il l'a détruite, et il est reparti en nous emmenant en captivité avec lui ici. Et savez-vous ce qu'il a fait, alors qu'il venait de détruire notre temple ? Il regardait Aémer d'un air furieux. Il nous a forcés à construire celui de Marduk, cette tour à laquelle on ne peut pas échapper, rugit-il.

– Je t'en prie, papa, intervint Esther, Aémer n'est pas responsable de ce qu'a fait Nabuchodonosor... Elle n'était pas née. »

Les jeunes femmes pouffèrent.

« Savez-vous combien de fois Babylone a été détruite ? » demanda Aémer d'une voix douce.

Mardochée ne répondit pas.

« Trois fois. La dernière fois, elle a été entièrement rasée, et pour qu'il n'en reste rien, elle a été recouverte d'eau. Et puis elle a été reconstruite, et la ziggourat aussi. »

Esther regardait son amie avec fierté.

« Vous le reconstruirez, votre temple. Et il sera détruit à nouveau, et vous le reconstruirez à nouveau. Et Babylone aussi sera détruite, et la ziggourat... »

Un lourd silence s'installa, les enfants ouvraient grands les yeux.

« Allez, il est temps d'aller se coucher ! » annonça Esther.

Ils partirent en traînant les pieds.

Mardochée cria à Esther de lui apporter le nécessaire d'écriture. Elle revint avec une feuille de papyrus, un calame et un petit godet empli d'encre.

« Combien devez-vous connaître de signes pour pouvoir lire ou écrire ? Trois cents, quatre cents ? demanda Mardochée.

– À peu près.

– Savez-vous combien il nous en faut ? »

Elle fit signe qu'elle ne savait pas.

« Vingt-deux ! Avec vingt-deux signes nous pouvons écrire tous les mots. »

Aémer resta interloquée.

« Même les mots nouveaux ?

– Même les mots nouveaux », répondit Mardochée avec un sourire.

Trempant le calame dans le godet, il se mit à écrire les signes l'un après l'autre. Amples, de formes très différentes, bien plus élégants que nos clous et nos chevrons, constata Aémer.

Mardochée lui tendit la feuille.

« Qu'elle est légère ! s'exclama-t-elle.

– Rendons grâce à Dieu qui nous a offert d'écrire notre Grand Livre sur des feuilles légères comme l'air, s'enflamma Mardochée. Aurions-nous pu transporter nos textes sacrés s'ils avaient été écrits sur vos tablettes !

– Comment faites-vous pour n'avoir besoin que de si peu de signes ?

– Vous, vous écrivez des syllabes, nous, nous utilisons des unités plus petites, des “ lettres ”. Vous décomposez chaque nom en syllabes, nous décomposons chaque syllabe en lettres. C'est pour cela que nous en avons si peu. Vous devriez profiter de notre séjour... forcé à Babylone pour nous emprunter nos lettres. En plus, elles sont rangées dans un ordre immuable : *Aleph*, *Bet*... C'est pour cela que l'ensemble qu'elles forment est un « alphabet ».

– Et les nombres ? demanda Aémer.

– Simple, on utilise les lettres. »

Aémer tiqua.

« *Aleph, Bét, Guimel... Tét*, valent un, deux, trois... neuf. Les neuf suivantes, *Yod, Kaf... Tsadé,* valent dix, vingt... quatre-vingt-dix. Les quatre dernières, *Hof, Resh, Shin* et *Tav* valent cent, deux cents, trois cents, quatre cents.

– Et après ? demanda Aémer ironiquement.

– Simple ! Pour cinq cents, six cents, sept cents, huit cents, à *Tav* on ajoute *Hof, Resh, Shin* et *Tav*.

– C'est bien compliqué ! Et après ?

– Simple ! On ajoute *Hof* et *Tav* à *Tav* ! Cent plus quatre cents plus quatre cents.

– Et vous arrivez à vous y reconnaître ! Et après ?

– Après, on met deux points sur la lettre, ça multiplie le nombre par mille : deux points sur *Aleph*, cela fait mille, sur *Bès*, deux mille.

– Et après ?

– Après ? Après ? » bredouilla Mardochée.

Esther regarda son père, stupéfaite. Elle ne l'avait jamais vu pris au dépourvu. Son amie était vraiment formidable.

« Vous devriez profiter de votre séjour... forcé à Babylone pour nous emprunter notre façon d'écrire les nombres, lança Aémer négligemment. Nous, nous pouvons écrire n'importe quel nombre. Savez-vous combien de briques ont été utilisées pour construire la ziggourat dont nous parlions tout à l'heure ?

– Nous le savons que trop, pour les avoir comptées en les portant quand on nous a forcés à construire cette tour. Et vous, comment écririez-vous le nombre de pierres que comptait le temple de Jérusalem ?

– Père, tu ne vas pas recommencer ! se fâcha Esther.

– D'accord, d'accord. Excusez-moi, Aémer. Revenons aux nombres. Merci de votre conseil, il est justifié. Je sais que deux signes vous suffisent pour écrire les nombres, c'est beaucoup mieux, concéda-t-il.

– Et si nous faisions un échange, les interrompit Esther. Je vous offre nos nombres, vous m'offrez votre alphabet. »

Ils burent à l'échange.

Aémer prit l'habitude d'accompagner Hattâru à la ziggourat. Ils se quittaient. Au bas de la tour. Hattâru grimpait, alerte. Arrivé au premier, il se retournait pour adresser un signe à sa sœur. Elle le suivait des yeux. Il était de plus en plus petit. Jusqu'à ce qu'il disparaisse dans son observatoire.

L'irruption d'Aémer, ou plutôt sa résurrection – car, depuis longtemps, Hattâru devait se l'avouer, il l'avait crue morte – ravivait ses souvenirs. Il ne cessait de penser à son vieux maître. Sans lui, quelle misérable enfance eût-il vécue ? Le vieil homme lui avait offert ses seuls moments de bonheur. Il était mort quelques années plus tôt, et ses paroles étaient imprégnées dans sa mémoire.

« Le soleil ne cesse de changer de place ? Mais le trajet qu'il suit est toujours le même. C'est un merveilleux repère.

« Les planètes sont des astres errants ? Mais toutes se déplacent dans une même zone du ciel, le Zodiaque. Il servira de repère.

« L'année est divisée en douze mois de trente jours, le Zodiaque en douze parcelles de trente degrés. Chacune porte le nom de la constellation la plus visible qu'elle abrite. »

Il les récitait de sa voix éraillée qui manquait tant à Hattâru : « L'Ouvrier saisonnier, le Taureau céleste, les Grands Jumeaux, le Crabe, le Lion, l'Épi d'orge, la Balance, le Scorpion, le Pabilsag, le Capricorne, le Géant, les Queues. »

Au septième étage, Hattâru croisa le gardien du temple qui, d'étage en étage, s'assurait qu'il n'y avait pas eu de vols ni de dégradations durant la journée. Ils se souhaitèrent une bonne nuit. Hattâru grimpa le petit escalier conduisant à l'observatoire, s'installa pour constater que « tout était à sa place » dans le ciel, comme il aimait à le dire.

Rien jamais ne manquait.

Le ciel n'est pas un fleuve qui s'écoule sans retour. Dans leur grande sagesse, les astres ne se meuvent pas dans le désordre et la confusion, comme les passants qu'Hattâru apercevait du haut de la tour. Eux s'agitent, le ciel, lui, persiste.

Il débuta ses observations quotidiennes. Repérer les cinq planètes, déterminer leur position dans l'une des douze zones du Zodiaque. Tout l'art de l'observation astrologique était là. Une planète n'a pas la même « valeur » selon qu'elle est située dans une zone ou dans une autre. Comme dans l'écriture des nombres, la position compte. Elle est capitale dans l'établissement des horoscopes : avec le jour et l'heure de la naissance d'un individu, c'est elle qui permet de connaître le destin qui a été pour lui décrété par les dieux.

Mais Hattâru s'en tenait à l'art de l'observation, dans lequel il excellait. Il garantissait une bonne interprétation, mais ne s'en mêlait pas.

Gipsu sortit de l'une des dizaines d'échoppes adossées aux murailles de l'Ésagil. Il se rendait une fois par semaine chez son barbier. Barbe taillée, cheveux coiffés, il s'éloignait le long de l'Euphrate quand :

« Gipsu, fils d'Illin ! »

La brutalité de l'interpellation le sidéra. Il se retourna. Hattâru, blême, se jetait sur lui. Ils roulèrent à terre, renversant dans leur chute l'étal d'un marchand qui les insulta tant qu'il n'eut pas récupéré tous ses fruits.

Gipsu, ne comprenant pas ce qui lui arrivait, tentait de parer les coups sans chercher à blesser Hattâru, mais celui-ci, déchaîné, ne le lâchait pas.

Du pont d'un bateau en chargement des marins et des porteurs excités suivaient le combat, tandis que, sur les quais, les badauds, trop heureux d'assister à une rixe entre gens du monde, les excitaient. La bataille était d'une violence extrême.

Gipsu était plus puissant, mais Hattâru était enragé. À plusieurs reprises, les deux corps, roulant sur le sol, frôlèrent le bord du quai. Gipsu réussit chaque fois à les en écarter. Parvenant à se dégager, il commençait de s'éloigner sous les quolibets de la foule le traitant de couard, quand Hattâru le rattrapa et le frappa en plein visage.

Furieux, Gipsu saisit Hattâru, le souleva. Ils tournoyèrent. Les voyant se rapprocher du quai, les badauds redoublèrent leurs cris. Les deux combattants tombèrent dans le fleuve.

Suffocant, Hattâru disparut presque immédiatement dans l'eau. Gipsu parvint à le repêcher. Le courant les éloignait de la rive. Gipsu lâcha prise. La rixe tournait au drame.

Du pont du bateau où il avait assisté au combat, Nûr plongea. Nageant vers Hattâru, il l'attrapa par l'épaule. Hattâru avait perdu connaissance. Le tirant derrière lui, Nûr nagea vers Gipsu qui perdait pied. Tout en l'encourageant de la voix, il s'efforça de lui maintenir la tête hors de l'eau. Mais, épuisé, il lâcha, et Gipsu s'enfonça.

Une barque arriva au moment où Gipsu sombrait. Les deux corps furent hissés sur la berge. On tenta de les ranimer.

Félicité par la foule, Nûr ne savait pas où se mettre. Ses camarades de travail l'entraînèrent à la taverne, pour boire à son exploit.

« Où as-tu appris à nager comme ça ?

– Dans les canaux autour de la ferme où je travaillais », répondit modestement Nûr. Il était en train de se faire plein d'amis. Un capitaine vint le complimenter pour son courage et ses capacités de nageur.

Aémer passa une nuit terrible. Hattâru lui avait donné rendez-vous dans l'après-midi et il n'était pas venu. Gipsu devait passer la nuit chez elle et il n'était pas venu. Aémer ne parvenait pas à comprendre pourquoi, le même jour, aucun des deux hommes ne lui avait donné signe de vie.

À l'aube, un garde vint l'informer de la rixe.

Aémer se précipita au chevet de son frère. Constatant qu'il n'était pas gravement blessé, elle explosa : « Qu'est-ce que tu as contre lui ? Tu es jaloux ? Mon petit frère ne supporte pas que sa sœur ait un amant. Je n'ai pas attendu ton autorisation pour en avoir, sais-tu ! Tu voudrais que je devienne une vieille fille, comme toi, le vieux célibataire. Dans ton observatoire en pleine ville, tu es plus solitaire qu'un berger au milieu de la steppe. Oublie tes étoiles et vis un peu ! »

Hattâru tentait de s'expliquer, mais elle ne lui en laissait pas la possibilité. Il était épuisé, sa jambe lui faisait mal. Il ferma les yeux et s'endormit.

Quand il se réveilla, elle était là. Calmée, mais le visage tendu. Elle voulut parler, il souleva la main pour qu'elle se taise. « Tu te trompes, Aémer. Oui, j'ai cherché querelle à Gipsu. J'aurais voulu le tuer. Mais ce n'est pas parce qu'il est ton amant, la raison est bien plus grave. Il leva les yeux vers sa sœur : Le père de Gipsu est l'assassin de nos parents ! Tu entends, Aémer ? Son père, Illim, le boucher-sacrificateur, le chef des gardes du palais. »

Aémer le regarda, atterrée.

« Je l'ai appris hier matin, murmura Hattâru. L'homme que j'ai vu quand j'étais caché sous le lit... tu te souviens de ce que je t'ai raconté ? L'homme avec le couteau, celui qui a égorgé... »

Sa voix se mouilla de sanglots. Il ne put terminer. On aurait dit qu'il avait attendu Aémer pour réaliser la terrible nouvelle.

« Comment est-ce possible, comment est-ce possible ? » répétait-elle.

Aémer se rendit directement à la maison du médecin où Gipsu avait été transporté.

« Gipsu, fils d'Illin ! » l'apostropha-t-elle en déboulant dans la chambre où il se reposait.

Gipsu leva la tête, il était couvert de contusions.

« Aémer ! Son visage rayonnait. J'ai tout fait pour ne pas lui faire mal, mais il était tellement agressif. On aurait dit qu'il voulait me tuer.

– Sais-tu qui il est ? gronda-t-elle.

– Je n'en ai pas la moindre idée.

– Mon frère.

– Ton frère ! Mais je croyais, bredouilla-t-il..., tu m'avais dit... que tu ne n'avais plus de famille.

– Tu m'as menti, Gipsu, trahie, tu t'es moqué de moi. Il ne te suffisait pas que ton père ait assassiné mes parents, tu voulais aussi avoir sa fille !

– Qu'est-ce que tu racontes ? Gipsu tenta de se redresser. Mon père a assassiné tes parents ? Tu es folle !

– Oh ! non. Le Sangû l'a appris à Hattâru. C'est pour cela qu'Hattâru a voulu le tuer.

– Le Sangû ? Comment le sait-il ?

– Peu importe. Le responsable des temples ne ment pas. »

Gipsu baissa la tête, effondré. « Je ne savais pas ! Je n'ai jamais rien su de ce que faisait mon père. Rien de ce qu'il était ne m'intéressait. »

Aémer, grâce aux séances qu'elle avait faites avec lui, était bien placée pour le savoir. Elle le regarda tristement : « Ton père ne t'a légué que du sang, le sang de mes parents, le sang des moutons que tu égorges chaque matin. »

Gipsu ne dit rien. Il comprenait ce que ressentait Aémer.

« Pourquoi as-tu risqué ta vie pour sauver Hattâru ? lui demanda-t-elle doucement.

– Parce qu'il se noyait. »

Aémer fut envahie par un flot d'affection. Mais tout était devenu impossible. Elle savait que c'était injuste, que Gipsu n'était pas responsable des crimes de son père. Elle savait aussi qu'elle ne pourrait plus jamais accepter que ses mains la caressent, que ses lèvres se posent sur les siennes.

Et ça, ce n'est pas le destin ! s'insurgea-t-elle. Où donc était-il écrit que cela devait se produire ? Quel devin l'avait lu dans les fumées de l'encens, les gouttes d'huile, les pincées de farine, le foie des moutons, les grains de beauté ? Moi-même, l'ai-je lu dans les rêves de Gipsu ? Comment croire encore à tout cela ?

Trois jeunes gens entrèrent et se précipitèrent sur Gipsu en l'embrassant.

« Aémer, je te présente mes enf... »

Aémer s'était retirée sans bruit.

Précédé de nombreux serviteurs, le Sangû s'arrêta devant la maison d'Hattâru, demandant qu'on l'attende dehors.

La porte s'ouvrit. Il se trouva face à une belle femme d'une trentaine d'années.

« Alors, c'est toi, Aémer. La dernière fois que je t'ai vue, tu avais quatre ou cinq ans.

– Je suppose que tu es le Sangû. Tu me reconnais ? Je n'ai donc pas changé ?

– Si, mais pas ton regard, il est aussi effronté que naguère. Comment va notre astrologue ?

– Il a la jambe brisée. Il lui faudra des semaines avant de pouvoir marcher.

– Qu'il vole, d'ici là ! Il sera plus proche des étoiles », s'exclama l'homme, content de lui, en poussant la porte de la chambre d'Hattâru.

« Chut ! Il dort », le rabroua Aémer, et elle referma la porte.

Ils s'éloignèrent.

« J'ai bien connu ton père, c'était un ami, lui confia le Sangû. Et ta mère aussi. Il a commis une grave erreur en participant à ce complot... qui n'avait aucune chance de réussir. Je le lui avais déconseillé. Mais il n'en faisait qu'à sa tête. C'est Illin, le chef des gardes du palais, qui l'a assassiné.

– Il n'était pas boucher-sacrificateur ?

– Dans le temps, les deux fonctions étaient tenues par le même homme.

– Hattâru affirme qu'Illin l'a assassiné lui-même.

– Allons, il n'avait que trois ans ! Il ne peut pas s'en souvenir.

– Il l'a vu, et il s'en souvient, tonna Aémer.

– Paix ! Je vois que tu es aussi emportée que ton père. »

Cela fit plaisir à Aémer.

« Pourquoi avoir décidé de parler maintenant, après t'être tu si longtemps ? Tu nous as fait perdre vingt années de notre vie. »

Le Sangû ignora la dernière phrase. « J'ai décidé d'intervenir parce que j'ai appris ta liaison avec Gipsu. Il était important que tu saches qui il était.

– Alors pourquoi ne pas me l'avoir dit à moi ?

– Je pensais qu'il fallait avertir d'abord ton frère.

– Parce qu'il est...

– Oui, l'interrompit-il, parce qu'il est le seul homme de la famille.

– Eh bien, c'est réussi ! Il est dans un bel état le seul homme de la famille !

– Que vas-tu faire avec Gipsu ?

– Cela ne te regarde pas.

– Hum, fit-il. Comme tu voudras. J'étais venu pour prendre des nouvelles d'Hattâru, mais aussi pour vous informer de la date de votre naissance, à toi et à ton frère.

– Je ne veux pas la connaître ! s'écria Aémer. En revanche, je voudrais que tu me dises où nos parents sont enterrés.

– Je ne le sais pas, Aémer. Je ne l'ai jamais su.

– C'est la seule chose que je voulais savoir, la seule chose que j'ai toujours voulu savoir. »

Le Sangû quitta la maison, mal à l'aise.

Aémer respirait. Elle était soulagée de lui avoir balancé tout ce qu'elle avait sur le cœur. Ces hommes de pouvoir lui répugnaient.

Que de choses auraient été différentes s'il avait parlé plus tôt...

Nûr venait d'être engagé sur un bateau de grands voyages. Avant de quitter Babylone, il se rendit à la ferme pour faire ses adieux à ses parents. Sur le chemin, il longea les canaux où il avait appris à nager. Après avoir embrassé sa mère, son père, ses frères et ses sœurs, il alla voir le responsable de l'exploitation. « Je voulais te remercier de m'avoir renvoyé, lui dit-il. Grâce à toi, je vais connaître le monde pendant que tu resteras parqué comme un mouton dans ton petit bout de terrain. Je m'embarque pour un grand voyage vers le sud. À mon retour, si tu es encore vivant, je t'apporterai une grosse pépite d'or de Dilmun ou peut-être même de Meluhha. »

En repassant sous la porte d'Ishtar, Nûr fixa les dragons avec leurs griffes, leurs écailles, leurs langues fourchues, leurs cornes acérées. Il les trouva ridicules.

Le bateau se détacha du quai. Le pont sur le Tigre s'ouvrit. Nûr leva la tête. La voile se tendit au-dessus de lui. Il sourit. Sans le char, sans le combat, je serais en train d'accompagner le troupeau sur la Voie processionnelle, se dit-il.

Babylone s'éloignait, la ziggourat rapetissait.

Hattâru bouillait. N'ayant jamais été alité, il vivait l'immobilité comme une punition. Il pestait toute la journée. Un malade insupportable. Aémer lui avait préparé une chambre dans sa maison, il tentait de s'y reposer tandis qu'elle travaillait.

Les étoiles lui manquaient. Il s'aperçut à quel point elles lui étaient essentielles. Assailli par des pensées, par des images qu'il ressassait, Hattâru n'allait pas bien. L'inactivité lui était néfaste.

Au bout de quelques jours, il lui fut permis de se déplacer à l'aide de béquilles. Il s'y prenait si mal qu'à plusieurs reprises il manqua s'étaler.

Il exigea de reprendre ses observations et se rendit tellement insupportable qu'on accéda à sa volonté. Transporté à l'observatoire sur une litière, il reprit vie. Mais la nuit passée, il lui fallut redescendre. C'était stupide. Il convainquit Aémer d'aller voir le Sangû. Elle obtint l'autorisation qu'Hattâru puisse rester jour et nuit dans la petite pièce qu'il avait aménagée.

Hattâru était le meilleur observateur de Babylonie. Son travail étant très apprécié, et comme il ne désirait aucune place de pouvoir, ses collègues astrologues ne soulevèrent aucune objection. Relégué tout en haut de la ziggourat, il ne leur porterait pas ombrage.

Vivre dans l'observatoire, sans jamais le quitter, son rêve. Une seule difficulté : il ne pouvait se passer d'aide. Ayant toujours travaillé en solitaire, comment supporter la présence permanente d'une autre personne ?

Un soir qu'il ressassait son impuissance, Aémer débarqua. Sans qu'il ait le temps de dire un mot, elle lui proposa de le seconder à l'observatoire. Fou de joie, il se leva. Elle n'eut pas le temps de l'avertir, il retomba sur le lit. Il avait oublié ses béquilles. Elle dut s'approcher, il l'embrassa avec passion.

Il vivrait à l'observatoire, elle l'aiderait dans son travail.

Ce qu'elle ne lui dit pas, c'est combien cette décision avait été difficile à prendre. Interrompre ses séances d'oniromancie lui coûtait énormément. De plus en plus de gens venaient la consulter. Aidée des tablettes du *Ziqîqu! Ziqîqu!*, les interprétations qu'elle faisait de leurs rêves étaient, elle en avait conscience, de plus en plus subtiles et judicieuses. Elle y prenait un plaisir qui ne faiblissait pas.

Ce qui restait de la famille se reconstitua au huitième étage de la tour de Babilim.

Aémer fit transporter des ustensiles de cuisine dans la petite pièce attenante à l'observatoire.

Maniant le calame, pour écrire mots et nombres, utilisant à merveille les tableaux à colonnes pour effectuer les opérations, Aémer devint une aide inégalable.

Le travail en commun les absorbait. Installé sur un siège à dossier incliné, Hattâru faisait les observations. Aémer les notait et effectuait les calculs sur le tableau à colonnes, et ensemble ils en discutaient. Ensuite, elle préparait la cuisine. Ils mangeaient le plus souvent en silence. Ils n'avaient pas besoin de parler.

Quand, au milieu de la nuit, Aémer quittait l'observatoire et descendait seule les sept étages de la tour, une profonde tristesse l'étreignait. Elle supportait plus douloureusement qu'avant cette séparation.

Elle dut l'admettre, elle ne se sentait bien que là-haut, avec son frère. Elle ne revoyait plus Esther. Elle n'avait plus le temps, ni l'envie, de s'occuper de sa maison. Le jardin était brûlé par le soleil.

Elle apprit que Gipsu avait vendu – fort cher – sa charge de boucher-sacrificateur. Suffisamment riche pour ne plus travailler, il s'occupait de ses enfants.

De sa rencontre avec elle, elle voyait bien ce qu'il avait vécu : il l'avait perdue, mais il avait gagné de s'être libéré d'un travail qu'il haïssait, de s'être libéré de son père qui, par-delà la mort, continuait de le tyranniser. Il avait gagné d'être libéré de son passé. Pour lui, une nouvelle vie pouvait commencer.

Et moi ? se demandait Aémer. Qu'ai-je gagné, qu'ai-je perdu ? Je reviens dans la ville de mon enfance, je tombe amoureuse d'un homme. Sur un pont, je retrouve mon frère que je croyais mort depuis vingt ans. L'homme dont je suis amoureuse est le fils de l'assassin de nos parents. Mon frère et mon amant manquent de se tuer. Je passe mes journées et une partie de mes nuits en haut de la tour de Babilim. Fallait-il que je perde mon amant pour retrouver mon frère ? Est-ce que tout cela était écrit dans les astres ?

L'astronomie babylonienne était la plus avancée, surpassant celle des Grecs et des Égyptiens. Elle devait son avance aux dizaines de milliers d'observations accumulées durant des siècles. La connaissance des parcours des étoiles à travers le ciel, de leurs situations dans les divers signes du Zodiaque donnait aux savants Babyloniens un savoir que le monde leur enviait. D'autant qu'ils étaient en possession d'une façon d'écrire les nombres d'une efficacité à nulle autre pareille.

Hotep, un astronome égyptien en voyage à Babylone, avait demandé à rencontrer Hattâru, dont la réputation avait dépassé les frontières. Aémer avait préparé un repas savoureux.

Hotep arriva épuisé. Jamais il n'avait grimpé aussi haut.

« Votre ville est immense, il n'y a rien de tel dans mon pays. Comparé à Babylone, notre Memphis est une petite cité. Par contre, je dois avouer que j'ai été déçu par votre ziggourat. On en vante tellement la hauteur que je m'imaginais une véritable montagne. »

Et il se mit à louer ses « pyramides » qui, d'après lui, s'égrenaient par dizaines le long du Nil. « Elles sont construites en pierre, entièrement en pierre, insista-t-il.

– Où est l'avantage ? demanda Aémer. C'est bien plus lourd que nos briques.

– L'avantage est que ça dure, répondit Hotep laconiquement. Combien de vos ziggourats sont encore debout ? N'attendant pas la réponse, il poursuivit : Nos pyramides ne peuvent être détruites ni par les hommes ni par les intempéries, ni même par le temps. On ne détruit pas des pierres. La plus haute mesure une fois et demie votre ziggourat », lança-t-il fièrement.

Hattâru poussa une exclamation, levant les yeux pour tenter d'imaginer jusqu'où cet édifice pouvait s'élever.

Et lorsque Hotep leur apprit qu'il n'y était jamais monté, et qu'il n'aurait pu ni ne pourrait jamais le faire, parce qu'il n'y avait ni escaliers ni rampes, l'étonnement d'Hattâru et d'Aémer fut total.

« Quelle est leur fonction ? demanda Aémer.

– Ce sont des tombeaux, répondit Hotep.

– On peut dire que vous gâtez vos morts, s'exclama-t-elle.

– Chaque civilisation possède ses rites. Nous adorons le Soleil, vous préférez la Lune, déclara Hotep avec une solennité qui les surprit. Vous avez deux fleuves, nous un seul ; le Tigre et l'Euphrate descendent du nord, le Nil du sud. Vous avez de l'argile, nous des pierres, vous avez des roseaux, nous des papyrus. Nos dieux sont différents. Nos pharaons se marient entre frère et sœur, ici ces amours sont interdites. »

Aémer et Hattâru écoutaient avec une extrême attention. Les yeux d'Aémer brillaient. À plusieurs reprises, Hattâru lui lança un regard soutenu. Ainsi, ce qui est interdit ici est permis là.

Après le repas, ils parlèrent métier. Hattâru communiqua à Hotep les informations concernant la dernière éclipse. Hotep prenait note. Mais la façon dont Hattâru utilisait les nombres le gênait.

« J'ai des difficultés à m'habituer à votre façon d'écrire les nombres. Ce clou, ce chevron, c'est prodigieusement intelligent. Je m'étonne que nous, les Égyptiens, n'y ayons pas pensé.

– Malheureusement, nous ne pouvons nous passer de ces colonnes, admit Hattâru. Ou plutôt, lorsque nous nous en passons, des erreurs de lecture peuvent survenir et l'on peut confondre des nombres différents. En astronomie, où les nombres ont une telle importance, une confusion peut être fatale. Cela se produit, vous avez dû vous en rendre compte, lorsqu'il y a des colonnes inoccupées. »

Hattâru saisit une tablette encore molle, chercha un exemple pendant qu'il traçait les colonnes : « J'écris *trois mille six cent dix*.

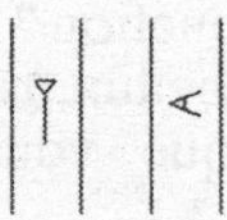

« J'efface les colonnes : la colonne vide disparaît.

« Le chiffre représenté par le clou et celui représenté par le chevron, que plus rien ne sépare, se collent. Et il reste : , *soixante-dix*.

– C'est vraiment dommage, car votre façon d'écrire les nombres est magnifique.

– D'autant que, ajouta Aémer malicieusement, elle permet à nos dieux de modifier leurs édits sans paraître changer d'avis. »

Elle lui raconta que Marduk avait condamné Babylone à être vidée de sa population durant soixante-dix années pour avoir contrevenu aux lois divines. Devant les supplications du roi, et aussi parce qu'il aimait beaucoup la ville, il décida de réduire la sanction. La solution : une simple permutation des signes.

« *Soixante-dix* s'écrivant : “ clou, chevron ”, il intervertit les deux signes. Et les Babyloniens purent regagner leur ville après seulement onze années d'exil : “ chevron, clou ”. »

Hotep partit d'un grand rire.

« Avec les nombres, on peut tout faire, déclara Hattâru.

– Même rire ! » ajouta Hotep, joyeux.

Il savait qu'il garderait un souvenir ému de ce repas passé dans le ciel de la plus belle ville du monde en compagnie de ces deux hôtes si accueillants et cultivés, et de cette jolie femme qui ne lui avait pas jeté un seul regard de la soirée.

Hotep quitta l'observatoire tard dans la nuit.

Aémer ne cessait de penser à la discussion entre Hattâru et Hotep concernant la nécessité des colonnes dans l'écriture des nombres. Qu'est-ce qui pourrait empêcher que les chiffres se collent ? se demandait-elle. Qu'est-ce qui pourrait garder la mémoire de la colonne vide ?

Eh bien, qu'elle ne soit pas vide ! Et, pourtant, il faut qu'elle soit vide...

Par moments, elle doutait. Si personne n'avait trouvé de solution, c'est qu'il n'y en avait pas.

Mais elle n'abandonnait pas. Elle n'abandonnait jamais. Elle resta des jours, hantée par cette question. Comment se passer des colonnes ?

Une petite idée s'insinua dans son esprit. Inscrire quelque chose dans la colonne vide. Quelque chose qui ne soit pas une quantité. Ni un clou ni un chevron, donc. N'importe quoi d'autre. Elle pensa à un clou ou à chevron incliné. Mieux, deux clous inclinés : 

Comme cela on ne pourrait les confondre avec aucun autre signe. Plusieurs jours durant, elle s'essaya à mettre en jeu son double chevron incliné.

Elle décida d'appeler Hattâru. Il arriva, toujours si peu à l'aise avec ses béquilles.

« Installe-toi », lui dit-elle. Il s'assit au bord de la terrasse. Le soleil disparaissait derrière l'horizon. Les oiseaux commençaient leur vol du soir. « Me prêterais-tu ton *trois mille six cent dix ?* »

Il la regarda, ahuri. Puis, jouant le jeu : « Il est à toi.

– Je l'écris comme tu l'as écrit au cours de cette soirée avec l'astronome égyptien. Elle l'écrivit. Finalement, ces colonnes – j'ai mis du temps à l'admettre – ne sont qu'un échafaudage qui permet au nombre de ne pas s'écrouler. Je crois... Elle hésita. Je crois bien que j'ai trouvé le moyen de s'en passer. »

Hattâru se dressa sur ses béquilles.

Aémer dessina le double clou incliné dans un coin de la tablette.

« Ce signe, semblable à aucun autre, ne représente aucune quantité. Je l'écris dans la colonne vide. Tu le vois ? Maintenant je peux me débarrasser de toutes les colonnes qui le maintenaient debout mais qui en même temps entravaient sa marche. Le nombre est libre à présent. Clou, double clou incliné, chevron. Regarde-le, Hattâru, ton *trois mille six cent dix*, il marche tout seul, il court, même ! »

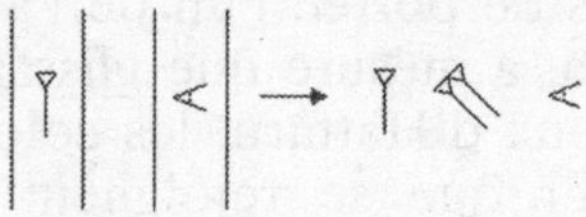

Hattâru, transporté, rejeta ses béquilles, s'avança vers Aémer... et se cassa la figure !

Aémer se précipita, le prit dans ses bras et lui caressa le visage : « Tu t'es fait mal ? »

Hattâru riait : « Double clou incliné ! Double clou incliné ! Plus besoin de béquilles ! Aémer, tu es merveilleuse. Les nombres courent... et moi je rampe. »

Elle l'aida à s'asseoir sur son siège d'observation. Il se massa la jambe.

« C'est une invention..., commença-t-il, pris de fou rire. Une invention qui va faire mal ! »

Enfin, Hattâru était redevenu joyeux. Comme avant, comme longtemps avant.

Aémer ne quitta pas l'observatoire. Au milieu de la nuit, elle aida Hattâru à descendre l'escalier qui menait au sanctuaire. Le gardien du temple dormait. Ils pénétrèrent silencieusement dans la vaste chambre vide, au-dessous de l'observatoire. Il y faisait si bon.

L'immense lit de Marduk trônait au milieu de la pièce. Il était exactement tel que Hattâru l'avait imaginé.

Aémer et son frère s'allongèrent.

Ce qui est permis aux pharaons égyptiens, pourquoi nous serait-il interdit ? pensèrent Aémer et Hattâru chacun pour soi.

Entre le frère et la sœur orphelins, la loi de Babylone, et avant elle, celle de Sumer, avait inséré une colonne vide leur interdisant de combler l'espace qui devait les séparer et les maintenir hors de portée l'un de l'autre.

Cette nuit-là, à mesure que glissaient les habits d'Aémer et ceux d'Hattâru, les colonnes dressées pour empêcher que se rejoignent les signes et chasser l'équivoque se désagrégèrent.

Et la belle invention d'Aémer, ce double clou incliné qui devait maintenir la place vide, ne pesa pas lourd devant la force inouïe qui poussait le frère et la sœur à se rejoindre.

5

Bagdad

Treize siècles plus tard. Début du IX*e* *siècle de notre ère*

Un drapeau au loin. Dernier puits avant le désert.

Les hommes, épuisés, poussèrent un soupir de soulagement : l'angoisse de ne pas atteindre le puits avant le coucher du soleil avait crû tout au long de la journée.

Des jours et des jours plus tôt, la caravane, longue de plusieurs centaines de bêtes, avait quitté le Sind, au nord-ouest de l'Inde. Elle avançait lentement vers l'ouest, au rythme des chameaux et des chariots chargés de nourriture et de marchandises. Gemmes et matières précieuses, rubis et saphirs de Ceylan, diamants de l'Inde, lapis-lazuli du Badakhchan, ivoire, jade de Khotan...

Le *thâvahâ,* chef de la caravane, veilla lui-même à ce que les hommes et les bêtes s'abreuvent, et que l'eau ne se perdît point. Il connaissait bien ce puits, qui ne l'avait jamais trahi. Il devait le faire respecter. Les litres gâchés stupidement aujourd'hui par les uns manqueraient demain aux autres.

Les chariots, détachés des bêtes de trait, furent disposés en cercles autour du campement afin d'assurer une protection pour la nuit. On monta des tentes pour les femmes, tandis que les hommes déroulaient des couvertures et des tapis sur le sable. Pendant ce temps, le cuisinier alluma un feu, sur lequel il prépara un repas frugal que tous prirent ensemble, à la lumière de la lune.

Les bêtes, parquées à l'intérieur de l'enceinte formée par les chariots, étaient à l'abri. Des hommes montèrent la garde à tour de rôle. Le rugissement des fauves tenus à distance par les feux allumés autour du camp ponctua le sommeil des dormeurs.

Nul besoin de se réveiller à l'aube, la caravane ne partirait que le lendemain soir. La journée du lendemain se passa à l'ombre de quelques bosquets, les derniers. La traversée du désert serait longue et pénible. Lorsque le soleil déclina, les voyageurs s'ébrouèrent. On commença à charger les bêtes et les chariots. On vérifia les réserves de bois et de nourriture – riz, légumes secs, huile, farine, fourrage pour les bêtes. On remplit les jarres. Là encore, il fallait bien calculer. Trouver l'équilibre entre le poids et la vitesse. Trop d'eau, la marche serait ralentie et la durée du trajet augmentée, et, par conséquent, la quantité d'eau nécessaire accrue.

Juste avant le départ, chacun but par petites gorgées. Pendant des jours, l'eau ne serait jamais plus aussi fraîche. Au coucher du soleil, le *thâvahâ* donna l'ordre du départ. Le chameau de tête se mit en marche, les autres suivirent, puis les chariots s'ébranlèrent. Les voyageurs marchaient à côté des bêtes, sauf les plus riches et les plus vieux, installés dans les chariots.

Les deux assistants du *thâvahâ* fermaient la marche, attentifs à ce qu'aucun attelage ne se laisse distancer et perdre dans la nuit. Durant toute la traversée du désert, le déplacement n'aurait lieu que de nuit. Sans précipitation ni impatience.

Le *thâvahâ* était plus écouté qu'un chef militaire en campagne : aucun de ses ordres n'était discuté. Il était le maître absolu de la caravane. Avare de mots, son austérité, son assurance et sa gravité donnaient confiance. Les voyageurs s'en remettaient totalement à lui.

La hâte était le piège majeur, l'important n'était pas d'aller vite, mais d'aller jusqu'au bout du voyage. S'aidant des étoiles, du vent, de la texture du sable et de son sens de l'espace, le « pilote des sables du désert » orientait les bêtes et les hommes. Pour ces derniers, tout se ressemblait, le sable ressemblait au sable, les dunes aux dunes. Un infime changement de direction, une erreur de rien du tout dans cette étendue sans repères, et le voyage pouvait tourner à la catastrophe. La science du *thâvahâ* leur paraissait surnaturelle, ils la respectaient et la craignaient.

Beaucoup de voyageurs étaient des marchands, certains très riches dont les bagages regorgeaient d'objets coûteux et luxueux. Mais un seul transportait un trésor. Un pandit indien, astronome réputé envoyé par le sultan du Sind. Il emportait avec lui un objet sans prix, le *Sidhind*, un ouvrage du grand mathématicien indien Brahmagupta, dont aucun exemplaire n'avait encore quitté l'Inde.

Hormis le fait que les déplacements étaient impossibles durant la journée, le voyage dans la nuit offrait un compagnon sans égal, un allié sans faille, le ciel, par la multitude d'informations que pouvaient y lire ceux qui savaient les déchiffrer.

Sous les étoiles, la caravane défilait silencieusement à travers les dunes. Après huit heures de marche, l'aube annonçait une double nouvelle, le repos tant attendu et la naissance d'une journée torride.

On se reposait toute la journée au cœur du brasier, assommé par la chaleur.

La traversée du désert parut interminable. Quinze nuits de marche à veiller aux irrégularités du sable qui s'enfuyait sous les pieds, à s'affaisser dans des creux cachés par l'obscurité, à buter contre des pentes invisibles.

Au matin du seizième jour, les premiers arbres, ô combien maigrelets, parurent des arbres de paradis. Rassurés, les voyageurs savaient qu'ils parviendraient au bout de leur voyage ; il n'y avait plus que de la distance à parcourir, une distance délivrée des dangers les plus graves.

La caravane pénétra dans le pays d'*Irak al-Arabi*.

Le dix-septième jour, un immense dôme vert apparut dans le lointain.

Bientôt, la caravane pénétrerait dans la Ville ronde, *Médinat al-Salam*, la ville de la paix, comme la nommaient les Arabes.

Le pandit était monté dans une calèche avec ses nombreux bagages. En traversant la ville, grande avait été sa surprise de croiser de nombreuses personnes à la peau noire. Le cocher lui avait appris que c'étaient des esclaves. « Il en arrive par centaines tous les jours ! On dit que les commerçants les enlèvent sur les côtes de l'Afrique et les ramènent pour les vendre. Ils se vendent bien. »

Le pandit se promit de rester le temps qu'il faudrait pour visiter cette ville dont on commençait à dire qu'elle était la plus belle et la plus peuplée du monde. Mais à son arrivée, il n'eut d'autre envie que de profiter du confort de sa chambre dans la magnifique demeure de l'ambassadeur de l'Inde, le long du Tigre. Après s'être baigné, frictionné avec de l'huile parfumée pour apaiser sa peau asséchée et en chasser le sable, il se restaura avec gourmandise, puis s'endormit dans un lit moelleux, en savourant la fraîcheur de la pièce.

Le lendemain, il fut reçu par le calife et lui remit le *Sidhind.*

Le marché aux livres du Khark, au sud de la Ville ronde, était incontestablement le plus étendu du monde : plus d'un parasange de long ! Dans les passages étroits grouillant de monde, des centaines de librairies se succédaient, regroupées selon la nature des livres qu'elles proposaient : les généralistes ensemble, les spécialisées rassemblées par thème. Ouvrages religieux, ouvrages scientifiques, ouvrages d'astronomie, ouvrages philosophiques... Les étalages, protégés du soleil par des tentures, étaient impressionnants. On y trouvait aussi bien des textes en grec, en syriaque, en sanskrit, qu'en hébreu, en latin, en sogdien ou en pehlvi, rapportés par bateau ou par des caravanes de Byzance, d'Alexandrie, de Jérusalem, d'Antioche, d'Inde... Les savoirs du monde réunis dans des montagnes de papier.

Le papier !

Depuis quelques années seulement, les Arabes en possédaient le secret de fabrication. Son arrivée avait révolutionné l'édition : les fabriques s'étaient multipliées à la périphérie de Bagdad, et le nombre d'ouvrages avait augmenté vertigineusement.

Les acheteurs aussi ne cessaient de se multiplier. La soif de savoir était intarissable.

Les uns, qui connaissaient le grec, s'arrachaient l'édition originale ; les autres, heureux de pouvoir prendre connaissance du texte dans sa plus récente traduction arabe, se précipitaient au marché aux livres dès sa parution afin de l'acquérir. Les plus raffinés s'offraient l'original et la traduction pour pouvoir les comparer mot à mot et goûter les finesses cachées du texte.

L'arrivée sur le marché d'un nouvel ouvrage mythique représentait un événement. *L'Almageste* de Ptolémée, l'*Organon* d'Aristote venaient d'être publiés. C'était la ruée, les prix grimpaient à une vitesse vertigineuse. On se les arrachait à prix d'or dans des enchères épiques qui auraient tourné au pugilat sans l'autorité du *dalal* commissaire-priseur ambulant.

Soudain, une énorme bousculade survint. Des gens à terre, des cris, des tréteaux renversés, des ouvrages piétinés.

Ils étaient littéralement tombés l'un sur l'autre, Mohand dessous, Aémer dessus.

Les policiers à cheval avaient chargé la foule pour mâter une petite révolte de pauvres, comme Bagdad en connaissait fréquemment. Le chef de la police des souks était un homme énergique.

Ce contact fugitif laissa à Mohand une impression magique. La jeune femme avait atterri sur lui comme un cadeau du ciel. Son parfum, ses seins durs, son corps ferme et élastique, il les avait perçus en une seconde. Il ne rêva que de la revoir.

Le marché aux livres était l'endroit préféré d'Aémer et de Mohand. Pour des raisons bien différentes.

Si Aémer savait parfaitement lire, ce qui était extrêmement rare, surtout pour une femme, c'est qu'elle avait eu un maître des plus exigeants, le poète al-Sanuba. Mais ce n'est pas la passion de la lecture qui justifiait ses visites quotidiennes au marché aux livres.

Dans la foule d'hommes qui le fréquentaient, Aémer se glissait entre les échoppes. Son vêtement, pantalon ample, petit capuchon jaune et *qamis* bleue aux larges manches, indiquait qu'elle n'était pas musulmane. Se déplaçant avec agilité, elle s'arrêta devant une échoppe, saisit un manuscrit, le parcourut, le reposa, en prit un autre, l'abandonna, se rendit dans une autre échoppe. Elle étudia d'un coup d'œil le contenu d'un ouvrage. Ses yeux brillèrent. Le libraire était occupé par un acheteur qui discutait âprement un prix. Dans un geste d'une rapidité inattendue, Aémer saisit le manuscrit qui disparut dans l'une des manches de sa *qamis*.

Elle s'éloigna sans hâte, reprenant son apparente flânerie.

Mohand avait vu. Son cœur battait. Était-ce à cause de ce qu'il avait vu ? Ou bien du seul fait de la croiser de nouveau ? Depuis le temps qu'il la cherchait.

Aémer l'aperçut qui la regardait. Elle alla vers lui, lui demandant pourquoi il la fixait ainsi. Il bredouilla, lui rappela les conditions de leur première rencontre. Elle se souvint de lui. Elle était tellement à l'aise, qu'il se convainquit de n'avoir rien vu.

Puis brusquement, alors qu'il était persuadé s'être trompé, elle lui demanda pourquoi il ne l'avait pas dénoncée aux gardes.

Dénoncer quelqu'un ? Jamais.

Elle lui adressa un sourire qui le fit fondre. Ils firent plus ample connaissance.

Mohand expliqua à la jeune femme qu'il sillonnait le marché aux livres à la recherche d'ouvrages savants traitant de mathématiques et d'astronomie. Il était étudiant à la médersa et ces deux disciplines le captivaient. Son souhait le plus cher était de devenir membre de la célèbre Beit al-Hikma, la Maison de la Sagesse, où les plus grands savants de chaque discipline étaient rassemblés, traduisant, étudiant, comparant les différentes versions des grandes œuvres de l'Antiquité. Étudiant pauvre, il travaillait au port comme porteur et dépensait tout ce qu'il gagnait à l'achat de livres.

Aémer l'écoutait. Ce jeune homme si calme, presque effacé, s'enflammait devant elle. C'était un homme de passion !

Avec plus de passion encore, il lui confia qu'il recherchait depuis des jours la traduction d'un traité indien exposant une nouvelle façon d'écrire les nombres et d'effectuer les calculs, inventée par les mathématiciens indiens. Il semblait mettre dans cet ouvrage un tel espoir qu'Aémer lui promit de le chercher et de l'avertir quand elle le trouverait. Mohand remarqua qu'elle n'avait pas dit : « Si je le trouve », mais : « Quand je le trouverai ».

Ils se séparèrent à la sortie d'une ruelle.

Une vente aux enchères commençait. Mohand s'approcha.

Un *dalal*, debout au milieu de la ruelle, procédait à la mise aux enchères d'un ouvrage très recherché, la nouvelle traduction de l'*Organon* d'Aristote.

L'aide du *dalal* éleva une feuille de papier sur laquelle était inscrit en lettres arabes le prix de départ de l'ouvrage.

« Soixante-dix-sept dirhams, annonça le *dalal*. Un très bon prix... qui va s'envoler. »

Il inscrivit le nombre sur sa table à poussière.

Le prix de départ était très bas en effet. Immédiatement, un acheteur renchérit : « Je double. »

Le *dalal* effectua le calcul sur la table à poussière et annonça : « Cent cinquante-quatre dirhams. » Son aide écrivit le nombre sur la feuille de papier.

« J'ajoute cinquante », hurla un deuxième acheteur.

Le *dalal* effaça du doigt le contenu de la deuxième colonne, ajouta un trait dans la troisième : « Deux cent quatre dirhams ! » Son aide écrivit le nouveau nombre sur la feuille de papier qu'il présenta à l'assistance.

Mohand suivait avec attention les étapes des enchères. Plus que le montant ou l'identité de l'acheteur, ce qui l'intéressait, c'était l'aller-retour entre la table à poussière et la feuille de papier, entre les lettres arabes écrites sur le papier et les traits tracés du doigt dans la poussière.

Les Arabes avaient emprunté aux Grecs et aux Hébreux leur façon d'écrire les nombres à l'aide de l'alphabet. Comme eux, ils utilisaient divers dispositifs pour effectuer leurs calculs.

Tablette de bois recouverte d'une fine couche de sable, la table à poussière avait leur préférence. La tablette posée à plat sur un meuble ou sur le sol, le calculateur commençait par former des colonnes, puis il inscrivait les nombres en traçant de petits bâtonnets à l'intérieur de celles-ci et se lançait dans son calcul. Chaque fois que dix bâtonnets étaient réunis dans une colonne, il les effaçait du doigt et les remplaçait par un seul bâtonnet dans la colonne immédiatement à gauche. Cette action était la matérialisation du principe de numération utilisé : dix unités d'un certain ordre valent une unité de l'ordre supérieur.

Que l'écriture des nombres et le calcul soient de nature si différente mettait Mohand mal à l'aise. L'aide utilisait les lettres de l'alphabet qu'il inscrivait sur du papier à l'aide d'un calame trempé dans de l'encre. Le *dalal* traçait de son doigt des bâtonnets dans la poussière et les effaçait à volonté. Pour parvenir au résultat du calcul qui serait divulgué... en lettres alphabétiques !

Cette séparation radicale ne convenait pas du tout à Mohand. Ressentant profondément l'unité du champ des nombres, il était convaincu qu'il existait une façon d'unifier l'écriture et le calcul. Cette idée animait toutes ses recherches depuis des années.

Aémer venait régulièrement passer quelques heures au marché aux livres pour y « travailler », comme elle disait. Au cours de ses lectures « intéressées », elle avait en tête l'ouvrage dont Mohand lui avait parlé. Elle n'oubliait pas qu'elle avait une dette envers lui.

Arrêtée devant l'un des étals les mieux fournis du marché, elle ne comprit pas ce qui lui arrivait. Deux hommes se jetèrent sur elle. Elle n'eut pas le temps d'esquisser un mouvement. Plaquant une main sur sa bouche, l'un des policiers gronda : « Pas de scandale, sinon ! », tandis que l'autre, un petit maigre au regard haineux, l'avertit : « Il va marcher devant toi, moi derrière. Au moindre geste... » Les deux policiers n'étaient pas à leur aise.

Ne pas leur répondre, se promit Aémer. Ne rien faire qui leur donne l'occasion de me toucher. Mais surtout, surtout, qu'ils ne me fassent pas la morale !

Personne ne s'était aperçu de rien.

Tu perds la main, ma fille, se dit Aémer. Comment ont-ils réussi à te repérer ? Ils te surveillaient et tu n'as rien vu !

Encadrée par les deux policiers aux aguets qui regardaient de tous côtés – une interpellation dans les souks risquant toujours de dégénérer en échauffourée –, Aémer avançait souriante, l'air dégagé, sentant le livre contre sa peau.

Ils sortirent du souk.

« On te surveillait depuis plusieurs jours », annonça l'un des hommes, soulagé d'être sorti sans encombre des ruelles bondées.

La porte de la prison se referma.

Le petit maigre s'avança vers Aémer pour la fouiller. « Ne me touche pas ! » rugit-elle. Glissant la main dans la manche de sa *pamis*, elle retira le livre et le lui tendit. Elle vit les doigts du policier se poser sur la belle couverture.

Cela lui fit mal.

On l'enferma dans une cellule bondée. Des femmes de tous âges, sales, misérables pour la plupart – paysannes, prostituées, voleuses. Certaines croupissaient là apparemment depuis des semaines. Une jeune femme à terre se déchirait le visage en hurlant. Ses voisines tentaient en vain de la calmer. « Qu'elle se taise ! » implora Aémer. L'enfermement, l'odeur, le manque de place... mais pas les cris. Un gardien menaça de frapper la prisonnière si elle ne s'arrêtait pas. Ses voisines grondèrent. Les cris cessèrent. Pas les gémissements.

Al-Sanuba va s'inquiéter, s'alarma Aémer. Elle appela le gardien. « Tu viens à peine d'arriver, et déjà tu appelles ! » grogna-t-il. Et il s'éloigna, goguenard.

Pas d'impatience, se dit Aémer. Tu vas sans doute devoir rester là pas mal de temps. Plus tu espères sortir vite, plus le temps te paraîtra long. Installe-toi pour longtemps.

Elle s'endormit.

On la secouait. Un gardien la fit sortir de la cellule. Un homme l'attendait. C'était le *muhtasib* en personne. Elle le connaissait pour l'avoir aperçu dans les ruelles, le chef de la police des souks. Il ne lui adressa pas un mot. Elle le suivit.

Un cheval les attendait devant la porte de la prison. Le *muhtasib* l'enfourcha. Tendant la main à Aémer, il la hissa en croupe, derrière lui.

Ils partirent au galop. Elle ne lui demanda surtout pas où ils allaient. En chemin, ils faillirent renverser plusieurs passants. Il ne manquerait plus qu'elle ait un accident alors qu'elle était à cheval avec le chef de la police ! Tous, au souk, penseraient : « Aémer est une espionne », et il ne lui resterait qu'à quitter Bagdad.

Ils se dirigeaient vers la Ville ronde. Aémer n'y avait jamais pénétré, préférant les rues vivantes de la ville plus récente qui s'était développée autour. Ce quartier ancien était effectivement assez triste, presque désert. Où diable le *muhtasib* la conduisait-elle ?

Au palais ! Elle allait au palais !

Le cheval s'arrêta devant la porte de l'enceinte. Ils durent descendre de leur monture, pénétrant à pied dans le domaine du calife.

Le cavalier de bronze ! Elle pouvait l'admirer... de plus près. En ville, on pouvait le voir de n'importe où, mais sous un autre angle ; là, il était presque à l'aplomb.

Il trônait à plus de cinquante mètres de haut, au sommet du dôme vert qui surmontait le palais. Scintillant sous le soleil, il bondissait dans les airs, prêt à traverser le ciel en trois ou quatre bonds. Le *muhtasib* tira Aémer de sa fascination et l'entraîna vers les jardins.

Ils marchèrent longtemps. Aémer commençait à sentir la fatigue, mais elle se laissait transporter par les odeurs qui émanaient des jardins luxuriants. Des jardins merveilleux, avec des volières, des bassins. Un avant-goût du paradis.

Ils parvinrent enfin à l'entrée du palais lui-même. Ce n'est pas trop tôt ! soupira Aémer.

Un luxe inouï, le palais ruisselait de richesses. Les murs, les plafonds, le sol, les tentures abondamment décorés avec un goût extrême ; les meilleurs artistes du monde arabe avaient été réunis.

Peinture, incrustation, marqueterie, mosaïque, l'ensemble des techniques de décoration avait été mobilisé sur les supports les plus divers, bois, nacre, ivoire, marbre. Les portes marquetées avec une délicatesse inconnue jusqu'alors ouvraient sur des salles somptueuses. On prétendait qu'il y en avait plusieurs centaines. Pas impossible, pensa Aémer après en avoir traversé deux bonnes dizaines.

Partout des militaires, sabre à la ceinture, des courtisans vêtus de blanc et coiffés de turbans. Une ville dans la ville, avec sa cohorte de serviteurs.

« Le calife ne porte pas de turban aujourd'hui », marmonna le *muhtasib* en s'arrêtant devant une porte impressionnante gardée par deux géants noirs. Il s'effaça et fit signe à Aémer d'entrer. Elle fit quelques pas dans une salle plus vaste encore que toutes celles qu'elle avait traversées jusque-là. Elle avançait machinalement.

Un serviteur fondit sur elle, lui interdisant d'aller plus loin. Elle s'arrêta. À quelques mètres de là, un voile légèrement translucide était tendu à travers la pièce.

« La couleur de ta robe me dit que tu n'es pas musulmane », déclara une voix.

Immédiatement, Aémer comprit que c'était le calife qui parlait, dissimulé derrière le voile. La disposition des fenêtres et l'orientation de la lumière étaient telles que Mamun la voyait parfaitement mais qu'elle ne pouvait le voir. Cela la contraria.

« Je suis esclave, déclara-t-elle.

– Ni blonde comme celles du Nord, ni noire comme celles d'Afrique, ni pâle comme les Slaves. D'où es-tu ?

– Je ne sais pas. Quelle importance ?

– Ma mère et ma grand-mère étaient esclaves. Ce qui est important, ce n'est pas d'où l'on vient, mais où l'on va. Qui est ton maître ? »

Aémer ne répondit pas.

« Je t'ai posé une question. Je te contraindrai à y répondre.

– Je n'ai plus de maître, seigneur. Il m'a libérée avant de mourir. »

Aémer avait décidé de ne pas parler d'al-Sanuba, Mamun l'avait exilé durant plusieurs années.

« Tu te demandes pourquoi tu es ici ? J'ai ordonné au préfet de police de m'amener le premier voleur qu'il attraperait au cours de la grande opération qu'il a lancée ce matin pour faire cesser les vols dans les souks. Une opération de cette envergure, cela se célèbre ! C'est pourquoi j'ai décidé de gracier le premier voleur. Toi, tu es la deuxième. Le premier a tenté de s'enfuir pendant qu'on le conduisait ici. Il a été abattu. Tu deviens donc la première. Tu as de la chance, car tu aurais dû être exécutée, comme tous les suivants. »

Pendant que le calife lui parlait, Aémer crut distinguer ses célèbres bottines rouges.

« Donc, tu es une voleuse. Elle a volé un livre, n'est-ce pas ? demanda Mamun à quelqu'un qu'Aémer n'apercevait pas. Et tu t'es fait attraper. Que voles-tu d'autre ? Des parures, des parfums, des bijoux ? Des objets de femmes ?

– Non. Uniquement des livres.

– Épouse un libraire, tu n'auras plus d'ennuis ! » Le commandeur des croyants partit d'un énorme de rire, relayé par celui de tous ceux, invisibles, qui se trouvaient en sa compagnie derrière le voile. Des hommes au rire ostentatoire et flatteur, des femmes gloussant avec coquetterie. Le monde des courtisans et des concubines. Aémer tenta de les imaginer, prisonniers de ce somptueux palais et des caprices du calife, tandis que celui-ci continuait de l'interroger. À vrai dire, il faisait les questions et les réponses. Il était intarissable et paraissait prendre un grand plaisir à la présence d'Aémer.

« À part voler, que fais-tu ?

– Je suis danseuse.

– Danses-tu mieux que tu ne voles ? Parce que comme voleuse... »

Aémer rougit de l'attaque. Elle se promit que jamais plus elle ne se ferait prendre.

« Je suis la meilleure danseuse de Bagdad, dit-elle crânement.

– Alors, tu danses et tu t'intéresses aux nombres et à l'astronomie ?

– Euh, oui. J'adore les nombres, tous les nombres. Puis-je te poser une question ? »

Le vizir s'avança pour signifier à Aémer que l'entrevue était terminée.

« Laisse ! ordonna Mamun. Pose ta question, dit-il à Aémer.

– Tu m'aurais fait exécuter si j'avais été la deuxième ?

– Sans nul doute.

– Pour avoir volé un livre !

– Pour moins que cela, même ! affirma froidement Mamun. Quand je prends une décision, je l'applique. »

Aémer eut froid dans le dos.

Au moment où elle quittait la pièce, Mamun l'apostropha : « Je remarque que tu ne m'as pas remercié. »

Aémer hésita, puis : « C'est toi qui as décidé de laisser libre le premier voleur. Tu avais pris la décision, tu l'as appliquée. Je ne t'ai rien demandé. »

Elle se retrouva devant la porte du palais, un peu abasourdie.

Un homme se précipita sur elle.

« Aémer, que se passe-t-il ? »

Mohand était devant elle, fou d'inquiétude.

« Je suis libre, Mohand », annonça-t-elle d'une voix calme.

Lorsque Mohand réalisa qu'en effet aucun policier ne l'accompagnait, il se laissa aller : « Je t'avais avertie. Tu allais te faire prendre un jour ou l'autre. »

Baissant les yeux, soumise, Aémer susurra : « Je te le promets, Mohand, je ne recommencerai plus. »

Décontenancé, le jeune homme haussa les épaules : « C'était une grave erreur. Évidemment, tu n'as tué personne, mais quand même. » En lui-même, il pensait : Elle est ébranlée par ce qui lui arrive.

Aémer gardait la tête baissée.

Un peu honteux, Mohand maugréa : « C'était quoi, ce livre ?

– Je ne sais pas, je l'ai pris au hasard, il semblait être d'un grand prix.

– Ah, bon. »

Levant les yeux vers lui, elle lâcha d'une voix plaintive : « Je peux te le montrer si tu veux.

– Me le montrer ! » s'exclama-t-il, enthousiaste.

Aémer retira le livre de son habit et le tendit à Mohand qui s'empressa de le prendre. L'ouvrage semblait luxueux en effet. Mohand lut le titre. Il resta sidéré.

« Comment as-tu fait, Aémer ? lui demanda-t-il, bouleversé.

– Je te l'ai dit. Je l'ai volé. Mais tu as raison, c'était une grave erreur. Peut-être vaut-il mieux que je le rende ?

– Euh...

– On ne doit pas garder un objet volé, n'est-ce pas ?

– Euh, non, il vaudr... il vaudrait mieux le rendre. Peut-être après que je l'ai lu, suggéra Mohand d'une voix hésitante. »

Aémer se jeta à son cou : « Tu peux le garder, Mohand, tout le temps que tu veux. »

Elle lui rapporta son entrevue avec le calife.

« Quand le chambellan est venu vers moi et m'a demandé de le suivre, je me suis retrouvée derrière le rideau, tu entends, Mohand, DERRIÈRE ! Uniquement parce que j'avais commis un vol !

Mamun était allongé sur le divan, le livre dans sa main.

« “ Voilà donc ton larcin ! m'a-t-il lancé. Le *Sidhind*. Ce fameux livre indien dont mes astronomes et mes mathématiciens m'ont tant parlé et dont mes traducteurs ont fait, paraît-il une superbe traduction. Ma préférence va vers les Grecs, vois-tu, ils excellent en géométrie. ” Là, le vizir est intervenu : “ Seigneur, concernant le calcul, les Grecs ne sont pas... excellents. Les Indiens, en revanche... Ce livre a d'ailleurs été offert par une ambassade indienne à ton grand-père, le calife al-Mansur. ” »

Aémer jouait la scène devant Mohand, imitant les voix des protagonistes.

« “ T'avouerais-je que je ne l'ai pas lu ? gronda-t-elle, pour faire le calife. Je préfère Aristote. ” »

Mohand souriait d'admiration.

« Alors Mamun s'est levé, et j'ai pu admirer ses bottines, reprit Aémer. De vraies merveilles. “ Tu t'intéresses donc aux nombres et à l'astronomie ? ” m'a-t-il demandé à nouveau.

– Euh, oui. En fait non. C'est pour un ami.

– Savait-il que tu allais commettre un larcin pour lui ?

– Oh ! non, surtout pas. Il me... il aurait été très fâché. N'est-ce pas, Mohand, très fâché ? » lui demanda-t-elle ironiquement.

Mohand baissa la tête.

« Mamun s'est tourné vers le vizir : “ Je pense qu'on peut le lui offrir, elle a failli mourir pour lui. ” Puis il m'a regardée : “ Donne-le à ton ami. Et dis-lui qu'il en fasse bon usage. ”

« Écoute la suite, Mohand !

« “ Comment s'appelle ton ami ? ” m'a demandé Mamun. J'ai clamé ton nom afin que tout le monde l'entende. Et tu sais ce qu'il a fait ? Il a ordonné au vizir de le noter ! J'ai commencé à le remercier, mais il m'a interrompue.

« " C'est toi qui m'offres un grand bonheur, déclara Aémer avec la grosse voix du calife. Je suis si heureux quand je pardonne, que je crains bien que ce plaisir soit ma seule récompense. Si les hommes savaient le plaisir que j'éprouve à pardonner, ils ne se présenteraient devant moi que chargés de crimes. "

– Notre calife est un homme bon ! s'exclama Mohand.

– Attention, Mohand, ne te laisse pas prendre ! La bonté des puissants cache toujours quelque chose. Dans ma cellule à la prison, il y avait une femme qui se déchirait la peau du visage. Son mari venait d'être condamné à être jeté dans le fleuve, enfermé dans un sac empli de lames de rasoir. »

Mohand quitta Aémer, fou de joie. Quel somptueux cadeau ! Il osa penser qu'elle n'aurait pas fait tout cela si elle ne l'aimait pas... au moins un peu. Il s'éloigna, heureux comme jamais, le livre sous le bras.

À Bagdad, même les hammams venaient de Grèce. Quinze mille « bains grecs » dans la Ville ronde ! Pas une rue qui n'eût le sien.

Au moment de rentrer chez lui pour étudier le *Sidhind*, Mohand ressentit l'envie d'aller prendre un bain de vapeur. Comme s'il lui fallait être purifié avant de se plonger dans le traité.

Il s'arrêta devant une grande bâtisse sans goût. Par chance, c'était un jour réservé aux hommes. À l'entrée, on lui fournit un drap, une serviette, un linge de bain, du savon noir et un gant de crin.

La première salle était immense. Au centre coulait une fontaine, tandis que des ouvertures pratiquées en haut des murs se répandait une douce luminosité. Les murs et le sol recouverts d'une mosaïque à dominante bleue accentuaient la sensation de fraîcheur.

Parmi la centaine de matelas étalés au sol, Mohand en repéra un, à l'écart dans une alcôve, à côté d'une petite table de chevet. Il étendit le drap dessus. Prenant garde de ne pas se montrer nu, il se déshabilla en maintenant le linge de bain autour de sa taille, plia ses habits en un petit tas au milieu duquel il dissimula le livre et glissa le tout sous le matelas. Tranquillisé, il se dirigea vers la fontaine. Au moment de se servir un verre d'eau, le linge de bain glissa sur ses hanches et il manqua se retrouver nu au milieu de la salle. Rien qu'à cette idée, il eut honte. Il agrippa le linge, remplit son verre d'eau bien fraîche, retourna vers sa couche et s'allongea. Il ne parvenait pas à se détendre, il avait l'esprit tout entier occupé par l'ouvrage dont il brûlait de découvrir le contenu. Ce bain n'était peut-être pas une bonne idée. Il aurait mieux fait de rentrer directement chez lui.

Il se leva, observa autour de lui. La plupart des clients avaient rejoint les salles de vapeur. Après avoir jeté un regard vers le renflement qui bombait le matelas, il pénétra dans la seconde salle.

À l'entrée, ça allait. Mais très vite, la chaleur s'élevait.

La salle, peu éclairée, avec son plafond invisible au-dessus des nuages de vapeur, son sol dallé extrêmement glissant, était vide de tout objet. L'air était saturé d'humidité. Dans le brouillard, des êtres fantomatiques se mouvaient lentement.

Le garçon de bain tendit à Mohand un petit seau. Mohand alla le remplir dans le bassin, et balança l'eau à l'emplacement où il voulait s'asseoir, en la faisant gicler. Le sol serait plus frais, et purifié des litres de sueur qui se déversaient là depuis le matin.

La chaleur agissant, Mohand se détendit. Il sentait les mille pores de sa peau s'ouvrir. Les tensions se relâchaient, son esprit se vidait. Une sensation de bien-être animal l'envahit. Impossible de penser à quoi que ce soit. Il oublia le *Sidhind*.

Mohand retrouva la première salle avec le sentiment de quelqu'un qui revient d'un long voyage. Quelle fraîcheur ! La pureté de l'atmosphère le surprit. Les halos, le flou, les silhouettes vaporeuses avaient disparu, les objets avaient retrouvé leurs contours nets.

Mohand se dirigea vers son matelas, commanda une citronnade et une pâtisserie au garçon de salle, puis s'allongea. Un sentiment de paix l'envahit. Son corps, apaisé et las, respirait de toute la surface de sa peau, comme une voile prenant le vent.

Il s'endormit, rêvant à la belle voleuse du marché aux livres.

Un long moment plus tard, ouvrant les yeux, il aperçut, posées sur la table de chevet, la citronnade et la pâtisserie. Il but une longue rasade, avala la pâtisserie, se leva. Il avait dormi plus d'une heure. Il commençait à faire sombre, la salle s'était remplie. Soudain, tout lui revint. Il sourit, s'agenouilla, fouilla sous le tas d'habits.

Le livre n'y était plus !

Mohand quitta le hammam après la nuit tombée, se maudissant d'avoir eu cette idée stupide.

Tout le monde savait que les hammams n'étaient pas des endroits sûrs. Chaque jour, des vols y étaient commis. Pour être purifié, tu l'es à présent ! se dit-il, amer. Pur et léger, délesté de l'objet qu'il avait tant désiré.

Il était trop tard pour prévenir Aémer. Quelle sera sa réaction ? se demanda-t-il. À sa place, je serais fou de rage. Comment lui expliquer l'« évanouissement » du livre qu'elle avait eu tant de mal à se procurer ?

Mohand passa une nuit horrible.

La citronnade lui donna des aigreurs, le goût de la pâtisserie lui remonta à la bouche. Il avait envie de vomir.

Il se réveilla à l'aube comme à son habitude. Il n'irait pas travailler au port aujourd'hui. On frappa à la porte. À cette heure ? La police ! Il ouvrit.

Aémer ! Souriante.

« Alors, ce livre ? »

Le visage de Mohand l'alarma. Il était décomposé. Elle referma la porte derrière elle. En une phrase, Mohand lui apprit ce qui était arrivé.

Aémer ne fit pas un geste, ne prononça pas un mot. Il ne lui vint pas à l'esprit d'accabler Mohand. Sa seule pensée : récupérer le livre au plus vite.

« Je vais à aller à la police, annonça Mohand.

– Surtout pas, s'écria-t-elle. Parce que tu crois qu'ils le retrouveront ? Ils vont se moquer. Mamun l'apprendra et nous serons ridicules. Je m'en charge. »

Elle ouvrit la porte. Avant de sortir, elle se retourna vers Mohand : « Tu ne vas pas tomber malade ? Perdre un livre, ce n'est pas comme perdre quelqu'un qu'on aime, n'est-ce pas ? »

Elle lui caressa la joue. Il avait l'air tellement malheureux.

Aémer se rendit immédiatement au souk, à la recherche de ses « collègues ». À chacun de ceux qu'elle croisait, elle faisait part de son désir de rencontrer au plus vite le chef des voleurs. À l'heure de l'appel à la prière, elle se tiendrait devant l'entrée du marché aux livres.

L'appel à la prière retentit dans le soir de Bagdad. Un homme apparut devant Aémer. Elle le suivit. Il s'enfonça dans un dédale de ruelles, entra dans une maison, se retourna, lui banda les yeux. Puis, lui prenant la main, il l'entraîna dans une suite de cours, de rues et de pièces, à travers des passages qui faisaient communiquer des maisons. Au bout d'un long trajet, ils s'arrêtèrent. Quelqu'un lui ôta le bandeau. Elle était face à un rideau ! Comme chez le calife. Le deuxième en deux jours !

Les murs étaient nus. De l'extérieur, on ne percevait aucun son ; rien qui permît de situer le lieu.

Une voix jeune, ferme et mélodieuse, l'interpella : « Je te reconnais, tu opères dans le marché aux livres. Ton nom est Aémer, tu es esclave. Tu sais quel nom porte le calife ? “ Le redresseur des torts ”. Mais seulement dans son monde. Ailleurs, c'est moi qui redresse les torts.

– C'est pour cette fonction que, dit-on, tu occupes avec justice, que j'ai souhaité te rencontrer. »

Aémer raconta au chef des voleurs ce qui était arrivé et termina par un magistral : « On ne vole pas une voleuse !

– Bien dit ! Tu veux donc récupérer ce livre. Bien. Que m'offres-tu en échange ? Le chef des voleurs ménagea un petit silence. Toi ?

– Jamais ! Je ne suis pas un objet d'échange.

– Je pourrais l'exiger. Mais, sans vouloir te vexer, je désire une chose qui, à mes yeux, a plus de valeur. Ton maître est bien le vieux poète al-Sanuba ? »

Aémer ne put cacher sa surprise. L'homme semblait tout savoir d'elle.

« Le chef des voleurs a des oreilles, des yeux et des mains partout. Demande humblement à al-Sanuba de me dédier l'un de ses poèmes, celui qu'il voudra, je serai comblé. Tu récupéreras le livre demain soir au même endroit à la même heure. »

Aémer se rendit chez al-Sanuba pour lui demander le poème. Elle lui raconta toute l'histoire. Il battit des mains.

« C'est un véritable conte ! Il était une fois un livre, un jeune homme pauvre et studieux, une voleuse... maladroite. Surgirent des policiers et un calife qui jouait à être généreux. Dans un hammam, le jeune homme, un peu niais, se fait déposséder de ce qu'il a de plus cher, un viol quoi ! Un chef des voleurs esthète récupère le livre, et l'histoire finit par un poème... C'est magnifique !

– Tu as parfaitement résumé, admit Aémer, et merci pour la voleuse maladroite et le jeune homme un peu niais.

– Il va falloir que je cherche le poème que je vais lui dédier. À moins que j'aie le temps d'en écrire un nouveau ? Apporte-moi une carafe de notre meilleur vin, veux-tu. »

Mohand était rentré en hâte chez lui, regardant de tous côtés, prêt à défendre chèrement l'ouvrage qu'il tenait attaché autour de son torse. Personne, cette fois, ne l'en dépouillerait.

Il vivait dans une pièce sans confort, celle d'un étudiant pauvre venant d'une province lointaine. Son seul luxe, une fenêtre par laquelle il apercevait, au loin, un petit bout de fleuve.

Le *Sidhind* était ouvert sur l'unique table, celle où Mohand prenait ses repas.

Pour les besoins de l'astronomie, qui ne peut se passer des nombres et du calcul pour dire le ciel, l'ouvrage exposait le « calcul indien ». *Hisab al-Hindi.* Le premier paragraphe passait en revue les signes, le texte disait les « figures », à l'aide desquels les nombres allaient être représentés. Le second exposait le procédé de représentation.

Neuf figures.

Leur graphie, totalement différente de ce que Mohand avait vu jusqu'alors, l'occupa longuement.

Chacune avait son identité propre. La nouveauté extraordinaire résidait dans le fait que le *deux* n'était pas représenté par un couple de *un* placés côte à côte mais par un signe spécifique. Semblablement pour les autres figures, jusqu'à la neuvième. Ce simple fait, inédit, avait une conséquence capitale : faire sauter une grande partie de l'ambiguïté de l'écriture des nombres : une paire de *un* ne pouvait en aucun cas signifier deux. Une avancée qui faciliterait grandement la lecture des nombres.

Cette écriture était basée sur un procédé que Mohand n'avait jamais lu dans aucun livre : le principe de position. *Faire compter la place.* La première valait *un*, la deuxième *dix*, la troisième *cent* et ainsi, *ad libitum*, le dénombrement étant basé sur le dix.

Toutes les places étaient là, potentiellement présentes, attendant la figure qui les occuperait.

Un *cinq* installé à la troisième place valait *cinq cents*, un *deux* à la quatrième valait *deux mille*, un *huit* à la millième représentait... Hou !

Une ingéniosité à couper le souffle. Comment était-il possible de ne pas y avoir pensé plus tôt ? Mohand ne put imaginer qu'aucun peuple ne l'ait découvert auparavant. *Trois cent quatre-vingt-neuf*...

On frappa à la porte. Mohand ne répondit pas. On continua de frapper. Il alla ouvrir, furieux, et se trouva face à un serviteur déférent porteur d'une invitation d'al-Sanuba pour le dîner. Le soir même ! Mohand aurait voulu rester chez lui et profiter de tout son temps pour prendre connaissance du contenu de l'ouvrage qui, à mesure qu'il avançait dans sa lecture, dépassait ses espoirs les plus fous. Mais il ne pouvait refuser l'invitation.

Au moment de quitter la pièce, le serviteur ajouta : « Al-Sanuba m'a dit de t'informer qu'il y avait un hammam. »

Mohand claqua la porte. *Trois cent quatre-vingt-neuf*. *Trois* à la troisième place, *huit* à la deuxième, *neuf* à la première. Peut-on faire plus simple et plus rapide ?

Il se jeta dans l'écriture d'une multitude de nombres, avec la joie des enfants qui lancent au vent des bulles de savon. C'est alors que survint la déconvenue. Il tenta d'écrire *cent un*, cela ne marcha pas.

Autant pour *quatre-vingt-dix-neuf*, l'écriture fonctionnait parfaitement : 99 ; autant, pour les deux nombres suivants, cela n'allait pas. Comment écrire *cent* ? *Cent*, c'est une centaine, pas de dizaine, pas d'unité. Donc « 1 ». Mais 1 tout seul, cela peut tout aussi bien se lire *un*, que *dix*, que *cent*, que *mille* !

Et *cent un* ? Une centaine, pas de dizaine, une unité. Donc « 11 ». Qui a toutes les chances d'être lu comme *onze* ! C'était indiscutable, cette nouvelle écriture avait des défaillances.

Il traça des colonnes, écrivit *cent* et *cent un*. Cela marchait parfaitement. En laissant vide les colonnes correspondant aux unités, dizaines, centaines... absentes, les ambiguïtés sautaient.

Mais la folle ambition du *Hisab al-Hindi* était justement de se passer de colonnes et d'écrire les nombres sans l'aide d'aucun dispositif.

Or, dès que l'on ôtait les colonnes, les confusions apparaissaient.

Ainsi l'ouvrage répondait de façon magistrale à un grand nombre de questions, mais laissait sans réponse le problème posé par les colonnes inoccupées. Comment traiter l'absence d'unités, de dizaines, de centaines, comme dans le cas de *cent* et de *cent un* ? Là était la grande interrogation de Mohand.

Mohand avait complètement oublié le dîner. Il s'habilla en hâte. L'image d'Aémer remplaça celle des figures indiennes. Il allait la revoir ! Ce soir, il pourrait lui raconter ses découvertes. Il quitta sa chambre, submergé par ce nouveau bonheur. Tout arrivait à la fois.

C'est en cherchant le livre qu'il l'avait rencontrée, c'est parce qu'il l'avait rencontrée qu'il avait le livre. La plus belle femme de Bagdad, les nombres les plus habiles, l'écriture la plus intelligente.

Mais il ne pouvait en jouir simultanément, et cela le mettait dans une tension insoutenable. Il ne pouvait calculer et penser à Aémer. Il ne pouvait caresser Aémer et penser aux nombres. Heureusement, se dit-il dans un éclair de lucidité.

Depuis son retour d'exil, il y avait maintenant plusieurs années de cela, al-Sanuba habitait l'une des plus jolies maisons de Bagad. Comme toutes les demeures riches de la ville, elle donnait sur le Tigre. Légèrement surélevée à cause des crues, elle était séparée de la rive par un long jardin qui venait mourir sur l'eau.

Aucune embarcation n'était amarrée au ponton. « Tous les riches habitants de Bagdad se doivent de posséder un âne et un bateau, aimait à dire al-Sanuba. Ma richesse à moi, en plus d'être riche, est de ne posséder ni l'un ni l'autre : les bateaux coulent n'importe où et les ânes chient partout. »

Al-Sanuba accueillit Mohand dans un habit d'intérieur extravagant, sur lequel il avait passé un gilet de cuir cintré, et chaussé de babouches surmontées de petites ailes. Mohand, très impressionné, le salua d'un air emprunté. Voici donc « l'homme aux longs cheveux bouclés », le poète le plus célèbre de tout le monde arabe ! L'aisance et l'élégance du vieil homme, avec sa belle barbe blanche, ses gestes d'un extrême raffinement, embarrassaient Mohand. Les yeux pétillants de malice, al-Sanuba s'adressa à Aémer.

« En attendant l'arrivée de notre ami Jahiz et de sa fille, fais donc visiter la maison à notre hôte, proposa-t-il. À moins que tu ne la dédaignes trop pour cela... » Se tournant vers Mohand, il ajouta : « Mademoiselle préfère habiter une chambre miteuse dans les quartiers pauvres. Pour être plus près du peuple, sans doute. »

Aémer haussa les épaules.

« Il est vrai, poursuivit-il, heureux de l'avoir taquinée, que nos voisins ne sont pas fréquentables. Des riches bêtes, une tautologie. »

Aémer bougonna : « Ça me permet surtout de ne pas l'avoir tout le temps sur le dos. Deux ou trois jours sans lui, c'est parfait. Après, j'ai de nouveau envie de le voir. »

Elle se dirigea directement vers une aile de la maison. Mohand poussa la porte. Un hammam. Un hammam privé ! Tout y était, le luxe en plus. Des robinets en métal brillant. Des arabesques ornaient les murs émaillés. Mais cela lui rappelait un trop mauvais souvenir. Il se passerait du temps avant que Mohand retourne au hammam !

Il suivit Aémer dans des escaliers qui les conduisirent à une pièce en sous-sol. Une cave aménagée, parfaitement aérée. Avec tout ce qu'elle contenait, on aurait pu soutenir un siège. Il y faisait frais, presque froid.

« Pour les après-midi torrides », expliqua Aémer.

Elle lui montra sa chambre, elle ne l'avait jamais occupée. Lorsqu'elle était revenue d'exil avec al-Sanuba, elle avait choisi d'habiter seule.

Au milieu du jardin, la table était mise. Table ronde magnifiquement décorée, assiettes aux motifs fabuleux, coupes cambrées d'une grande élégance.

Une embarcation s'amarra au ponton. Un homme et une jeune fille en descendirent. Jahiz, visage malicieux, regard vif, petit et particulièrement laid s'avança. L'un des plus fameux érudits de Bagdad.

« Je viens en voisin, annonça-t-il à Mohand. Et voici ma fille, Djamila. »

Une quinzaine d'années, potelée, très potelée, souriante, d'un sourire un peu niais. C'était peu dire qu'elle n'était pas d'une beauté renversante. Enjouée comme pas deux, elle embrassa Mohand de deux baisers sonores, comme on embrasse un vieil ami.

Jahiz habitait sur l'autre rive, juste en face de chez al-Sanuba.

« Nous correspondons par signes, expliqua-t-il. Ça – il mit sa main à sa bouche – ça veut dire : " Viens boire une coupe. " Ça – il mima l'écriture – cela veut dire : " Je viens d'écrire une page, viens que je te la lise. " Alors, soit je viens, soit je lui envoie mon bateau. »

Ils s'installèrent. Un serviteur apporta un broc d'eau, une bassine et des serviettes. Chacun se lava les mains et se passa une serviette fraîche sur le visage.

Un homme attendait pour les servir.

« Je vous présente Brahma, mon cuisinier, lança al-Sanuba. Nous sommes inséparables. Il vient d'Inde, qui, comme vous le savez, possède les meilleurs cuisiniers du monde. Écoutez ce qu'il nous a préparé ! »

D'une voix chantante Brahma annonça la liste des plats que l'assistance écouta avec gourmandise.

« Un poème en soi ! s'extasia al-Sanuba. Je ne me lasse pas de l'entendre. D'autant qu'il change le nom des plats chaque fois. »

Une soupe de légumes froide ouvrit la voie. Immédiatement suivie par de petites boulettes de viande tièdes subtilement épicées qu'ils harponnaient avec des piques de bois. Sur l'instance d'al-Sanuba, Aémer raconta sa visite au palais.

« Pourquoi sommes-nous descendus de cheval à la porte de l'enceinte au lieu d'aller jusqu'au palais ? Cela m'aurait évité de marcher sous le soleil.

– Tu étais arrivée à Bab al-Nizala, ma belle, lui expliqua al-Sanuba. Quand tu ne sais pas, demande-moi. À partir de cet endroit, tout le monde doit mettre pied à terre. Seul Mamun a le droit de se déplacer à cheval dans l'enceinte du palais. Lui, trotte sur sa monture, pendant que les autres marchent ou courent. Et, quand un courtisan le croise, il doit lever la tête pour le saluer. Il ne faut pas croire, commandeur des croyants, ça a ses avantages.

– Et pourquoi le *muhtasib* a-t-il dit : “ Le calife ne porte pas de turban aujourd'hui ” ?

– Quand le calife porte un turban, les courtisans doivent abandonner le leur pour ne pas porter la même coiffe que lui », expliqua Jahiz, très au fait du cérémonial des califes abbassides.

Aémer racontait sa visite dans les moindres détails, posant autant de questions qu'elle avait fait de découvertes inexplicables. Autant les souks, avec leurs méandres et ses ruses de voleuse, lui étaient familiers, autant elle s'était sentie perdue dans la géographie fabuleuse du palais.

« Tu as été reçue dans le *diwan i-Am*, la salle des audiences publiques, lui expliqua Jahiz.

– Et pourquoi le serviteur m'a-t-il empêchée d'aller plus loin ?

– Parce qu'il fallait que tu t'arrêtes littéralement “ au bord du tapis ”. Mais elle ne sait rien, cette fille ! se froissa al-Sanuba. Qui donc t'a élevée ?

– Toi, San ! »

Mohand, fasciné, découvrait les arcanes d'un univers dont il ne soupçonnait pas la complexité.

Aémer, pétillante, poursuivait son récit, intarissable. Il la mangeait des yeux. Elle a fait tout cela pour moi, ne cessait-il de se répéter. Si ce n'est pas une preuve d'amour...

« Lorsque je suis passée de l'autre côté du rideau...

– Elle est passée de l'autre côté du rideau ! exulta al-Sanuba, rameutant les serviteurs.

– Je pourrais continuer ? Lorsque je suis passée de l'autre côté du rideau, le calife était allongé sur son divan.

– Il est beau ? demanda Djamila, les yeux brillants.

– Il est aussi basané qu'on le dit, il te plairait, Djamila.

– Maman ! expira la jeune fille.

– Il s'est levé, s'est approché de moi et s'est mis à me raconter que, la nuit précédente, il avait vu en songe un homme au teint clair, le front large et les yeux bleu foncé, qui s'était assis auprès de son lit. " Qui es-tu ? " lui a-t-il demandé. Et l'homme a répondu : " Je suis Aristote. " Mamun était aux anges : " Ô Sage ! puis-je te questionner ? – Questionne ", a répondu Aristote. " Qu'est-ce que le bien ? " lui a demandé Mamun. »

Al-Sanuba explosa : « Comme si quelqu'un savait ce qu'est le bien !

– Je peux continuer, San ?

" Est bien ce qui est bien selon la raison ", a répondu Aristote. " Et après ? " lui a demandé Mamun. " Ce qui est bien selon la révélation ", a répondu Aristote. " Et après ? " lui a demandé Mamun. " Ce qui est bien aux yeux de tous ", a répondu Aristote. " Et après ? " lui a demandé Mamun. " Il n'y a pas d'après ", a répondu Aristote.

– Alors, comme ça, notre calife rêve ! Je suis heureux de l'apprendre, lâcha, sarcastique, al-Sanuba qui ne lui pardonnait pas de l'avoir exilé parce qu'il avait une liaison avec son frère Amin, oubliant au passage que son propre père, le grand

Haroun al-Rachid avait eu, lui aussi, une liaison avec le fils de son cadi.

– Nous avons de la chance, reconnais-le, San. Mamun est un vrai rationaliste, déclara Jahiz. “ La raison doit être placée au-dessus de la loi religieuse ”, c’est plutôt un bon principe venant du commandeur des croyants de tout l’islam. Un descendant du Prophète qui fait pendre les religieux qui veulent nous imposer leur loi, qui fait interdire leurs prêches haineux dans les mosquées, qui...

– D’accord, d’accord ! admit al-Sanuba. Si ces fanatiques étaient au pouvoir, ils nous pourriraient la vie. Les gens qui ne savent pas jouir sont dangereux.

– Eh bien, buvons à Aristote et à la raison, proposa Jahiz en levant sa coupe.

– Et à l’amour », ajouta al-Sanuba, en évitant ostensiblement de regarder Aémer et Mohand.

Djamila tendit sa coupe.

« Tu n’es pas assez vieille pour boire du vin, ma fille », lui susurra Jahiz. Au serviteur : « Verse-lui, veux-tu, de l’eau très forte. Et à Aémer aussi, elle doit être en forme ce soir. »

Deux serviteurs apportèrent un immense plat. Brahma souleva le couvercle. Une volaille magnifique, monument de chaires appétissantes, trônait au milieu d’un lit d’agrumes. De la poularde à l’orange ! Un des plats préférés d’al-Sanuba. Qui avait un goût prononcé pour les mets sucrés-salés, accompagnés chaque fois du même commentaire : « Le sucré, le salé, pourquoi les opposer et ne pas les mêler ? » glissait-il d’une voix suavement licencieuse.

Avec la dextérité des chirurgiens d’Alexandrie, Brahma découpa la poularde en parts également délicieuses.

Après avoir bu une longue gorgée d'eau, Aémer reprit son récit.

« Quand Mamun a eu fini de me raconter son rêve, il m'a demandé si je savais l'interpréter. Alors je lui ai répondu : " Seigneur, j'ai déjà trop à faire pour comprendre ce qui se passe lorsque je suis éveillée. "

– Elle est bien ! Elle est bien ! » s'enthousiasma al-Sanuba.

Un grand bateau illuminé passa silencieusement, comme dans un rêve. On aurait dit qu'il flottait sur l'herbe.

« Alors, Mohand, ce livre qui a failli coûter la vie à ma petite merveille ! Tu pourrais quand même nous en dire un mot. Si ce n'est pas trop ennuyeux », s'empressa-t-il d'ajouter.

Mohand leur parla succinctement de ce qu'il avait appris dans l'après-midi. Jahiz, qui n'écoutait qu'à moitié, sauta sur le mot « calcul ».

« Le calcul ! Je t'admire, Mohand. Je n'ai jamais rien compris aux mathématiques. »

Mohand le regarda d'un air désolé.

« Oh ! non ! Pas ça ! C'est d'un convenu. »

Jahiz, vexé, s'empêtra, cherchant à se justifier. « Non, ce n'est pas ce que je voulais dire... Je voulais juste dire que rien n'est plus difficile qu'un calcul. Puis, cherchant à reprendre l'avantage : Je vais te raconter une histoire qui m'est arrivée, tu me comprendras mieux. Eh ! Djamila, tu ne veux pas aller voir si tu aperçois des poissons dans le fleuve ?

– J'y vais, papa ! »

Elle se précipita vers la rive.

Jahiz attendit qu'elle soit suffisamment éloignée pour reprendre :

« Tu vois, je ne suis pas beau. Tu l'as remarqué, n'est-ce pas, quand je suis arrivé ?

– Pas du tout, tenta de protester Mohand.

– On dit même que je suis très laid... mais intelligent, on dit même très intelligent. Quand j'ai voulu me marier, j'ai mûrement réfléchi : Jahiz, tu te dois de trouver une femme très belle et... très bête. Comme ça ton enfant aura l'intelligence de son père et la beauté de sa mère. Bon. Je rencontre ma femme, et je te laisse imaginer la suite... La voilà enceinte. J'attendais avec impatience, je la voyais déjà, ma fille. Belle et intelligente. C'est exactement le contraire qui est arrivé : elle était moche comme moi, et bête comme sa mère. »

Il éclata de rire. Djamila se retourna et rit à son tour. Il lui envoya un baiser de la main.

« Tu vois, on calcule, on calcule... Puis, avec un merveilleux sourire : C'est ma préférée. Djamila ! » cria-t-il.

Djamila revint à table, déçue : « Je n'en ai pas vu un seul, papa.

– C'est qu'il n'y en avait pas, ma fille. »

L'amour dans les yeux de Jahiz les ramena au silence. Al-Sanuba se resservit du vin, pensif. Depuis que le dernier plat avait été servi, Jahiz et lui s'étaient mis à boire beaucoup. Mohand n'avait pas bu une goutte. À nouveau, il était ailleurs, méditant sur le *Sidhind*. Seule la voix d'Aémer le ramenait parmi ses compagnons. Elle était là, en face de lui, aussi à l'aise assise à cette table luxueuse que dans les souks.

Les serviteurs apportèrent la bassine. Après s'être rincé les mains, chacun se passa une serviette fraîche sur le visage.

Tandis qu'al-Sanuba demandait que l'on serve un vin plus léger, Brahma apporta les pâtisseries.

« Al-Sanuba avait raison, ton dîner est un véritable poème, le félicita Jahiz.

– Dégustons ces douceurs, mes amis, proposa al-Sanuba. Pas comme ces bédouins sommaires, avec leur eau pure et leur lait de brebis ! »

Al-Sanuba se lança dans l'un de ses couplets préférés contre les hommes du désert : « Les rois des sables ! Sobres, secs, fiers, des vrais hommes, quoi ! Tout ce que je honnis. Des hommes ombra-geux... Ils peuvent, avec tout le soleil qui leur tape sur la tête ! »

Jahiz intervint.

« Tu oublies qu'il n'y a pas si longtemps, nous habitions le désert, San. Nous sommes un peuple jeune.

– Parle pour toi !

– Qu'avions-nous à l'origine ? Presque rien, poursuivit Jahiz. Il nous a fallu " faire notre marché " dans le monde. Aux Grecs, nous avons pris Aristote, Hippocrate, Archimède, Euclide, Ptolémée, la philosophie, les mathématiques, la géographie, l'astronomie. Aux Romains, Galien. Aux Juifs nous avons pris leur dieu et leurs patriarches. Aux Chinois, le papier et la soie.

– Et aux Indiens, les nombres ! ajouta Mohand.

– Et les oranges, si je puis me permettre de vous le rappeler, lança Brahma, debout, à l'écart. On oublie toujours les oranges, grommela-t-il en s'éloignant.

– Et le vin, Jahiz ? le morigéna al-Sanuba. Il n'y avait pas beaucoup de vin dans le désert, que je sache.

– Le vin aussi, nous l'avons emprunté. Tu imagines toutes ces nouveautés qui nous sont tombées dessus en un rien de temps ! Il fallait les assimiler et leur donner un nom. Nous avons créé de nouveaux mots, façonné une nouvelle langue, établi une nouvelle écriture. En quelques dizaines d'années ! Et fondé une nouvelle civilisation sur une étendue plus vaste que l'empire d'Alexandre le Grand, plus vaste que celui de César.

– Dis, tu me fais une leçon, ou quoi ?

– Il ne faut pas oublier l'Histoire.

– Histoire ou pas, nous avons quitté le désert ! Et je n'ai qu'à m'en féliciter. »

Soudain, les yeux d'al-Sanuba brillèrent de malice. « Vas-y, Jahiz, raconte-nous cette histoire de bédouins. Tu sais, celle que j'adore. »

Jahiz ne se fit pas prier. « Mohand, sais-tu pourquoi les bédouins ont mis du sable dans le désert ?

– Euh... »

Avec des airs de conspiratrice, Aémer fit un clin d'œil à Mohand et, de la main, dessina une bosse.

« À cause du chameau ! s'écria Mohand.

– Oui ! Et pourquoi ? »

Aémer fit semblant de tomber de sa chaise. Mohand la regardait sans comprendre.

« Bon, je te donne la réponse avant qu'Aémer se casse vraiment la figure, intervint Jahiz. On a mis du sable dans le désert pour que le chameau, qui est l'animal le plus maladroit qui soit, et qui ne peut pas faire trois pas sans tomber, ne se fasse pas de nouvelles bosses. »

Djamila ne broncha pas. Mohand s'esclaffa, al-Sanuba faillit s'étouffer. Mais c'était surtout parce que Aémer, qui avait fini par tomber de sa chaise, gisait au sol, les quatre fers en l'air. Mohand se précipita pour la relever.

« Et celle d'Ésope, vas-y ! supplia à nouveau al-Sanuba.

– Le vieil Ésope racontait qu'un chameau traversait lentement une rivière au cours rapide.

Ayant fienté, l'animal vit sa crotte aussitôt emportée devant lui par le courant. " Qu'est-ce là ? s'écria-t-il. Ce qui était derrière moi, je le vois à présent passer devant moi ! " »

Djamila se tordait de rire : « Papa, papa ! » s'étouffait-elle en tapant des mains.

Jahiz attendit que sa fille préférée s'apaise. D'une voix sérieuse, il conclut : « Cette fable trouve son application dans un État où les derniers et les imbéciles dominent à la place des premiers et des gens sensés. »

Al-Sanuba sourit. « Cela me fait penser à ce que tu nous as dit tout à l'heure, Mohand, au sujet de tes nouveaux nombres. Te rends-tu compte de ce que tu nous annonces ? Le *quatre* ne vaudrait pas toujours quatre ! Mais, mon petit, tu vas nous foutre une belle pagaille !

– Au contraire, ce sera d'une harmonie parfaite. *Un* vaut plus que *neuf* s'il se trouve à sa gauche dans l'écriture du nombre.

– Ça me plaît, finalement ! concéda al-Sanuba. J'aime bien ta découverte, Mohand, elle est fichtrement immorale. En effet, ce qui compte, ce n'est pas QUI on est, mais OÙ on est. » S'enthousiasmant, il déclama : « Un nain assis sur la plus haute marche est plus haut qu'un géant qui se dresse sur la première !

– En plus, c'est vrai ! approuva Jahiz. Même avec un petit nain et un grand géant... S'il y a suffisamment de marches entre eux.

– Dans les nombres, une seule marche de différence suffit », lança Mohand, imperturbable.

Pourtant, il se sentait en reste. Chacun avait une histoire à raconter et brillait de sa verve. Et lui, pas la moindre anecdote à leur offrir. Il eut une idée. Là, ils resteraient cois. Encore fallait-il pouvoir la glisser dans la conversation.

« C'était donc la première fois que tu pénétrais dans la Ville ronde, demanda-t-il à Aémer à brûle-pourpoint.

– Qu'est-ce que cela a à voir avec les chameaux ? lui demanda-t-elle étonnée.

– Rien, répondit Mohand avec franchise, c'était pour pouvoir vous poser une devinette.

– On adore ! » s'exclamèrent Jahiz et al-Sanuba à l'unisson.

« Savez-vous pourquoi la Ville est ronde ?

– Ça c'est une devinette !

– Je veux dire ronde et pas carrée ?

– Parce qu'elle est plus belle ainsi, affirma al-Sanuba sur un ton d'évidence.

– Parce qu'elle est plus difficile à construire ronde que carrée, assura Jahiz.

– Il y a une troisième raison, déclara Mohand. La vraie. Ronde, elle est plus vaste que carrée. »

Ils se penchèrent, intrigués.

« Montre-nous cela. »

Aémer avait l'air de bien s'amuser.

« Chacun sait qu'elle mesure deux parasanges de part en part. Les mathématiques nous assurent que dans ce cas l'enceinte mesure deux fois 3,14 parasanges, soit 6,28 parasanges. Elles nous assurent également que sa surface est de 3,14 parasanges carrés.

– On te croit. On te croit, glapirent-ils.

– Si la ville était carrée avec une enceinte de même longueur, les mathématiques nous affirment que son étendue serait 2,46 parasanges carrés. Et voilà. Ronde avec la même enceinte, elle est 1,3 fois plus grande que carrée.

– Je le savais ! s'écria al-Sanuba avec une provocante mauvaise foi. Pourquoi croyez-vous que j'ai choisi une table ronde pour notre repas ? Pour que Brahma puisse y poser... euh... Mohand lui souffla la suite. Un tiers de mets de plus.

Aémer était fière de son mathématicien.

« Mohand, ta démonstration m'a impressionné, lança Jahiz, admiratif. Je ne verrai jamais plus le cercle comme avant. Je serais très honoré que tu donnes des cours à Djamila. N'est-ce pas, Djamila ?

– Oui, papa. Comme ça je serais plus... intelligente. »

Le repas était fini. La dernière assiette retirée, le serviteur déposa une superbe carafe au col fin comme celui d'une gazelle, emplie d'un vin épais. Al-Sanuba tendit sa coupe à Aémer et se mit à réciter.

Verse-moi du vin
Et dis-moi que c'est du vin
Verse-moi à boire
Que ce soit public et notoire.
Ce n'est qu'à jeun que je sens que j'ai tort.
Je n'ai gagné qu'en étant ivre mort.

Jahiz récita après lui. Les deux hommes se souriaient, complices. Alors qu'on apportait le thé, Aémer se leva.

« Je dois partir, annonça-t-elle tranquillement, sans plus d'explications.

– Va, ma fille, va ! » lui dit al-Sanuba.

Elle fit un petit signe à Mohand et disparut. Mohand était affreusement déçu. Insouciant, al-Sanuba lui proposa de terminer la soirée ailleurs.

Désemparé, Mohand accepta de le suivre. Il n'avait pas le cœur de rentrer, seul, dans sa chambre.

Jahiz les accompagna en bateau. Djamila riait, embrassant son père à tout bout de champ. Ils empruntèrent le fleuve avant de s'insérer dans un labyrinthe de canaux. Le bateau les déposa devant une porte.

Mohand se retrouva à l'intérieur d'un cabaret.

« Pourquoi m'avoir mené dans ce lieu ? reprocha-t-il à al-Sanuba.

– Pour que tu voies toutes les facettes de la vie. Il est temps que tu commences à en profiter, mon garçon. »

On les accueillit chaleureusement. Tout le monde ici appréciait le vieux poète.

Al-Sanuba n'eut pas à commander les boissons. Sitôt assis, on lui apporta une superbe coupe de vin. « " Le petit lac ", c'est comme cela que je l'appelle », dit-il à Mohand.

Mohand refusa qu'on le serve.

« Allez, Mohand, en l'honneur des nombres et de leur multitude enivrante, baigne tes lèvres dans ce lac. »

Mohand but. Un frisson le parcourut. Ce n'était pas vraiment désagréable.

« Ne crois pas que l'on m'accueille partout si amicalement, lui confia al-Sanuba. Ici, on me célèbre, là on me hait ; on me hait au moins autant qu'on me célèbre. Que veux-tu ? La liberté est une insupportable provocation. J'ai couché dans les palais les plus somptueux, les prisons les plus abjectes, les masures les plus misérables : partout, je me suis senti chez moi. » Il se pencha vers Mohand : « Les poètes de cour qui ne se perdent jamais dans les latrines finissent par sentir mauvais. On me dit dépravé, débauché, jouisseur, insolent, je le suis. Et buveur, et mécréant, et provocateur. Oui, aussi. Mais amoureux de la beauté, toujours! Que veux-tu? Je suis un envoûté, il a bien fallu que je m'y fasse. Et cela ne passe pas avec l'âge. » Surprenant Mohand qui ne l'écoutait plus, il lui prit le bras : « Tu as vu comme elle est laide, la pauvre Djamila? Mais si touchante. Voilà une fille, je le sens, qui sera plus heureuse que bien des beautés. »

On lui apporta un autre petit lac, ainsi qu'à Mohand qui avait fini le sien sans s'en rendre compte.

« Écoute, Mohand, tu me plais. » Prenant conscience de l'équivoque, al-Sanuba se reprit : « Non, détrompe-toi, ce n'est pas cela. Comment dire... Tu me plais, mais pas pour moi. Je t'ai vu regarder Aémer toute la soirée. Tu te fichais pas mal de tout ce que l'on racontait. Quand elle est partie, c'était encore pire. Je suis sûr que tu te demandais : Où est-ce qu'elle peut aller à cette heure-ci. Et ce vieux fou qui la laisse sortir seule! Tu m'en voulais. »

Mohand regarda al-Sanuba, déconcerté. Le vieux poète l'avait mis à nu. Il ne cessait de parler, apparemment préoccupé de ses seuls discours, mais il percevait parfaitement ce qui se passait autour de lui. Mohand était séduit.

Le silence se fit. Un musicien s'installa avec un instrument inconnu de Mohand, une sorte de luth muni d'un manche court et d'une caisse ovale en forme d'amande.

« C'est un *ud*, lui glissa al-Sanuba. Il vient de Perse. Écoute, c'est une merveille. »

Le musicien se mit à jouer. La boisson aidant, Mohand fut rapidement emporté par les notes d'une grande pureté. Et, naturellement, il pensa à Aémer, à cette incroyable journée. Le *Sidhind*, le matin ; l'étrange et somptueux repas, le soir ; le cabaret, la nuit. Sa vie était en train de changer à une vitesse vertigineuse. Aémer lui avait ouvert son univers.

Al-Sanuba le tira de son rêve : « C'est Zyriab, notre plus grand virtuose, tu le connais, n'est-ce pas ? Mohand n'osa pas dire que non. Il adorait le *ud*, mais il se plaignait tout le temps que l'instrument n'était pas “ complet ”. Les moqueries de ses collègues n'y firent rien, il ajouta une cinquième corde. Depuis, il jure qu'il peut exprimer toutes les notes. Il suffit de l'écouter pour en être convaincu. »

« Exprimer toutes les notes... » « Exprimer tous les nombres... » Pourquoi al-Sanuba avait-il dit cela ? Pourquoi fallait-il qu'à tout moment Aémer et les nombres se trouvent mêlés ? se demanda Mohand, irrité. Il n'entendit pas la fin du concert. Le musicien acclamé quitta la scène.

Al-Sanuba commanda un petit lac pour lui, un autre pour Mohand, qui ne refusa pas.

Un grand voile tomba devant la scène. Un flûtiste, un joueur de cithare et un batteur de tambourin s'installèrent. Le battement de tambourin redoubla. Et cessa brutalement. Créant un ample silence que la musique commença d'habiter, et dans lequel l'ombre d'une femme plongea, amorçant une danse langoureuse.

Le voile tomba. La danseuse se retourna.

Aémer !

Pieds nus, un pantalon bouffant, une chemise laissant son ventre nu. Entre la musique et la danse, une union inquiétante s'installa, chaque son faisant naître un mouvement, chaque mouvement donnant naissance à un son. Au souffle fluide de la flûte répondaient les ondulations douces du buste et des bras, aux accords de la cithare, les tremblements du ventre, aux battements du tambourin, les soubresauts du bassin.

Mohand, que l'ivresse et le plaisir menaçaient de faire chavirer, chercha à quoi se raccrocher. Dans ce corps transporté par la musique, où tout bougeait, un seul endroit restait immobile, le nombril. Il y ancra son regard.

Mais, sans qu'il y puisse rien, il se laissa attirer par ce ventre plat remué par un séisme venu des profondeurs. Ému par cette folie maîtrisée qui lui faisait perdre ses repères, il croisa le regard d'Aémer : « Alors, Mohand, qu'en penses-tu ? »

Al-Sanuba se pencha vers Mohand.

« Et dire que je l'ai connue toute petite ! murmura al-Sanuba. Elle était haute comme ça. Elle n'a pas tellement plus de seins qu'à l'époque.

– Ils sont très bien, ses seins », rétorqua Mohand furieux.

Mohand rentra chez lui complètement ivre, ne comprenant pas ce qui lui était arrivé. Au *Sidhind* encore ouvert sur la table, il adressa un regard d'excuse. Tout allait si vite. Aémer danseuse de *raqs sharqi* dans un cabaret célèbre !

Il s'endormit tout habillé.

Au matin, il eut du mal à se lever, un horrible mal de tête le clouait dans son lit. Il se jura de ne plus jamais boire. Au souvenir du petit lac, il eut envie de vomir.

Il arriva très en retard au port. Le chef du déchargement menaça de le renvoyer s'il recommençait. En regagnant son poste, Mohand sourit : « J'aurai toujours les cours que je vais donner à Djamila. Et d'autres, peut-être. »

La matinée au grand air et les efforts physiques lui firent du bien. Son mal de tête passa.

Son travail fini, Mohand se précipita chez al-Sanuba. Aémer fit comme si elle ne l'attendait pas. Elle guettait sa réaction, après sa prestation de la veille.

Si ça lui pose un problème, il n'a qu'à en parler, se dit-elle.

Ça lui posait un problème.

Il n'en parla pas. Son silence était comique.

Par provocation, elle faillit l'inviter au cabaret le soir même.

Mohand rejoignit sa chambre, furieux et déçu. Il s'en voulait de s'être tu. Il se plongea dans la lecture du *Sidhind* et ne quitta plus l'ouvrage. Il l'emportait avec lui où qu'il aille. Au port, dès qu'il avait un moment, il l'étudiait, assis à l'écart sur le quai, indifférent aux moqueries de ses camarades de travail.

Aémer et Mohand se voyaient de plus en plus souvent.

Un après-midi, alors qu'ils se promenaient sur les rives du Tigre, l'une de leurs promenades préférées, Mohand s'arrêta brusquement. Aémer revint sur ses pas. Il l'attira à lui et l'embrassa. Eh bien... ! Elle pensait qu'il n'oserait jamais.

Il avait commencé. Elle suivit et lui rendit ses baisers.

Ils s'arrêtèrent à plusieurs reprises. Leurs promenades devinrent régulières.

De temps à autre, en prenant garde de ne pas être trop insistant, Mohand parlait à Aémer des neuf figures indiennes, il en parlait comme l'on parle de nouveaux amis. Il commença par lui en apprendre les noms : *eka, dvi, tri, catur, panca, sat, sapta, asta, nava*. Ensemble, ils en dessinèrent les tracés qu'ils finirent par connaître de mémoire.

Mohand n'avait jamais été aussi heureux : le livre désiré, la femme inespérée.

Pourtant, quelque chose le tourmentait, qu'il ne voulait pas laisser paraître, mais qui peu à peu alourdit leurs rencontres. Aémer éclata : « Je pensais que ce livre devait t'épanouir : n'est-ce pas ce qui arrive lorsque l'on a obtenu ce que l'on désirait ? Mais tu es de plus en plus soucieux. Explique-moi ce qui te préoccupe tant. Peut-être que je pourrai comprendre. À moins que tu penses que je suis trop idiote.

– Mais pas du tout, Aémer ! Ne crois surtout pas cela. C'est que... » Il s'interrompit comme s'il lui fallait rassembler son courage pour formuler sa pensée : « IL MANQUE QUELQUE CHOSE POUR POUVOIR ÉCRIRE LES NOMBRES SANS AMBIGUÏTÉ. »

Aémer le regarda, attendant la suite.

« Ce qui manque, je crois que j'ai réussi à le comprendre. Pesant ses mots : Cette écriture ne sait pas traiter l'absence », dit-il doucement.

D'avoir pu l'énoncer lui fut un immense soulagement. Il en sut gré à Aémer qui, par son écoute attentive, l'avait aidé à formuler ce qui depuis des jours flottait dans son esprit.

Une complicité naissait entre eux.

Ce manque qui n'avait pas de nom, qui n'était même pas identifié, les rapprocha.

Dès son réveil, al-Sanuba se mit à brailler : « Je ne veux pas mourir... »

Aémer se précipita : « San ! »

Dressé sur son lit, l'œil vif, il sortait d'une longue sieste. Faisant comme s'il ne l'avait pas vue entrer, il continua : « Je ne veux pas mourir avant d'avoir vu la mer. »

Ce n'était que cela !

« Je te dis, insista-t-il, que je refuse de mourir avant d'avoir vu la mer !

– Tu m'as fait peur, et je n'aime pas ça du tout. Elle fit quelques pas en direction de la porte, s'arrêta : Ce ne serait pas toi qui aurais écrit... laisse-moi me souvenir : " L'homme est un continent, la femme est la mer. Moi, j'aime mieux la terre ferme " ?

– J'ai écrit cela, moi ? C'est pas mal, hein, constata-t-il, content de lui. Alors, comme ça, tu lis mes poèmes ?

– Uniquement lorsque je n'ai rien à faire de plus intéressant, et j'ai une vie extrêmement passionnante.

– Merci, tu es une bonne fille. J'aime quand tu es gracieuse avec moi. Son visage se fit grave : « Sache, Aémer, que je n'ai pas décidé d'aller à la mer par envie, mais par nécessité. »

Elle le regarda, surprise.

« Tu sais que je n'aime pas du tout l'eau. J'ai pensé que de l'eau salée à perte de vue achèverait de m'en dégoûter. Ce spectacle, je l'escompte, aiguisera à nouveau ma soif de vin qui, je te l'avoue, commence dangereusement à s'émousser.

– Je me laisse toujours avoir ! Depuis le temps, je devrais savoir quand tu es sérieux et quand tu te moques.

– Je suis toujours sérieux, Aémer, surtout quand je me moque.

– N'est-ce pas plutôt le contraire, San ? Tu te moques toujours, surtout quand tu es sérieux. »

Laisser al-Sanuba entreprendre seul un voyage si long et si dangereux, il n'en était pas question. Il était vieux à présent, et, malgré sa vigueur verbale, Aémer le savait affaibli.

Et puis elle sentait qu'il ne s'agissait pas d'une lubie de plus.

Elle informa Mohand de son départ. Très digne, celui-ci tenta de ne pas montrer sa peine : « Si tu l'as décidé, fais-le ! » lança-t-il d'un ton faussement enjoué. Elle lui dit, un peu pour s'excuser de le quitter, que, s'ils tenaient l'un à l'autre, ils s'attendraient. Et, elle partie, il aurait tout son temps pour se consacrer à ses nombres. Peut-être même, à résoudre ce problème qu'il avait eu tant de mal à formuler.

Au Tigre impétueux traversant Bagdad, dont le cours irrégulier, proche des montagnes de l'est, était moins propice à la navigation, al-Sanuba préféra l'Euphrate.

Un mignon petit voilier à la voile rose, que Jahiz avait fait fabriquer pour égayer leur voyage, les attendait au bout du ponton. Ils embarquèrent, chargés d'une quantité impressionnante de bagages, un véritable déménagement. Al-Sanuba ne se séparait jamais de sa garde-robe, de sa bibliothèque ni des nombreux objets auxquels il était attaché.

Empruntant le canal reliant les deux fleuves, ils rejoignirent l'Euphrate et voguèrent vers la mer lointaine. Après une journée de navigation, ils accostèrent à al-Hilla, un village sordide presque désert. Quelques masures misérables, deux ou trois dizaines de moutons. Tout à côté, un champ de ruines.

« Ça, l'ancienne Babylone ! s'écria al-Sanuba. Babylone, Babylone, il ne reste donc plus rien de toi ? Aucune trace de ta grandeur ? Et si c'était là..., dit-il, tapant rageusement du pied sur un petit monticule. Si c'était là que s'élevait la tour de Babel ? Dire que nous ne savons rien de toi, sinon que tu fus une ville de luxure. Combien je regrette de ne pas avoir vécu dans tes murs et goûté aux plaisirs infâmes que tu offrais généreusement à ta population. C'est ce qu'affirme la Bible, espérant nous en détourner, gronda-t-il. Qu'est-ce qu'ils en savent du plaisir, ces docteurs de la Loi !

« Vous qui viviez ici du temps de Nabuchodonosor, et avant lui à Ur, et avant encore à Uruk, que sait-on de vous ? N'avez-vous pas, vous aussi, votre place dans cette Antiquité que nos savants tamisent pour en récupérer les pépites ? Tous ces sages de la Beit al-Hikma, pourquoi vous méprisent-ils ?

Eux qui traduisent le grec, le sogdien, le sanscrit, le copte, l'hébreu, le syriaque, quels textes de vous ont-ils traduits ?

« Nous sommes nés aux portes d'Uruk, d'Ur, de Babylone, et nous n'en savons rien, alors que nous savons tout d'Athènes, de Rome, de Jérusalem, de Constantinople, d'Alexandrie, d'Antioche ! »

Il s'excitait tout seul avec un plaisir évident.

« Et ton Mohand, lança-t-il à Aémer, obsédé par les Indiens pour apprendre comment ils calculent ! Pourquoi ne s'intéresse-t-il pas aux nombres des Babyloniens ! Qui lui dit qu'il n'a rien à apprendre d'eux ? Quelle langue parlaient-ils ? Comment écrivaient-ils ? Comment comptaient-ils ?

– Excuse-moi de t'interrompre, San, mais tu me parles ou tu te parles ? demanda Aémer, un rien acerbe.

– Euh, je pense à haute voix.

– Bien, je ne suis donc pas forcée d'écouter.

– Qu'elle est bête ! Comment puis-je voyager avec un tel âne ?

– Ânesse ! Ânesse », rectifia-t-elle. Et elle s'éloigna.

Sur le bateau, al-Sanuba reprit sa plaidoirie enflammée.

« Les juifs, les chrétiens, les zoroastriens, les musulmans, on les appelle les *Ahl al-kitâb*, les gens du Livre. Comme si les Égyptiens, les Grecs, les Indiens, les Babyloniens n'avaient écrit aucun livre ! Ils ne savaient pas lire, c'est bien connu !

– San, tu ne voudrais pas te reposer un peu et regarder le paysage ? Ta tête est en train de bouillir ! l'interrompit Aémer.

– Le paysage ? Ah, le paysage.

– Ce petit port, là. Si on s'arrêtait ? » proposa Aémer.

Assis au bord de l'eau, un bédouin assistait à leur arrivée. Peu de bateaux s'arrêtaient dans ce coin perdu. Les aidant à débarquer, il leur souhaita la bienvenue. Il alla sous sa tente chercher divers objets, vases, bijoux qu'il leur proposa et qu'al-Sanuba s'empressa d'acheter. Puis, fouillant dans un couffin, l'homme en ressortit une espèce de galette d'argile qu'il leur tendit. Al-Sanuba la refusa d'un geste, mais le bédouin insista, pointant du doigt les petits traits fins gravés sur toute la surface. Al-Sanuba prit la galette et l'examina. Au début, il ne vit là que gribouillis. Pourtant, les traces étaient disposées de façon trop régulière pour avoir été inscrites là sans dessein ; elles voulaient signifier quelque chose.

« Aémer ! »

Aémer s'était éloignée.

« Viens ! Viens ! Ces signes, là, sur l'argile... » Les yeux d'al-Sanuba brillaient d'excitation. « Si c'était une écriture ! »

Ils décidèrent de passer la nuit là. Al-Sanuba dormit sous la tente, comme un bédouin.

Ils quittèrent le petit port au bon matin, ne regrettant pas de s'y être arrêtés. Leur voilier filait au vent. La voile de Jahiz n'était plus rose du tout. Tout le sable du désert semblait s'y être incrusté. Ils croisèrent de nombreux bateaux remontant vers le nord, furent dépassés par nombre d'autres se dirigeant, comme eux, vers Basra.

Les navires de guerre qui les avaient escortés depuis Nasyriah les quittèrent à Basra. On leur déconseilla d'aller plus loin. Là-bas commençait le domaine des pillards hindis qui attaquaient les bateaux, s'emparaient des cargaisons, rançonnaient les prisonniers, massacraient les marins. Al-Sanuba s'entêta : « Je suis venu jusqu'ici, j'irai jusqu'au bout. » Ils laissèrent leur petit voilier au port et s'embarquèrent sur un navire puissamment armé ; le commandant devant livrer une cargaison précieuse dans les plus brefs délais, il prenait le risque de faire le voyage.

Le bateau pénétra dans le pays des roseaux. Une chaleur moite. Des oiseaux partout, volant en tous sens, chantant. Un paysage enchanteur. Émerveillé par ce concert, al-Sanuba ferma les yeux, se laissant bercer. Aémer se sentait mal à l'aise, elle percevait la tension des marins. Armes à la main, ils étaient sur leurs gardes.

Des cris fusèrent. Une pluie de flèches s'abattit sur le pont, de nombreux marins furent touchés. Le bateau tangua. Des hommes surgis de nulle part montaient à l'abordage, couteau entre les dents. Ils se jetèrent sur les marins, les prenant par surprise. Le commandant fut l'un des premiers à périr.

Les cris étaient terribles, cris de douleur, de rage, d'excitation, de triomphe. Des corps tombèrent à l'eau. Les marins furent massacrés.

Le pillage commença dans l'exaltation et la sauvagerie.

Le silence tomba quand les pirates découvrirent Aémer et al-Sanuba terrés au fond de la cale. Al-Sanuba serra Aémer dans ses bras pour tenter de la protéger de son corps frêle. « Excuse-moi, ma chérie, de t'avoir entraînée là », lui glissa-t-il.

Les pillards allaient se jeter sur eux. Un homme d'une trentaine d'années, grand, mince, le visage cruel et malicieux, les écarta : « Voleurs, assassins, mais pas violeurs ! clama-t-il fièrement. Sortez de là ! »

Al-Sanuba eut du mal à s'extirper de la cachette. « Qu'on aide ce vieillard », ordonna l'homme qui avait l'air d'être le chef.

« Vieillard, vieillard ! » s'insurgea al-Sanuba. Refusant tout secours, il se fit un devoir de remonter sur le pont tout seul. Digne, les cheveux aux vents, il imposait le respect.

Un homme avança la main vers Aémer pour la fouiller. Il recula sous une gifle terrible. « Aucun homme ne m'a jamais touchée que je ne l'aie désiré », fulmina Aémer. Le pirate rugit, dégaina son poignard. Aémer ferma les yeux.

« Tout bas ! » tonna le chef. Le poignard sur la gorge d'Aémer, l'homme s'immobilisa, contenant difficilement sa fureur. Sur un geste du chef, il s'écarta.

« Jure-moi que tu n'as pas d'armes », ordonna le chef à Aémer.

Aémer, tremblant encore, regarda froidement le chef dans les yeux : « Je ne peux jurer qu'une seule chose, j'en ai une. » Sa réponse déclencha un éclat de rire général. Les leçons d'al-Sanuba se vérifiaient : dire la vérité de sorte qu'elle soit prise pour un mensonge, dire un mensonge de sorte qu'il soit pris pour la vérité.

Aémer ne fut pas fusillée. L'homme qu'elle avait giflé s'avança vers Al-Sanuba qui protesta à son tour : « Tant qu'à me faire fouiller, je préfère que tu en choisisses un autre, ses mains sont vraiment trop moches, dit-il en désignant celui qui avait voulu fouiller Aémer.

– Le noble seigneur accepterait-il que je le fouille moi-même ? demanda le chef d'une voix doucement menaçante.

– Avec joie », s'écria al-Sanuba, levant haut les bras pour s'offrir à la fouille.

Vidé de son chargement, le bateau fut coulé. Il disparut au fond de l'eau. Le butin était considérable. Al-Sanuba vit sa garde-robe et tous les objets auxquels il était attaché tant disparaître dans les coffres des pillards.

La plupart des hommes, armés d'arcs et de javelots en roseau, restèrent auprès du butin, tandis que le chef prit la tête d'une petite colonne, Aémer et al-Sanuba encadrés par quatre colosses.

« Peux-tu marcher, vieillard ? s'enquit le chef.

– Mais il m'emmerde à m'appeler vieillard ! Je peux marcher, courir, sauter, et même danser.

– San ! Je t'en prie », murmura Aémer, fière de l'attitude de son vieux poète. À présent que tout s'était calmé, elle se laissait aller à sa peur.

Après une longue marche pénible au milieu des roseaux, le chef s'arrêta et émit un petit sifflement. Deux hommes sortirent de la cannaie sans faire un bruit, tirant derrière eux des pirogues parfaitement dissimulées dans la végétation.

Ils voguèrent longtemps dans le silence des marais.

Descendus à terre, ils marchèrent à nouveau un moment. Le chef avait l'air plus détendu ; Aémer et al-Sanuba s'encourageaient du regard. Soudain, sans que rien absolument les ait laissés deviner, ils tombèrent sur de petites huttes. Un village entier vivait là, caché au milieu des roseaux. Toute une population, de femmes et d'enfants.

« Panca ! »

Une vieille femme interpellait le chef. Aémer se retourna vivement. « Comment t'a-t-elle appelé ?

– Par mon nom, c'est ma mère.

– Elle a dit Panca ! Pourquoi portes-tu le nom d'un nombre ?

– Comment sais-tu cela ? Où l'as-tu appris ? demanda Panca, ébahi.

– Je connais les figures indiennes. Minaudant : *Panca*, c'est *quatre*, n'est-ce pas ?

– Non ! *Cinq*.

– Oh ! la bourde ! » s'exclama al-Sanuba.

Aémer lui lança un regard assassin. Mais, ne perdant pas son aplomb, elle dessina sur le sol la figure représentant le cinq.

« C'est exact, admit Panca.

– Alors, pourquoi, ce nom ? demanda à nouveau Aémer.

– Ma mère a eu cinq enfants, je suis le dernier. Chez nous, les noms sont très longs. Elle passait un temps fou à nous appeler. Un jour, elle en a eu assez et nous a nommés par notre ordre... d'arrivée. Je suis devenu Panca.

– Et que sont devenus les autres ?

– Eka et Tri sont morts aux combats, Catur est parti en Inde. Dvi ! » appela-t-il.

Un homme s'approcha. Aémer reconnut l'un des assaillants les plus acharnés.

Aémer leur en voulait, d'avoir disposé d'elle, d'avoir interrompu leur voyage, d'avoir impitoyablement massacré les marins. Mais elle devait admettre qu'ils les avaient bien traités, mieux, qu'ils les avaient respectés.

Elle se sentait bien au milieu de la tribu. Elle fut très vite acceptée par les femmes qui lui apprirent des tas de choses. Le travail de la soie, d'une grisante légèreté. Mais surtout le tressage des roseaux. Elle était fascinée par tout ce que l'on pouvait faire avec cette plante. Elle apprit à fabriquer des nattes, des meubles, des ustensiles de cuisine. L'agilité acquise dans le *raqs sharqi* lui fut très utile. Elle apprit à pêcher, à teindre les tissus. Et commença à parler la langue des Hindis.

La tribu s'était installée dans les marais quelques dizaines d'années plus tôt. Il s'agissait de pirates indiens qui écumaient les côtes du golfe et attaquaient les navires de commerce. Pour échapper aux bâtiments de guerre régulièrement lancés contre eux, ils s'enfonçaient dans les marais où ils étaient hors d'atteinte. Ce refuge était devenu leur pays, mais ils continuaient à avoir des contacts avec la région du Sind, au nord de l'Inde, dont la plupart étaient originaires.

Un soir, quelque temps après l'arrivée d'Aémer et d'al-Sanuba, des musiciens venant des autres villages de pillards avaient débarqué. Une fête se prépara. Les musiciens se mirent à jouer. Panca se joignit à eux et joua tour à tour de divers instruments. À plusieurs reprises, Aémer le vit sourire. Il savait donc sourire ! Les femmes étaient arrivées, parées de leurs plus beaux atours, des vêtements somptueux, robes, *qamis*, récupérés au cours des pillages. Certaines dansaient superbement. Aémer découvrait des figures provenant de leur pays, extrêmement proches de la « danse du ventre ».

N'y tenant plus, elle s'était levée et avait commencé à danser. Ça lui manquait ! Toute la tension accumulée depuis le pillage s'exprimait dans des mouvements d'un érotisme à faire chavirer le plus froid des pillards.

Panca était subjugué.

Les femmes encourageaient Aémer. Pour la première fois, elle ne se sentait l'objet d'aucune rivalité, d'aucune jalousie.

La fête était à son comble, les pillards sortirent leur réserve d'alcool de palme. Chants et cris redoublèrent. Ne voulant pas être en reste, al-Sanuba, un peu saoul, récita des poèmes à qui voulait bien l'écouter. Panca, définitivement déridé par la boisson, lui en offrit un :

D'un essaim de mouches à miel
Prends la moitié, puis la racine.
Dans un champ de jasmin, la petite troupe butine.
Huit neuvièmes du tout voltigent dans le ciel.
Une abeille solitaire
Entend son mâle bourdonner.
Attiré par l'odeur
D'un lotus en fleur
Depuis la nuit dernière
Il s'est fait emprisonner
De combien est l'essaim, le saurais-tu mon cher ?

« C'est un poème ou un problème ? demanda al-Sanuba.

– C'est un problème-poème, ou un poème-problème, à ta guise », répondit Panca.

Puis ce fut le calme. Si les troupes du calife avaient attaqué le village ce soir-là, elles n'auraient trouvé pour le défendre que des corps écrasés par le lourd sommeil de l'ivresse.

Al-Sanuba se réveilla entouré d'enfants. Il était devenu leur idole. Il leur racontait des histoires fabuleuses, faisait des tours de magie qu'il ratait systématiquement, pour leur plus grande joie. Aémer le regardait, heureuse. Il ferait un merveilleux grand-père, pensa-t-elle.

Mais le vieil homme rencontrait également un franc succès auprès des femmes. Il était le premier à en rire. C'était à cause de sa gourmandise. Elles lui enseignaient des recettes de cuisine indienne qu'il se promit de transmettre à Brahma. Elles jouaient des épices comme lui des mots. L'ordre dans lequel elles les introduisaient dans la préparation des plats, leur texture, en grain, en poudre, moulus très fins ou non, en pâte...

Aémer partait de plus en plus souvent à la découverte des marais. Panca la faisait accompagner, il ne voulait pas la laisser aller seule – oh ! pas par peur qu'elle s'échappe, mais les marais étaient dangereux. Un matin, il partit avec elle.

« Tu entends ce chant ? lui demanda-t-il.

– C'est celui que tu as sifflé pour avertir le gardien des pirogues.

– Tu as une bonne oreille, apprécia-t-il. En effet, c'est bien la fauvette des marais de Basra, il n'y en a qu'ici. »

Une fauvette invisible quitta l'abri des roseaux et se mit à voler.

« Elle n'aurait pas dû », jugea Panca.

Aémer leva les yeux vers lui, intriguée.

« Regarde ! »

Un faucon gicla de la cannaie. S'élevant presque à la verticale, il prit rapidement de la hauteur et fondit sur la mésange affolée qui se savait perdue.

« Panca ! cria Aémer en lui agrippant le bras.
– Tu veux que je le tue ? Lâche-moi le bras, alors. »
Aémer hésita. Elle le lâcha. Panca banda son arc, visa.
Trop tard !
Le faucon saisit la fauvette en plein vol. Aémer entendit le cri d'effroi de l'oiseau.
« Il ne faut pas hésiter », déclara Panca en rangeant son arc.

Parfois, Aémer repensait à Mohand. Il lui manquait. Elle le revoyait lui annonçant le vol de l'ouvrage. Un gamin pris en faute. Et le regard qu'il lui avait lancé quand elle lui avait tendu le *Sidhind* au sortir du palais du calife ! Ce garçon timide et déterminé la troublait.
Soudain, l'idée lui vint ; elle s'étonna de ne pas y avoir pensé plus tôt. Depuis des semaines, elle vivait au milieu d'Indiens !
Elle partit à la recherche de Panca et le trouva en train de préparer ses armes. Il s'apprêtait à partir pour l'une de ses sanglantes expéditions. Elle fit demi-tour. Ces hommes qu'elle commençait à apprécier étaient des pillards sanguinaires et ces préparatifs qu'elle haïssait l'empêchaient de l'oublier.

Quand Panca revint, elle se décida à l'interroger.
« J'ai un ami qui m'a parlé de votre singulière façon de faire des calculs. »
Panca ne bronchait pas. Al-Sanuba s'approcha.
« Mon ami m'affirme que ce calcul est précis comme une flèche et rapide comme un étalon.
– Bonne façon d'en parler.

– Il prétend que la valeur des figures dépend de leur position.

– Je confirme, appuya al-Sanuba. Quoi d'autre ?

– Il connaît les neuf figures.

– Les neuf ? répéta Panca avec ironie.

– Oui, les neuf ! Pourquoi te moques-tu ?

– Et toi, ces nombres, pourquoi m'en parles-tu ?

– Euh, je me demandais si... Mon ami affirme que cette méthode est incapable de traiter l'absence.

– Incapable de traiter l'absence ?

– Il répète sans arrêt qu'il manque quelque chose dans l'écriture de ces nombres. Quand je lui demande : Quoi ? Il me répond : “ Je ne sais pas quoi, mais il manque quelque chose. ”

– Et alors ? Qu'il le trouve, ce qui manque, ton ami. »

Le grand jeu des enfants, à part la guerre, était la chasse, une chasse particulière, sans autre arme que des cailloux qu'ils lançaient sur les oiseaux en vol.

Aémer, qui se joignit à eux, se révéla une étonnante tireuse, atteignant son but presque à chaque lancer.

L'un des enfants lui faisait toujours la même remarque : « Le ventre est épais, Aémer. Même si tu le touches, l'oiseau continuera de voler. Vise la tête !

– Mais la tête est toute petite ! s'exclama Aémer.

– Eh ! oui, lança Panca, qui suivait la scène depuis un moment, stupéfait de la précision d'Aémer. Eh ! oui, les oiseaux ont la tête plus petite que le ventre. Ce n'est pas comme ton ami, qui a sûrement la tête bien plus grosse que la panse !

– Mais qu'est-ce qui te prend ? »

Ils se disputèrent violemment.

Panca finit par lâcher : « Si je vous ai bien traités jusqu'à présent, c'était pour pouvoir tirer de vous le meilleur prix, mais, finalement, je renonce à demander une rançon. Que tirerais-je d'une petite danseuse et d'un vieux poète ivrogne ? Vous ne valez rien ! »

Elle l'aurait tué !

« Finalement, je comprends pourquoi tu t'intéresses aux faucons. Vous êtes de la même espèce, des oiseaux de proie. Mais les bons faucons, et tu es un bon faucon, ont été dressés et reviennent docilement sur le poing de leur maître. Qui t'a dressé, Panca ? »

Panca devint blême.

Quand elle rapporta la scène à al-Sanuba, fulminant encore, il partit d'un rire insouciant : « Tu es petite et danseuse ? Je suis poète et vieux et ivrogne ? Ce garçon... jaloux, n'a dit que des vérités.

– Donc nous ne valons rien ? C'est cela que tu veux dire ?

– Oui. Nous n'avons aucune valeur qui vaille rançon. Nous sommes sans prix, ma belle.

Aémer sourit, se rappelant qu'al-Sanuba avait dû l'acheter sur un marché aux esclaves lorsqu'elle avait huit ans pour la libérer du marchand.

Elle refusa de voir Panca pendant des jours. Lui aussi l'évita.

« Voilà un an que nous sommes ici, dit Aémer à al-Sanuba, et toujours pas de mer !

– Nul besoin de se précipiter, elle saura nous attendre.

– Pourrais-je te suggérer de demander à nos hôtes de nous y conduire ? C'est bien toi qui voulais y aller, non ? »

Al-Sanuba et Aémer prirent quelques affaires et montèrent dans la pirogue ; Dvi les accompagnait. Ils traversèrent des marais et encore des marais. Tout à coup...

La mer !

À perte de vue.

Al-Sanuba hoquetait de plaisir. Relevant son habit, il s'avança dans l'eau jusqu'à en avoir à mi-cuisse.

« San !

– N'oublie pas, jeune femme, que j'ai entrepris cette épopée non pour voir l'eau de la mer mais pour la boire », clama-t-il, tirant de sa poche un gobelet qu'il plongea dans les remous. Le ressortant, il le but jusqu'à la lie.

Sa grimace fut historique.

Regagnant la plage aussi vite qu'il put, il se précipita vers son bagage, en sortit une carafe remplie de vin, la regarda amoureusement et but de longues gorgées. Puis, repu : « Ça marche, Aémer ! On peut rentrer à Bagdad, maintenant ! »

Ivre de fatigue et de vin, al-Sanuba s'endormit dans la pirogue qui les ramenait au village. Aémer repensa à son premier voyage à travers les marais. C'était il y a un an. Elle n'était pas fière alors. Doucement, pour ne pas le réveiller, Dvi se mit à parler de Panca. Il avait une véritable adoration pour son cadet.

Au village, Dvi chargea dans une pirogue les nombreux cadeaux que les villageois avaient offerts à la danseuse et au vieux poète.

Panca s'approcha d'Aémer : « Sais-tu ce que nous disons chez nous ?

Le feu n'a jamais trop de bûches
L'océan jamais trop de fleuves
La mort jamais trop de vivants.
La jolie femme jamais trop d'amants. »

Qu'est-ce qui lui prend ? se demanda Aémer.

Il était là, empoté. Oh ! non, surtout pas lui. Farouche, je l'accepte tout juste, mais amoureux ? Elle sourit intérieurement, riant de le voir ainsi, ayant perdu tous ses moyens. Où était passé le féroce brigand ?

Les regards ruisselant d'amour l'écœuraient. Aémer préférait voir poser sur elle l'œil brillant de la haine.

Elle lui en voulut terriblement. Voilà qu'il faisait tout pour lui rendre le départ plus difficile.

La tribu était rassemblée sur la rive dans un silence affectueux. Des enfants se précipitèrent vers al-Sanuba pour l'embrasser. Quel effort pour retenir ses larmes ! Si je pleure, pensa-t-il au milieu des embrassades, ils vont dire que je suis gâteux.

Les pillards ne leur rendirent pas leurs affaires, ils les avaient vendues à des commerçants depuis longtemps.

Aémer et al-Sanuba s'installèrent dans la pirogue. Panca s'avança. Au moment où il allait pousser l'embarcation pour l'écarter de la rive, une forme sombre traversa le ciel. Par réflexe, Panca leva la tête : « Le destin l'a voulu ainsi, dit-il à Aémer. Ce qui manque à ton triste ami à la grosse tête, il le trouvera là-haut, dans le vol du faucon... bien dressé. »

D'une pression du pied, Panca éloigna la pirogue.

Dvi les quitta après plusieurs heures de voyage et disparut dans les marais. Aémer prit les rames, cela lui fit du bien.

Ils débarquèrent peu après à Basra. Le gouverneur vint les accueillir, stupéfait de les voir en vie. « Vous êtes les premiers qu'ils relâchent après tant de temps et sans demander de rançon. Avec une délicatesse qui lui faisait honneur, il ajouta : Il y a longtemps que j'ai fait annoncer votre mort.

– Désolé de vous décevoir, gouverneur, railla al-Sanuba. Si vous voulez bien me prêter votre arme un instant, que j'accorde la réalité avec votre annonce intempestive... »

Aémer et al-Sanuba retrouvèrent leur petit voilier. Resté sans soin durant tout ce temps, il n'était plus en état de naviguer. Al-Sanuba tint à le faire réparer. Ils repartirent après quelques jours, avec une nouvelle voile rose aussi lumineuse que celle de Jahiz.

Reconnaissant le port où ils s'étaient arrêtés à l'aller, al-Sanuba voulut y faire une halte.

« Tu n'es donc pas pressé d'arriver à Bagdad ? » lui demanda Aémer.

Debout sur la berge, le bédouin semblait les attendre. Reconnaissant la voile rose, il se précipita, manifestant sa joie. « On a dit que vous étiez morts... les pillards !

– Et dire qu'on va entendre cela sans arrêt, gémit al-Sanuba.

– C'est à vous dégoûter de ne pas y être passé, l'approuva Aémer. Je plains le Christ quand il a ressuscité. » Elle mima la stupeur : « " Jésus, je croyais que t'étais mort ! J'ai des amis qui t'ont vu sur la croix. " »

Al-Sanuba éclata de rire. Le bédouin riait avec eux sans comprendre. Dans ses mouvements désordonnés, le haut de son habit s'écarta. Aémer remarqua un fin lacet de cuir enserrant son cou, auquel était suspendu un petit objet. Surprenant son regard, le bédouin détacha le collier et le lui tendit. C'était un petit cône d'argile, assez fruste. Étrange bijou, une amulette probablement, très ancienne sûrement. Le bédouin passa le collier autour du cou d'Aémer. Il lui allait parfaitement. Elle voulut le payer, mais le bédouin le lui offrit. « Finalement, admit al-Sanuba, ils ne sont pas si déplaisants, les bédouins. »

Ils reprirent leur montée vers Bagdad.

Assis sur le pont, al-Sanuba regardait défiler les rives. « Je sens cette terre vieille... vieille comme le monde, murmura-t-il. Je me prends parfois à imaginer que sous chacun de ces *tells*, chacune de ces buttes, se trouve une ville, enfouie depuis des millénaires. Mais je suis trop vieux pour aller y creuser.

– Pourquoi ne l'as-tu pas fait quand tu étais jeune ?

– Quand on est jeune, le passé est trop loin ! Puis on vieillit, il grandit... et tu tombes dedans. »

Plus le bateau s'approchait de Bagdad, plus al-Sanuba semblait fatigué. Il restait allongé, rêvant, silencieux.

Dès leur arrivée, il s'alita. Il savait à présent pourquoi il avait tant retardé son retour.

« Ce voyage était trop long, déclara Aémer.

– Pas l'aller. Le retour. »

Aémer rendit visite à Mohand. Il n'habitait plus sa petite chambre mais une maison confortable proche de la maison de la Sagesse. Il fut fou de joie de la revoir, mais pas surpris.

« Je dois t'avouer que je ne me suis pas trop inquiété. J'étais sûr qu'il ne t'arriverait rien. »

Il la regarda, attendri : « Tu n'as pas changé. »

Oh ! si, faillit-elle lui dire.

« Ils ne t'ont pas... maltraitée ? demanda-t-il, gêné.

– Tu veux dire violée ? Écoute, si j'avais été vierge avant, je le serais encore.

– Aémer ! voyons...

– Tu me poses des questions... très privées, je fais des réponses très privées. Ils se sont parfaitement tenus.

– On dirait que tu les défends ! Tu sais, les nouvelles provenant des marais inquiètent de plus en plus le calife. Les exactions se multiplient, on dit qu'elles mettent en péril les communications vitales du port de Basra avec la mer, elles menaceraient même d'interrompre le commerce maritime avec l'Inde, l'Arabie et l'Afrique.

– Je ne savais pas que tu t'intéressais au commerce maritime. »

Mohand avait pris de l'assurance. Il apprit à Aémer, non sans fierté, qu'il avait été nommé membre de la maison de la Sagesse.

« C'est magnifique ! Tu as ce que tu désirais.

– Presque, dit-il en la regardant avec insistance. J'ai tous les moyens de travailler, mais il n'y a pas que le travail dans la vie. »

Elle le dévisagea, surprise.

Elle décida de ne pas lui parler de ses discussions avec Panca concernant les nombres. Finalement, elles ne lui avaient rien appris.

Al-Sanuba s'était empressé de communiquer à Brahma les recettes des femmes des marais. Il passait beaucoup de temps dans les cuisines à jouer avec les épices. Puis, ayant de plus en plus de mal à s'y rendre par ses propres moyens, on l'y transporta et, de sa chaise, il donna ses indications à Brahma qui, les suivant à la lettre, commit ainsi quelques mémorables catastrophes culinaires.

Désormais, al-Sanuba ne quittait plus son lit, les recettes hindis l'avaient lassé. Le visage éprouvé, il s'appuyait contre des coussins qui redressaient le haut de son corps.

« Pourquoi perds-tu ton temps avec un vieillard ? Il y a tant de jeunes hommes qui seraient fous de joie de t'avoir à leurs côtés. Mohand...

– Je n'ai jamais été amoureuse que de toi. Avec tes beaux cheveux bouclés qui tombaient sur tes épaules.

– C'est vrai que j'étais beau. »

Tous les après-midi, Aémer se tenait à son chevet. Seule sa présence semblait le contenter. Elle chantonna, comme on berce un enfant. Il posa la main sur son bras.

« Nous avons fait un bon bout de chemin ensemble. Tu avais tout juste huit ans quand je t'ai prise ici... La plus belle petite fille que j'aie jamais vue... et rebelle, déjà ! Si tu savais les coups de pied que tu m'as flanqués dans les tibias, quand j'ai voulu t'emmener !

– Tu as été le meilleur des maîtres. Tu m'as tout donné. Tu as été mon protecteur, mon frère, mon ami, mon confident. Je connais peu de femmes plus libres que ton esclave.

– Dommage ! s'écria-t-il, car j'ai décidé de t'affranchir. Tu ne peux plus m'en empêcher.

– Et que crois-tu m'offrir ainsi ! s'insurgea-t-elle. La liberté de me coller un voile sur la figure comme si j'avais honte de ma bouche, de mon nez, de mes lèvres ? La liberté de rester confinée dans un harem, posée sur un sofa comme... comme une pâte d'amandes sur une assiette de confiserie !

– Je connais ton refrain ! Et ne me parle pas de confiserie, plutôt de vin. Veux-tu m'en servir... une larme. Une larme ! Vois-tu comme la langue est intelligente ? Elle dit exactement ce que l'on n'ose pas dire. »

Elle lui versa une coupe, qu'il but à petites goulées, pour en apprécier tout le bouquet. Puis, comme cela lui arrivait souvent, il s'emballa.

« On nous rebat les oreilles avec les grands rois, les grands saints, les grands généraux, les grands savants. Sans eux, la vie ne serait ni meilleure ni pire. Les seuls hommes dont on ne peut se passer, ce sont les conteurs. Ils sont une nécessité *et* un luxe. Sans histoires, sans contes, sans mythes, notre vie serait pire que celle de chiens.

« Combien t'en ai-je raconté ! Le dîner fini, je me préparais à sortir, tu étais couchée, et tu me regardais avec un tel air que je ne pouvais résister. Je m'asseyais à côté de toi sur le bord du lit et je te racontais une histoire. Tu t'endormais toujours avant la fin. Je me levais et je quittais la maison, tranquillisé, je savais qu'il ne pouvait rien t'arriver. Et je partais léger, ton sommeil ouvrait la porte à une nuit de débauche.

– Tu te fatigues. Arrête de parler, le gronda Aémer.

– Dis-moi, Mohand, il est beau garçon, non ? Il ne te plaît pas ?

– Si.

– Épouse-le, Aémer. Il sourit. Qu'est-ce qui me prend, je vais vraiment mal, voilà que je donne des conseils ! Non, fais ce que tu veux, épouse-le si tu l'aimes. » Il se tut à nouveau. Puis, malicieusement : « Il aime les nombres, mais je crois que, pour lui, tu es unique. »

Mohand proposa à Aémer de l'accompagner à la réception organisée par le calife dans l'un de ses terrains de chasse. Aémer hésitait, craignant d'abandonner al-Sanuba, mais celui-ci insista pour qu'elle s'y rende. Annoncé par les roulements de tambour, précédé par le préfet de police portant haut la lance d'apparat, Mamun apparut sur un superbe pur-sang arabe. Il revenait d'une course de chevaux, qu'il avait magnifiquement remportée. Il s'installa à la table royale sous un parasol multicolore. Derrière lui, raides et sévères, se tenaient des gardes armés de haches et de masses. Plus près, des serviteurs armés de chasse-mouches faisaient discrètement en sorte que le calife ne soit pas importuné.

Aémer était magnifique. Incontestablement la plus belle femme de l'assemblée. Que de regards de haine et de jalousie ! Mohand était fier.

L'ayant repérée, le calife demanda qu'on la conduise à lui avec l'homme qui l'accompagnait.

« J'ai appris ce qui t'est arrivé dans les marais, je me réjouis de voir que ta beauté n'en a pas pâti. J'ai appris également qu'al-Sanuba s'en est sorti sans mal, il doit bien avoir cent ans ! Son visage se durcit : J'ai décidé d'en finir avec ces brigands, ils bafouent mon autorité depuis trop longtemps. Mes meilleures troupes sont déjà parties ; dans quelques semaines il ne restera plus rien de ces Hindis. »

Aémer eut un pincement au cœur.

Le calife désigna Mohand : « Est-ce ce mathématicien dont tu m'avais parlé ?

– Mohand al-Kabir, annonça le vizir, debout à sa droite.

– L'ouvrage que ta compagne a dérobé... Le *Sidhind,* si je me souviens bien. Je n'ai toujours pas eu le temps de le lire. Rappelle-moi, vizir, d'y jeter un coup d'œil. En as-tu fait un bon usage ? demanda-t-il à Mohand.

– Oh, oui, seigneur. »

Le vizir glissa quelques mots à l'oreille du calife.

« Tu appartiens désormais à la maison de la Sagesse. Avec tous les ouvrages qu'elle possède, cette jeune personne... il désigna Aémer ... n'aura plus besoin de voler.

– C'est un bonheur ! s'exclama Mohand. Il y a tant de livres admirables que je voudrais tous les lire.

– Attention à ne pas attraper une indigestion, Mohand al-Kabir ! C'est Jahiz – tu connais Jahiz ? – qui affirme que vouloir tout connaître est une maladie que l'on doit impérativement soigner.

– Pour dire le vrai, en ce moment je ne pense qu'à une chose, seigneur, aux nombres et à une nouvelle façon de les représenter.

– À rien d'autre ? » lança Mamun sur un ton de reproche, regardant Aémer en coin.

Mohand comprit l'allusion.

« Aémer ! Je ne pense pas à elle, je la vis.

– Ça, c'est une réponse. Prends-en note, vizir ! »

Après le repas, l'assemblée s'apprêta à assister à une chasse au faucon. Fatigué par sa matinée, Mamun laissa à ses fauconniers le soin de mener les rapaces.

À l'abri sous une toile tendue, les faucons étaient juchés sur leur perchoir. Le premier fauconnier de la cour présenta Karim, le champion, égrenant ses qualités, stature haute, large chef, yeux profonds, arcades capées, cuisses pleines, tarses épais, avant de lui couvrir la tête d'une petite capuche de peau brodée de fil d'or. Pour chauffer l'atmosphère, les premiers faucons furent lancés. Ils s'acquittèrent correctement de leur tâche, mais tout le monde attendait Karim. Le premier fauconnier enfila un gant de cuir épais, puis serra son poing sur lequel un aide déposa Karim. L'un et l'autre étaient d'une immobilité impressionnante. Un oiseau traversa le ciel. D'un geste rapide, le fauconnier ôta la capuche.

« Va, Karim ! »

Karim s'élança.

Aémer l'aperçut dans un éblouissement de soleil. Les marais, Panca, le cri de la mésange... « Il ne faut pas hésiter ! » avait dit Panca. Karim fondit sur sa proie. L'oiseau, affolé, tenta de prendre de la vitesse. Karim se rapprochait de lui à une allure vertigineuse. Juste avant qu'il l'atteigne, quelque chose se passa, le faucon battit de l'aile. L'oiseau en profita pour s'échapper ; une exclamation jaillit de l'assistance. Karim perdit de l'altitude. Le cri rauque du fauconnier le rappela. Le rapace se posa avec difficulté sur son poing.

Le fauconnier lui gratta le crâne pour le flatter. « Paix, Karim. » Le maintenant fermement, il inspecta la tête, le ventre. Rien. Il déploya délicatement une aile ; effleurant les pennes, il les ausculta une à une. Rien. Déployant l'autre aile, il laissa échapper une grimace. Aémer, haletante, arriva au moment où le fauconnier annonçait, isolant la dernière penne, légèrement tachée de sang : « C'est elle qui est touchée, *fariqa*. »

Remarquant le regard interrogateur d'Aémer, il expliqua : « Elles ont toutes un nom, expliqua-t-il.

La première, c'est *sikkin,* “ le couteau ”. Les autres portent le nom de leur rang : la deuxième, la troisième, la quatrième, la cinquième, la sixième, la septième, la huitième, la neuvième. La dernière, celle qui est touchée, c'est *fariqa*, “ la séparatrice ”. Dix pennes, toujours dix ! Une seul manque, et le vol est irrémédiablement souillé.

– Dix, répéta Aémer, médusée.

– D'ailleurs, pour les pigeons, la dernière s'appelle *âchira*, la dixième », ajouta le fauconnier, fier de montrer son savoir à cette si jolie femme.

Aémer n'écoutait plus. Panca avait dit que Mohand trouverait dans l'aile du faucon ce qu'il recherchait. Ce qui lui manquait, c'était une figure ! Les neuf dont il disposait ne suffisaient pas, il lui en fallait une de plus, la dixième. Elle s'éloigna, lançant un regard d'excuse à Karim, toujours aux mains attentives du fauconnier.

La séparatrice. Au-delà de la découverte de son existence, le nom de la dixième était une information. Séparatrice, mais de quoi ?

« Oh ! » lâcha-t-elle, furieuse contre elle-même. Elle s'était laissé piéger, voilà qu'elle prenait pour elle les problèmes de Mohand. Elle se dirigea d'un pas décidé vers lui...

Cette voix ! Impossible.

Aucun doute, pourtant. Le chef des voleurs ! Ici, à deux pas de Mamun, dans son terrain de chasse ! Et le *muhtasib* ? Il pérorait au milieu des courtisans.

« Je t'ai observée depuis que tu es arrivée, ton tir était d'une précision diabolique », lui glissa à l'oreille le chef des voleurs, admiratif.

Aémer sentit qu'il lui prenait la main. Il ouvrit son poing et déposa dans sa paume un objet qu'Aémer n'eut pas besoin de regarder. Le petit cône d'argile.

Elle eut une envie folle de voir son visage. Il le devina.

« Surtout pas, Aémer ! Ce serait ta mort. Qui voit mon visage n'a pas le temps de s'en souvenir. »

C'était plus fort qu'elle. Elle se retourna. Personne !

« Je te cherche partout ! »

Mohand l'avait rejointe, inquiet. Aémer l'informa de ce qui était arrivé à Karim.

« Mais, tu es complètement folle ! Tu sais ce qui se serait produit, si on t'avait surprise ?

– On m'a surprise. »

Mohand blêmit.

« Qui ?

– Le chef des voleurs.

– Il t'a vue ?

– Oui.

– Tu l'as vu ?

– Non.

– Tu vas avoir des ennuis terribles. Tu voles un livre, tu te fais attraper, tu vas en prison, tu... blesses le faucon préféré du calife ! Écoute, Aémer, je suis prêt à abandonner tous ces nombres...

– Et après, tu me le reprocheras toute notre vie.

– Tu as dit notre ?

– J'ai dû le dire.

– Aémer, Aémer ! » Il était fou de joie.

Elle l'arrêta : « Ce n'est pas le moment... »

Il perdit son sourire. « Le moment de quoi ?

– D'abandonner tes nombres, Mohand ! »

Elle lui raconta, l'aile du faucon, la dixième figure, la séparatrice.

Aémer ne se rendait plus au cabaret. Depuis son retour, elle n'avait pas envie de danser. La maladie d'al-Sanuba, la longue « retraite » dans les marais, l'interminable voyage de retour. Bagdad lui parut vain. Mais elle ne voulait pas qu'al-Sanuba perçoive sa lassitude. Elle se força de sourire avant d'entrer dans sa chambre.

Un jeune homme d'une grande beauté était assis à son chevet et lui tenait la main avec amour. Ils restèrent un long moment ensemble. Quand le jeune homme quitta la pièce, il retenait difficilement ses larmes.

« Tu as vu ? dit al-Sanuba ému à Aémer. Ce grand dadais, il me pleure. Mon ultime amant. »

Il récita pour lui-même :

J'ai quitté les filles pour les beaux garçons
Et, pour le vin vieux, j'ai laissé l'eau claire...
Loin du droit chemin, j'ai pris sans façon
la route du péché, c'est elle que je préfère.
J'ai coupé les rênes et sans aucun remords
J'ai enlevé la bride avec le mors.

Il désigna un meuble au fond de la pièce. « Mon dernier poème, murmura-t-il. Veux-tu bien aller le chercher ? »

Aémer se leva, prit un parchemin posé sur le meuble et revint s'asseoir.

« Au papier, j'ai préféré le parchemin. La peau, toujours la peau. Lis-le, je te prie. »

D'une voix traversée de sanglots, Aémer lut le dernier poème d'al-Sanuba :

Ô Seigneur, t'avouerais-je une chose ?
Tout ce que j'ai fait,
Je l'ai fait pour toi, pour que tu m'absolves.

Combien, ô combien j'ai peiné
Pour t'offrir ces péchés!
Ne donnerais-tu l'espoir qu'à l'homme de bien,
Vers qui se tournerait le vaurien?
À qui accorderais-tu miséricorde
Si ce n'est à moi, Seigneur,
Qui de tout mon cœur
Ai vécu tant de désordres?

Toujours aussi provocateur! pensa Aémer avec fierté. Al-Sanuba laissa filtrer un petit rire de connivence. Sa tête s'inclina sur le coussin, comme la feuille du grand arbre qui, après avoir virevolté dans l'air, emportée par mille tourbillons, se pose sans bruit sur le sol sec.

On put mesurer l'affection dans laquelle la population de Bagdad tenait al-Sanuba à l'immense foule qui accompagna le vieux poète dans son ultime escapade. Des lettrés, des riches commerçants, et même des soldats. Mais la plupart de ceux qui suivaient le corps étaient des gens simples qui l'aimaient et dont il avait été, sans le savoir, le compagnon fidèle des jours de fêtes, la bouffée d'oxygène, de gaieté, et aussi de gravité.

Les longs cheveux bouclés d'al-Sanuba allaient manquer à la Ville ronde. Qui allait remplacer cet homme qui n'avait cessé d'attester que le plaisir n'était pas un luxe, mais une nécessité?

Jahiz était triste. À qui allait-il adresser des signes sur l'autre rive du Tigre?

Mohand serra Aémer dans ses bras.

« Vas-tu continuer à voler? lui demanda-t-il.

– Non.

– À danser?

– Oui.
– Pourquoi ?
– Le corps, Mohand, le corps... »

Aémer apprit immédiatement la nouvelle : les armées du calife revenaient, victorieuses. Panca et ses hommes avaient été défaits. Ils étaient parqués dans un camp aux environs de la ville. Beaucoup d'hommes et de femmes avaient été tués pendant les combats, d'autres étaient morts d'épuisement au cours du voyage.

Gardé par de nombreux soldats, entouré de palissades, le camp s'étendait sur le bord du Tigre. Aémer s'y précipita. Là, elle apprit le jugement de Mamun.

Panca était condamné à la pendaison, et son peuple à l'emprisonnement.

Les prisonniers faisaient la queue devant une tente pour recevoir une ration de nourriture. Voir ces gens qu'elle avait connus libres en train d'attendre qu'un soldat leur verse leur mangeaille dans une écuelle fut insupportable à Aémer.

Une vieille femme qui l'avait reconnue s'approcha d'elle : « Comment va le vieillard ?

– Il est mort.

– Il était vieux », opina la vieille femme.

Entravé par des chaînes, entouré de gardes armés, Panca avançait vers Aémer. Il portait au visage une profonde blessure.

« Je t'espérais », lui dit-il.

Elle le regarda, les yeux enflammés.

« Je vais te décevoir, reprit-il. Je t'espérais, pour moi, bien sûr, mais surtout pour mon peuple. J'ai repensé aux nombres et à ton ami. J'ai une proposition à lui faire, à lui et au calife. Je sais ce qu'il cherche. Je sais quelle est la figure qui manque et je connais sa fonction. Dis-leur bien que lorsque les Arabes sauront ce que je vais leur apprendre, leur science fera un bond de géant. En échange, j'exige la liberté pour mon peuple et son retour dans les marais. »

Elle attendit la suite. Rien ne vint.

« Et pour toi, que demandes-tu ? l'interrogea-t-elle, inquiète.

– Je verrai plus tard.

– Après, il sera trop tard, s'écria-t-elle. Quand tu auras révélé ce que tu sais, Mamun n'aura plus aucune raison de t'épargner.

– Je prends le risque », dit-il d'un ton sans réplique.

Aémer se rendit aussitôt à la maison de la Sagesse et transmit à Mohand la proposition de Panca.

« Tu le crois ? demanda-t-il, méfiant.

– Je le crois. Et puis, qu'as-tu à perdre ? Si ce qu'il te révèle est erroné, son peuple restera prisonnier. Et il ne le veut pour rien au monde. »

Mohand se précipita au palais. Sachant que le calife ne le recevrait pas directement, il demanda une audience au vizir. Son appartenance à la maison de la Sagesse facilita les choses. Le calife suivant personnellement l'affaire des marais, le vizir ne pouvait prendre de décision, mais, certain de l'enjeu de cet échange, il promit de tout faire pour que Mamun accepte la proposition du chef des pillards.

Un moment plus tard, il revint et fit entrer Mohand dans le salon du calife.

« Sois convaincant », lui glissa-t-il.

Panca attendait le retour d'Aémer, fou d'inquiétude. La pensée que son peuple pourrait demeurer en esclavage le faisait enrager.

Aémer ne tarda pas. Sitôt quittée la maison de la Sagesse, elle rejoignit le camp et informa Panca de la démarche de Mohand. « Il réussira ! Quand il veut quelque chose, il l'obtient. »

Panca la regarda en coin.

Peu après, Mohand arriva au galop. « Mamun accepte ! s'écria-t-il en sautant de cheval.

Panca hocha la tête, satisfait. Il avait gagné !

« Mon peuple pourra retourner dans les marais ? insista-t-il.

– Tu as ma parole, assura Mohand.

– Nous allons essayer d'aller vite, dit aussitôt Panca. Tu as donc appris l'existence des neuf figures et de l'écriture de position par la traduction du *Sidhind*. Et tu t'es aperçu qu'une même écriture pouvait représenter plusieurs nombres. Et ça ne te convenait pas. Et tu t'es dit...

– Il me manque quelque chose, le coupa Mohand.

– Et tu ne savais pas quoi.

– Et je ne savais pas quoi.

– C'est ce qui est arrivé chez nous aussi, il y a longtemps, lorsque nous avons inventé les neuf figures.

– Comment sais-tu tout cela ? »

Panca ignora la question.

« Et Aémer t'a informé de ce qu'elle avait appris pendant la chasse au faucon.

– Oui, elle a pris des risques fous, elle aurait pu...

– Quand on ne risque rien, on n'obtient rien. On gagne, on perd. Mais au moins on a pris un risque. Il te manquait la dixième figure. La séparatrice !

– Oui, lâcha Mohand. Je me suis jeté dans le travail. C'était en train de s'éclairer...

– Et tu étais sur le point de trouver.

– Je ne peux pas l'affirmer, mais je crois bien, ça s'éclairait.

– Je suis arrivé à temps ! Sinon je n'aurais rien eu à te révéler et il n'y aurait pas eu d'échange. »

Panca s'accroupit, ses chaînes cliquetèrent. Tendant la main vers l'un des gardes, il lança : « Ton poignard ! »

Le garde refusa.

« Donne-le-lui », ordonna Mohand.

Aémer fut surprise de sa transformation. Voilà qu'il donnait des ordres, à présent.

Le garde hésita. Mohand le foudroya du regard. L'homme tendit son arme. Panca la saisit avec une rapidité fulgurante.

« Même enchaîné, je leur fais peur », claironna-t-il.

Aémer n'avait pas bougé. Les efforts de Panca pour s'assurer qu'on n'était pas parvenu à le dompter étaient poignants.

Du bout de la lame, Panca traça lentement un petit rond sur le sol.

Mohand suivit son geste avec une attention absolue.

« *Sunya*, le vide ! La dixième figure, c'est le vide, Mohand.

– C'est cela, *fariqa* ?

– Exactement. Sa fonction est de séparer les figures en marquant la place du vide qui existe entre elles, pour qu'elle ne soit pas comblée.

– C'était cela ! Alors c'était cela ! » répéta Mohand, ébloui.

Il s'agenouilla à côté de Panca. Aémer les contempla, épaule contre épaule, le savant arabe et le pillard indien.

« C'est merveilleux. Un signe, un seul, et tout est réglé ! Comment dis-tu ?

– *Sunya*.

– Pourquoi un rond ? »

Panca le regarda, énigmatique, sans lui offrir de réponse.

« Dis un nombre ! » ordonna-t-il.

Prenant Mohand de vitesse, Aémer lança : « Mille un !

– Va pour mille un. Écris-le, Mohand. »

Du bout de l'index, Mohand, hésitant, traça cinq longs traits parallèles pour indiquer les colonnes. Dans la première et la quatrième, il écrivit *un*.

|1| | |1|

« Je vois que tu as bien assimilé le calcul des Indiens, apprécia Panca. Pas de dizaine, donc la deuxième colonne est vide. Pas de centaine, la troisième colonne est vide. Comme elles sont vides, tu les remplis ! Tu mets *sunya.* Vas-y », dit-il à Mohand.

Il lui tendit le poignard.

ÉmEmu, Mohand traça timidement un petit rond dans la deuxième colonne.

|1| |0|1|

Puis un autre dans la troisième.

|1|0|0|1|

Oubliant toutes précautions, les gardes s'étaient approchés. Penchés au-dessus des épaules de Panca et de Mohand, ils tentaient d'apercevoir ce que celui-ci dessinait sur le sol.

« Efface les colonnes ! » ordonna Panca, reprenant le poignard.

Du bout du doigt, Mohand effaça précautionneusement un des longs traits marquant une colonne, puis un deuxième.

« Toutes ! » hurla Panca.

Mohand les effaça de plus en plus vite, emporté par une exaltation qu'il ne maîtrisait plus.

1001

Il contemplait l'inscription sur le sable. Les gardes regardaient aussi, silencieux, sentant qu'il se passait quelque chose de grave.

« Sais-tu ce que ce nombre proclame, Aémer ? demanda Panca. Aussi nombreuses soient les choses, il y en a toujours une de plus, une de plus que l'on peut désirer, que l'on peut posséder, que l'on peut refuser. Il n'y a pas de fin... aux nombres. »

Pointant le poignard sur chacun des ronds, il ajouta : « Autant de *sunya* que de colonnes vides. Tout est là : marquer le vide ! C'est cela qui est beau : considérer l'absence comme une présence, conclut-il d'une voix transformée. Les Indiens savent traiter l'absence, Mohand. »

L'absence comme une présence, répéta mentalement Aémer.

« C'est de la... Mohand chercha le mot ... de la philosophie.

– C'est trop grec ! C'est de la transcendance, plutôt ! Pour nous, la mort n'est pas l'anéantissement, elle est une forme particulière de la vie, comme l'absence est une forme particulière de la présence. Tu comprends maintenant pourquoi c'est nous, les Indiens, qui avons inventé la marque du vide ? J'ai beaucoup réfléchi dans mes marais...

– Entre deux pillages ? » lâcha Mohand ironiquement. Aémer lui lança un regard incendiaire.

« Pendant ! »

Panca se releva. Ses chaînes cliquetèrent à nouveau. Rendant le poignard au garde, il déclara fièrement : « Le plus bel échange dont je puisse rêver : LA LIBERTÉ DE MON PEUPLE CONTRE LE VIDE ! »

Mohand était assommé. Cette situation avait quelque chose d'irréel. Une invention d'une telle importance lui était révélée au milieu d'un camp de prisonniers par un pillard assassin.

« Je t'offre plus ! lança Panca, sortant Mohand de ses réflexions. Les Indiens ont inventé une langue spécifique pour les nombres, ils ont créé un véritable alphabet, un alphabet de dix " lettres ". Dans cette langue, chaque nombre a un nom, et un seul, souligna Panca. Et en retour, chaque " mot " de cette langue est le nom d'un nombre. D'un seul nombre ! Tu entends, Mohand ? Si tu écris 1001, il n'y a qu'un seul nombre dont c'est le nom. C'est cela l'invention de génie. Plus d'ambiguïté ! Dix figures seulement, autant que de doigts de la main, autant que de pennes dans l'aile du faucon, suffisent à représenter TOUS LES NOMBRES DU MONDE ! Voilà ce que nous avons inventé. »

Mohand exultait.

« Et il y a autre chose, ajouta Panca avec un air supérieur. Quand tu écris plusieurs nombres, immédiatement tu vois lequel est le plus grand. »

Mohand ne savait plus où il en était.

« Le plus grand, c'est le plus long ! La grandeur d'un nombre est inscrite dans son écriture. »

Mohand sauta sur son cheval : « Je vais annoncer au vizir que le contrat est rempli. » Il quitta le camp au galop.

Longeant le Tigre, il traversa la périphérie de Bagdad, fonça à travers les rues bondées, se fit beaucoup insulter, évita le marché. Il avait la tête pleine de ce que Panca lui avait révélé en dernier, le CALCUL PAR L'ÉCRIT. Ce qui jusqu'alors avait toujours été séparé, l'écriture des nombres et le calcul, était à présent réuni.

Il entendait la voix de Panca : « Tu écris les nombres et tu fais le calcul DIRECTEMENT, avec les nombres et le calame, tu n'as besoin de rien d'autre. Tu calcules avec le nom des nombres. »

Se dirigeant vers la Ville ronde, Mohand dut traverser toute la cité. « Finies, les planches à poussière ! Du papier, de l'encre, une plume. Tu es libre, Mohand, libre. » Il se sentait comme lorsqu'il avait bu ce délicieux et dangereux alcool au cabaret, la tête lui tournait. Il s'engagea dans des rues moins fréquentées, son cheval fatiguait.

Ce que lui avait révélé Panca représentait un changement tellement profond qu'il ne parvenait pas à imaginer ce que cela pouvait signifier concrètement de « poser » une opération par l'écrit sans avoir à manipuler des colonnes ou des jetons.

Après le départ de Mohand, Panca confia à Aémer : « J'ai promis que ceux qui retourneraient dans les marais ne reprendraient pas les armes et qu'ils cesseraient les pillages.

– Es-tu sûr que la promesse sera tenue ?

– Oui. Ce qui est dit ne peut être dédit. Mais la promesse n'engage que cette génération. Il éclata de rire : Qui oserait s'engager pour l'éternité ? »

Aémer resta seule avec Panca, ils marchèrent à travers le camp. Panca se déplaçait difficilement. À tout moment un homme, une femme, un enfant de la tribu venait lui parler. Parfois, Aémer happait au passage un mot qu'elle reconnaissait.

« À toi, je dois le dire, Aémer. Je n'ai révélé à Mohand que la moitié de ce que je sais. *Sunya* n'est pas seulement une figure qui permet d'écrire les nombres, c'est un nombre. Un nouveau nombre. »

Aémer le regarda, interloquée.

« Comment peut-on créer un nouveau nombre ! Les nombres sont là de tout temps, toujours les mêmes !

– Eh bien nous en avons créé un nouveau et... pas le moindre, s'esclaffa-t-il, riant de son bon mot. Voilà comment en Inde nous pratiquons le calcul. Les biens, *dhanam*, les dettes, *rhanam*. Si ton bien excède ta dette, tu es un homme riche. Si ta dette excède ton bien, tu es un pauvre paysan. Mais que dire lorsque tes biens égalent tes dettes ? Nous seuls avons donné la réponse. Lorsque tes biens égalent tes dettes, tu dois *sunya* ! Tu dois RIEN. Nous avons inventé une nouvelle quantité, Aémer : celle que tu obtiens quand tu ôtes d'une quantité, une quantité égale.

– Répète !

– La quantité que tu obtiens quand tu ôtes le même du même, celle qui exprime la différence entre les deux plateaux d'une balance en équilibre. *Sunya*, c'est la place vide *et* la quantité nulle ! »

Il s'arrêta, épuisé.

« Mon peuple va quitter le camp et retourner dans les marais, j'ai payé ma dette et ma place bientôt sera vide. Je ne dois plus rien.

– Tu ne dois rien ou tu dois rien ? »

Panca sourit.

« Tu as tout compris. »

Depuis un moment, Aémer pensait à ce que lui avait confié Mamun au palais : « Si les hommes savaient le plaisir que j'éprouve à pardonner, ils ne se présenteraient devant moi que chargés de crimes. »

« Ton peuple est libre, Panca. Mamun pourrait te laisser la vie sauve. Il faudrait seulement que tu le demandes. »

Panca blêmit. « Seulement, as-tu dit ?

– Ou que je le demande pour toi, s'empressa-t-elle d'ajouter.

– Jamais ! Il faudrait en plus que je lui offre d'être magnanime ! On ne m'échange pas ! J'ai été vaincu. Je mourrai. »

Aémer aurait voulu hurler. Elle aurait voulu lui dire... Elle se tut. Elle n'allait pas lui dire ce qu'il avait à faire.

La potence avait été dressée au milieu du camp.

Aémer s'approcha de Panca et lui glissa dans la main le petit cône. « Je n'ai que cela à te donner. Un bédouin me l'a offert quand j'ai quitté les marais. »

Leurs mains s'étreignirent.

La tribu avait refusé de quitter le camp avant l'exécution. Hommes, femmes et enfants étaient rassemblés face à Panca dans un silence affectueux, leurs balluchons posés à leurs pieds.

Mohand était revenu au camp pour être aux côtés d'Aémer durant le terrible moment. Aussi pour dire un dernier adieu à celui qui lui avait révélé *sunya*. Il n'avait jamais assisté à une exécution.

Le bourreau passa le nœud coulant autour du cou de Panca. Avant que le tabouret sur lequel il se tenait orgueilleusement soit retiré, il lança : « Au moins, je ne suis pas innocent ! »

Aémer, debout à côté de Mohand, avait tenu à rester jusqu'au dernier moment. Elle avait refusé de fermer les yeux.

Les gardes armés formèrent une haie jusqu'à la porte du camp. Un long cri s'éleva des rangs de la tribu. La colonne se mit en marche. Ils défilèrent devant le corps de Panca, chacun lui adressant au passage un message silencieux.

Soudain, Aémer se précipita. Les gardes voulurent intervenir mais leur chef leur intima l'ordre de ne pas bouger. Aémer rejoignit la colonne et s'y glissa.

Mohand n'avait pas tenté de la retenir. Elle lui fit un signe de la main. La colonne continuait de défiler devant le gibet. Lorsque Aémer passa devant le corps de Panca, elle aperçut sur le sable, tombé de sa main, le petit cône d'argile. Elle se baissa et le saisit.

Le voyage fut long et terrible, beaucoup moururent. Les autres atteignirent les marais, épuisés. Leurs huttes avaient été détruites, les villages incendiés. Il fallait tout reconstruire. Aémer s'installa. Une voleuse chez des brigands, pensa-t-elle.

Lorsque la nuit tomba, elle s'éloigna des autres. Elle creusa un trou dans la terre meuble et enterra le petit cône d'argile. C'était un peu de Panca qui retrouvait sa place dans les marais.

Quatre siècles plus tard, le chef mongol Hulagu assiégea Bagdad. Après avoir longtemps résisté, la ville se rendit. La population fut massacrée, le calife exécuté. Aux portes de la ville, des mois durant, des montagnes de crânes accueillirent les voyageurs. Ce fut la fin de Bagdad.

Les Arabes traduisirent le mot indien *sunya* en *as-sifr*, qui devint *ziffer*, puis *zéphiro*. *Ziffer* donna chiffre, *Zéphiro* donna Zéro. Ainsi le dernier venu donna son nom à tous les... *chiffres*.

Le zéro était devenu ce rien... qui peut tout.

6

Irak

Bagdad. Printemps 2003

Unesco – Musée. Les énormes lettres peintes sur le toit du musée étaient visibles à plusieurs centaines de mètres d'altitude.

Trois ans plus tôt, le 29 avril 2000, après une décennie de fermeture, le musée archéologique de Bagdad avait réouvert ses portes. La date ne devait rien au hasard, c'était le jour du soixante-troisième anniversaire de Saddam Hussein.

Les visiteurs, rares, avaient pu y admirer l'une des plus vieilles aiguilles de l'humanité, un intestin sacrificiel, un lion en terre cuite, la tête en bronze de Sargon d'Akkad, des tablettes pictographiques d'argile des débuts de l'écriture, le casque d'or de Naram Sin, un damier en nacre, la statue en diorite du scribe Dudu, le vase en albâtre d'Uruk, la lyre d'or des tombes royales d'Ur, les lions d'Ishtar de Babylone, le masque en marbre de Dame d'Uruk. Et quelques milliers d'autres pièces tout aussi remarquables.

Remontant vers le nord sans rencontrer de résistance, les soldats américains fonçaient vers

Bagdad. Il ne faisait de doute pour personne que les armées irakiennes seraient laminées.

Le musée ne pouvait être plus mal placé.

L'immeuble de la radio et de la télévision s'élevait juste à côté, le siège de la Garde républicaine, l'armée d'élite de Saddam Hussein, se trouvait à quelques centaines de mètres. Les militaires irakiens avaient installé des pièces d'artillerie dans le jardin du musée.

Le pilonnage aérien durait depuis plusieurs jours, préparant l'offensive terrestre sur la capitale. Pour le musée, c'était le moment de tous les dangers.

Une tempête de sable s'est abattue sur l'Irak. Les troupes de la 3ᵉ division d'infanterie américaine ont dû arrêter leur avancée à quatre-vingts kilomètres de Bagdad, près de la ville de Kerbala. Malgré la mauvaise visibilité, le bombardement aérien de Bagdad s'est poursuivi mardi en plein jour, il se concentre sur les positions de la Garde républicaine.

« Qu'est-ce que vous foutez là ? » hurla le GI dans un anglais à fort accent hispanique, le doigt sur la détente de son fusil-mitrailleur.

Un soldat nerveux s'avança pour fouiller Aémer. Elle eut la sagesse de se laisser faire. Répugnance de sentir ces mains mercenaires la palper. Le soldat saisit son passeport. Et poussa un cri de joie : « *French !* »

Les ennuis commençaient. Une pluie de railleries s'abattit sur Aémer. « Fromages qui puent », « Mangeurs de grenouilles »... Bien que peu portée sur le patriotisme, Aémer, à cet instant, se sentit fière d'être française.

La morgue des Américains et leur prétention à imposer à toute la planète leur vision du monde la révoltaient. La fréquentation des dieux sumériens l'avait confortée dans le rejet de l'unicité. Pour les archéologues, les historiens, les anthropologues, les philosophes, et pour tant d'autres, l'unicité était un crime contre la diversité des façons d'être et de vivre le monde. L'uniformité était la mort de l'identité, un monde unipolaire serait un monde qui « perdrait le sud », aimait-elle à dire quand elle se laissait aller à ses détestations.

« Aémer Arcy », lut en ricanant le soldat à l'accent hispanique. Puis, exhibant la carte professionnelle : « Site archéologique d'Uruk-Warka. Aémer Arcy. Ar-ché-o-logue. »

Un petit dadais au nez retroussé, écarlate, glousa en regardant ses camarades pour jauger l'effet de son humour : « Nous aussi on fait des fouilles ! Plein de fouilles !

– Des fouilles ! hurlèrent les autres, secoués par des rires exagérés. Bravo, Elvis ! »

Ils se détendaient, oubliant toute précaution de sécurité.

Aémer fut conduite dans un campement en effervescence, des chars, des command-cars, des jeeps entraient et sortaient. Une ruche. Il y avait plein de femmes soldats.

« On nous avait au moins épargné cela jusqu'à présent », ronchonna Aémer.

« Comment êtes-vous entrée en Irak ? » lui demanda l'officier des renseignements.

Elle pourrait lui raconter Obeid, le calculus lancé vers l'avion, le sifflement de la mésange des marais de Basra, la pirogue, Hindi, le village, Asma, Kalila, la descente des fedayin d'Hussein, les lunettes de soleil, le départ, son envie de faire pipi, la grenade qui les avait sauvés, la séparation d'avec Obeid et Hindi, son arrestation, en tentant de rejoindre Uruk. Elle raconta. L'officier écoutait, on aurait dit qu'il avait tout son temps. « Et avant ? » lui demanda-t-il quand elle eut terminé.

Avant ? C'est justement ce dont Aémer était incapable de se souvenir. Il ne la crut pas. Comment un officier des renseignements pouvait-il comprendre qu'on ne se souvienne pas de ce que justement il cherche à savoir ?

Avant ? La question fit pourtant son effet sur Aémer. Des bribes lui revinrent à la mémoire : l'avion, la fuite éperdue, le cratère, le calculus, le contact avec la pièce d'argile, le compte à rebours et le zéro explosant dans ses oreilles, la déflagration, le souffle, la sensation d'être projetée vers le sol.

Si elle le lui racontait, à nouveau il lui demanderait : « Et avant ? » Mais cet avant-là était bloqué. Impossible de remonter le temps depuis sa découverte du calculus dans le cratère jusqu'à son arrivée à l'aéroport du Koweït et à son départ pour la frontière irakienne. Impossible de combler ce trou.

L'officier des renseignements répéta sa question avec la patience dont font montre les professionnels quand, pour miner la volonté du suspect, ils demandent pour la centième fois la même chose dans les mêmes termes.

« Comment êtes-vous entrée en Irak ?

– Comme vous, lâcha-t-elle. En traversant la frontière. »

Il partit d'un immense éclat de rire Middle West. Il ne la retint pas plus longtemps, lui délivrant même un sauf-conduit pour Warka.

De nouvelles vagues de bombardements ont eu lieu sur Bagdad pendant la nuit.

Trois divisions de blindés défendent Bagdad, les divisions Nida, Medina, Hammourabi. Depuis le début de la guerre, les bombardements sur la capitale auraient fait 793 morts et plus de 5 000 blessés parmi la population.

La capitale irakienne est toujours recouverte d'un épais nuage de fumée noire provoqué par les tranchées de pétrole allumées par les défenseurs de la ville.

Le sauf-conduit délivré par l'officier de renseignements permit à Aémer d'atteindre Uruk sans encombre.

Le site était abandonné.

Le fortin où avaient séjourné les différentes missions allemandes depuis des dizaines d'années était déserté. Les wagonnets qui servaient à évacuer les déblais étaient rouillés. La décision de partir a dû être difficile à prendre, pensa Aémer.

À perte de vue, le désert. Et dire que l'Euphrate passait là, le long des remparts, que la mer se trouvait à quelques kilomètres, que la ville était entourée de jardins, de champs, de canaux et de palmeraies. On parle du pétrole, on oublie les dattiers, remarqua-t-elle. L'Irak, la plus grande palmeraie du monde. L'or noir, l'or doux.

La première ville de l'humanité semblait bien seule.

Un vieil homme qui s'était approché silencieusement surprit Aémer. Elle sursauta. Il semblait venu de nulle part.

« Tous les autres, partis ! Toi, tu reviens. C'est bien. *Zeina*, tu es belle comme avant. »

Aémer rougit.

« Asmir ! s'exclama-t-elle.

– Tu me reconnais ? » Il était fier.

Ils s'étreignirent. Aémer eut envie de pleurer.

Asmir travaillait sur le site depuis qu'il avait quinze ans. Il connaissait Uruk dans ses moindres détails. Il avait suivi les différentes étapes de la réapparition de la ville.

« C'est triste ici maintenant. »

Que pouvait-elle répondre ?

« Tu ne peux pas rester. Viens, je te conduis à Samawa. »

Samawa, petite ville toute proche, était occupée par des Japonais, soldats non combattants. Aémer s'installa dans un hôtel triste, elle était la seule cliente. Le départ des archéologues d'Uruk l'avait désarçonnée.

Sa première décision fut d'acheter un poste de radio.

Mercredi 9 avril, Bagdad est tombée dans la matinée. Dès leur entrée dans la ville, les chars américains ont foncé vers le ministère du Pétrole pour en assurer la protection.

Elle prit ses repas dans la salle vide de l'hôtel.

Jeudi 10. Les pilleurs déferlent sur le musée archéologique de Bagdad. Postés dans leur char au coin de la rue, les militaires américains n'ont pas bougé.

Aémer décida de retourner sur le site d'Uruk. Elle prit un taxi et s'y rendit très tôt le matin. Elle marcha le long de l'Eanna, là où avaient été trouvés les plus anciens signes écrits. Ça lui faisait toujours quelque chose ! Elle se baissa, prit une poignée de sable. Hommage au vainqueur ! L'argile avait disparu, le sable avait gagné la partie. Le taxi revint la prendre. Elle resterait des jours ici. Plongée dans ce passé, elle sentait qu'elle ne vieillissait pas. Que le temps, malgré la noria des avions qui faisaient vibrer le ciel, s'était arrêté.

Vendredi 11. En dépit des interventions de la direction du musée archéologique auprès du QG des forces américaines, les pillages se sont poursuivis sous l'œil des marines. Quelques coups de semonce suffiraient à faire cesser la mise à sac du musée, ont affirmé les responsables du musée.

Après treize années, Obeid revenait à Bagdad. Il l'avait quittée au début de la première guerre, il était de retour à la fin de la deuxième.

Sa mère l'accueillit. Elle n'avait pas changé, elle était encore très jeune. Pas d'effusion. Tout était dans ses yeux.

Obeid chercha son père du regard. Elle lui apprit qu'il avait été tué dans les premiers bombardements de la ville. Elle refusa de pleurer, mon fils revient après tant d'années, ce ne peut être qu'une fête que rien ne doit ternir.

Le repas était somptueux. Les plats préférés d'Obeid, ceux auxquels il avait rêvé pendant des années.

D'un accord implicite, ils avaient décidé que ce repas serait un repas de joie. Elle était intarissable, elle voulait l'informer de tout ce qui s'était passé durant son absence. Elle lui donna des nouvelles de chacun, les neveux, les nièces, les oncles, les tantes, les amis de la famille, ses collègues du musée, les voisins, ses camarades au conservatoire, les mariages, les naissances. Quand quelqu'un était mort, elle disait : « Il est parti. » La grande nouvelle, qu'elle avait réservée pour la fin : c'était qu'elle venait d'être réintégrée dans son poste au musée archéologique.

Avant d'aller se coucher, elle serra longuement Obeid dans ses bras pour s'assurer que c'était bien lui, qu'il était bien là. Il reconnut le parfum de ses cheveux.

Il retrouva sa chambre de jeune homme, parvenant à peine à se souvenir qu'il avait été étudiant. Le piano ! Il était trop tard pour jouer quelques notes.

La matinée était bien avancée lorsqu'il se réveilla. Sa mère avait tout préparé, comme lorsqu'il allait au lycée. Il y avait un mot sur la table. « À ce soir. Je suis au musée. »

La librairie de son père se trouvait dans la rue Mutanabi, la rue du marché aux livres. Un début d'incendie, la devanture défoncée, mais personne n'y était entré ; les voisins avaient veillé à ce qu'on la respecte.

Obeid y resta la journée. Les livres lui avaient manqué, presque autant que la musique.

Il y avait beaucoup de livres d'occasion. Il les préférait aux neufs. La plupart étaient en arabe, mais il y en avait aussi en anglais et... en français ! Il s'assit, les passa en revue. Il en chercha longtemps un sans succès.

Le soir, à la maison, il poursuivit sa recherche.

« Tu cherches quoi, Obeid ?

– Un livre. Laisse, Ma. Tu es fatiguée. »

Elle revint un instant plus tard et lui tendit... Oh ! non, *Le Petit Prince*. Obeid avait les larmes aux yeux. Son père l'avait mis à l'abri. Il passa la main sur la couverture bleue grenée. Son père lui manqua terriblement.

Il lui faudrait du temps, beaucoup de temps, pour se réhabituer à une vie « normale ». Dans les marais, les choses allaient de soi. Ici, chaque acte lui demandait un effort.

Il se promena dans la rue Abu Nawas, *la* rue des galeries d'art. La plupart étaient fermées. Qui penserait à acheter un tableau aujourd'hui ? Un marine ? Un Bagdadi ?

L'atmosphère lourde était pourrie de pollution. Obeid s'installa à la terrasse d'un café du quartier Al-Khark, épuisé par la marche. Il commanda un narguilé et de l'alcool. La tête lui tourna, il avait perdu l'habitude.

Il ne retrouva pas le chemin de la maison. Dans les marais, il se repérait d'un simple coup d'œil.

Sa mère le guettait, folle d'inquiétude. Entendant son pas dans l'escalier, elle ouvrit violemment la porte.

« Écoute, Obeid, je t'ai cru mort pendant des années. Tu ne vas pas recommencer !

– Recommencer quoi, Ma ?

– À mourir. »

Elle se jeta dans ses bras en sanglotant, sans pouvoir s'arrêter. Elle n'avait pas versé une larme jusqu'à présent. La mort de son mari, les bombardements incessants : elle avait tenu, stoïque. Il la berça.

Quand elle fut apaisée, elle le repoussa, lui lança un regard sévère. « Tu as bu ? »

Il rougit : « Oh, juste un peu.

– Tu as bien fait. »

L'Unesco vient d'établir la première liste d'objets volés lors des pillages du musée archéologique de Bagdad. D'ores et déjà on peut affirmer que deux pièces d'une valeur inestimable ont été dérobées, un vase en albâtre ainsi que le masque en marbre de la Dame d'Uruk.

L'arche de l'entrée, fracassée par un obus, portait les marques de « la bataille du musée » qui, quatre jours durant, avait ravagé ce quartier central de la capitale. Les briques jaunes du bâtiment censées imiter le style des palais abbassides, ainsi que l'avait voulu Saddam Hussein, étaient ternies. Obeid s'avança vers le bâtiment à présent sévèrement gardé par des militaires américains. Sa mère dut venir le chercher à l'entrée. On le fouilla avant de le laisser la suivre.

Elle lui montra son bureau sans retenir sa joie d'être revenue dans ce lieu dont elle avait été écartée durant tant d'années pour « tiédeur » envers le régime.

Elle lui proposa de faire la visite du musée.

Après un raz de marée ou un tremblement de terre, on dresse la liste des survivants indemnes, des blessés, des morts, des disparus. Après un pillage aussi.

Chaque pièce rapportée au musée soulevait une vague d'émotion parmi le personnel.

« Tous les jours, on nous apporte des pièces volées. Les Bagdadis sont vraiment formidables ! s'exclama la mère d'Obeid. Les gens les ont mises à l'abri, certains les ont même rachetées à des pillards. C'est magnifique, non ? D'autres les ont tout bonnement volées, et ils ont eu des remords. Ils arrivent, demandent à voir quelqu'un du musée, déposent les objets et partent sans rien dire. Je vais te montrer la plus belle pièce qu'on nous a rapportée. »

Obeid la suivit dans les étages. Marches brisées, rampes arrachées, vitrines vides, présentoirs orphelins.

Elle ouvrit un coffre, en retira un objet enveloppé dans du tissu, retira le tissu. Un masque de femme en marbre blanc, la « Mona Lisa sumérienne » ! « Elle a cinq mille ans, expliqua-t-elle, c'est la première fois dans l'histoire qu'on représente un visage humain. Fièrement : Et c'est un visage de femme. »

Obeid ne l'écoutait pas, il était abasourdi. La ressemblance avec Aémer était ahurissante. La Dame d'Uruk ! Sa mère remarqua son trouble. Elle se doutait bien qu'après tant d'années passées dans les marais à se battre son fils devait avoir gardé quelques séquelles.

« Elle a été retrouvée dans le jardin d'une maison de la banlieue. »

Elle referma le coffre. « Nous sommes persuadés à présent qu'il y avait des professionnels parmi les pilleurs. »

Obeid n'écoutait pas. Sa pensée était dans les marais. « On a retrouvé des diamants qui ont permis de découper les vitrines. Des copies pourtant facilement accessibles n'ont pas été touchées et, d'après ce que l'on a pu apprendre, certains pilleurs semblaient rechercher des pièces précises qu'on leur avait sans doute désignées par avance. Il y a plus grave... elle baissa la voix ... les portes blindées qui protégeaient certaines réserves, dont seules trois ou quatre personnes haut placées détenaient la clé n'ont pas été forcées : les pillards possédaient les clés. »

« Aémer Arey, téléphone ! »

Aémer s'essuya les mains, se hâtant vers le combiné, à l'écart dans la salle commune.

« Je croyais que tu étais morte. »

Sylvère ! Ça faisait du bien de l'entendre. Elle l'avait un peu abandonné ces temps-ci.

« Je disais que je croyais que tu étais morte.

– Je t'aurais averti, Sylvère. »

Il y eut un blanc au bout de la ligne, à Paris.

« Je vais venir, lui annonça-t-il.

– *Tu es fou !*

– Pas plus que toi quand tu as décidé de partir alors que la guerre allait éclater.

– Pourquoi venir ?

– Parce que j'ai envie de te voir. »

Il y eut un blanc au bout de la ligne, à Uruk.

« Tu te souviens, Sylvère, ce qu'on s'était promis ? L'un meurt, l'autre pas. C'est dangereux ici.

– Cardiologue sans frontières, ça doit exister, non ? À propos, ton stent, il tient ? »

Le stent ! Elle l'avait oublié, lui aussi. Il était là, en plein cœur de son artère pour empêcher qu'elle ne se referme, maintenant le vide entre les parois. Un zéro de vie !

Elle allait raccrocher. « Euh... Est-ce que tu peux m'envoyer de l'argent ? Tu trouveras de petites économies sur mon compte. Je ne peux plus m'acheter de piles.

– De quoi ?

– Des piles, pour le poste », hurla-t-elle dans le combiné.

L'oreille collée à son transistor, Aémer exultait. *Dérobé le premier jour du pillage, un vase d'albâtre datant du IIIe millénaire a été remis aux autorités du musée. « Il a malheureusement été brisé au cours du vol », a déclaré l'un des conservateurs. Nous allons le réparer, comme l'ont fait les artisans sumériens plusieurs millénaires auparavant. Lorsque les archéologues l'avaient découvert dans le trésor du niveau 3 d'Uruk, ils avaient remarqué que le vase avait été brisé et réparé à l'aide d'agrafes métalliques.*

Aémer éclata de rire. Elle était là, toute seule, à l'endroit où le vase avait été fabriqué. Offert à la déesse Inanna sans doute, puis cassé, puis réparé, puis enterré, puis retrouvé, puis exposé, puis dérobé, puis cassé à nouveau, puis réparé à nouveau. Indestructible.

L'argent envoyé par Sylvère lui parvint avec une rapidité stupéfiante. Il avait toujours de ces combines ! À présent qu'elle était richissime, elle loua un vieux pick-up tout rouge. En tombant d'accord sur le prix de la location, le garagiste avait dit : « Si tu as des problèmes, je répare gratuit. » Ce qui n'accrut pas la confiance d'Aémer en ce véhicule du troisième âge.

Dans la boîte à gants, elle découvrit une carte géographique, l'étudia et décida de faire le tour des sites de la région. Elle y avait toujours pensé, mais l'occasion ne s'était jamais présentée.

Elle se concocta un petit parcours. Descendre par le « collier sumérien » : Uruk, Larsa, Tell al-Ubeid, Ur, Éridu, Tell el-Lahm. Remonter par le « bracelet » : Lagash, Tello, Girsu, Umma.

Elle jeta ses quelques affaires dans une sacoche, monta dans le pick-up. Pas la moindre voiture sur la route. Mais une forte circulation dans le ciel, des essaims d'hélicoptères, et des avions, des petits et des gros-porteurs.

Juste avant d'arriver à la nationale, elle aperçut un homme au loin venant dans sa direction. Elle ralentit, puis freina brutalement. Le pick-up dérapa, stoppa. Aémer descendit de voiture, le cœur battant, et se mit à courir.

« Obeid ! Tu m'as trouvée ! »

Avec aplomb, il lâcha : « Un aimant retrouve toujours une aiguille. Même dans une meule de foin.

– Obeid, Obeid ! murmura-t-elle en se jetant dans ses bras.

– Je croyais que...

– J'étais mort ? demanda Obeid.

– Pas du tout ! Ça, je sentais que non, mais que tu m'avais oubliée.

– Peux-tu me donner une seule raison pour que je t'oublie ? lui demanda-t-il.

– Pas une, lui répondit-elle, rayonnante. J'étais en train de partir, je t'embarque. Pour cinq mille ans.

– Va pour quelques jours, déjà ! »

Il jeta son sac à dos à l'arrière et monta dans le pick-up.

« Pourquoi tu l'as pris rouge ?

– Pour que tu le voies ! »

Ils regardaient chacun droit devant soi, comme si la route retenait toute leur attention.

Elle longeait l'Euphrate.

« J'ai parlé de toi à ma mère, je lui ai dit que, dans les marais, j'avais rencontré la Dame d'Uruk. Elle m'a regardé en pensant que j'étais fou. Tu savais que tu lui ressemblais à ce point ?

– Tu veux dire que je suis de marbre ? »

Le pick-up quitta la nationale, obliqua vers la droite. Quelques instants plus tard, ils étaient à Tell al-Ubeid.

Le plus vieux site sumérien, là où tout avait commencé.

« Tu vois, je suis un vieux garçon, dit Obeid en souriant. Cinq mille ans. »

Un peu partout, les tessons avaient fait place aux canettes. La ferraille des armées d'occupation rouillait sous le soleil tandis que les pièces archéologiques foutaient le camp, au gré des pillages des sites. Qu'est-ce que les Américains et les Sumériens ont en commun ? demanda Aémer à brûle-pourpoint.

– Rien, répondit Obeid.

– La bière ! Du chalumeau à la canette, cinq mille ans d'Histoire en terre mésopotamienne.

Ils n'arrivèrent à Ur qu'en fin de journée. Une base militaire ceinturée de barbelés, la plus importante du pays. Il y avait même un camp de prisonniers. Un tremblement monstrueux retentit.

« C'est un char Abram. Un canon, trois mitrailleuses. Il va plus vite que ton pick-up, apprécia Obeid en connaisseur.

– Comment tu dis ? Un char Abram ? Aémer fut prise d'un fou rire. Chers auditeurs, clama-t-elle au milieu de hoquets, le bruit que vous entendez est celui d'un char Abram qui se dirige vers la tente d'un nommé Abraham, berger bédouin du cru et prophète de son métier. Oh ! non, c'est affreux. Le char est en train d'écraser la tente et les gens qui dormaient dessous. C'est ce que dans notre jargon nous appelons CHOC des civilisations. »

La nuit tomba rapidement. Ils suivirent l'engloutissement de la ziggourat dans l'obscurité. Ils s'éloignèrent, trouvèrent un endroit à peu près calme, sortirent une couverture du pick-up. La lumière des miradors ne les aidait pas à se sentir isolés. Très vite, ils oublièrent cet environnement anachronique. Ils s'allongèrent.

Obeid ôta le chemisier d'Aémer et fit ce qu'il avait le plus envie de faire depuis qu'ils s'étaient séparés. Il caressa sa poitrine douce. Stupeur et ravissement. Ses seins n'échappaient plus « à la prise ». Il se redressa d'un bond.

« Aémer, tes seins ont poussé !

– On ne dit pas " poussé ", Obeid, on dit " grossi ". Oui, ils ont grossi, confirma-t-elle.

– Pourquoi ? la pressa-t-il.

– Parce que... Ça y est, je rougis, pensa-t-elle. Comment dire ? Après plusieurs semaines, tu sais... une femme... ça commence par les seins, et, un peu plus tard, c'est le ventre qui... pousse. »

Il la regarda sans un mot. Soudain, le visage inquiet : « C'est bon pour toi de faire de la voiture ? »

Ils se réveillèrent avant l'aube, la nuit avait été agitée. Un camp militaire ne s'endort jamais.

La façade principale de la ziggourat était orientée au soleil levant ; ils s'assirent juste en face, Aémer posant la tête sur l'épaule d'Obeid. Tandis que le haut de l'édifice se trouvait encore dans l'obscurité, ils suivirent la lente ascension du soleil qui gravissait marche par marche l'escalier central, comme en un rituel. Tout en haut, invisibles, Ishtar, Sin, An, Enlil, Ea luttaient pour que ne se rompe pas le lien entre la Terre et le Ciel. Les hélicoptères soudain déchaînés par la levée du jour semblaient des mouches autour d'une charogne.

La plus vieille ville de l'Histoire occupée par les soldats de l'armée la plus moderne de l'Histoire. L'anachronisme était devenu la norme.

En regagnant le pick-up, ils passèrent devant la « fosse de la mort ». Là avait été effectuée l'une des plus importantes découvertes de l'archéologie sumérienne, les tombes royales d'Ur. Au début du XXe siècle, C. Leonard Woolley était tombé par hasard sur une fosse gigantesque contenant des centaines de tombes « habitées ». Tout archéologue rêve de faire une fois dans sa vie une découverte pareille.

L'une des tombes abritait la reine Puabi. Aémer détestait cette Puabi avec son diadème en feuilles d'or, ses boucles d'oreilles d'or, ses colliers d'or, qui s'était fait enterrer avec ses servantes. On les avait retrouvées quatre mille ans plus tard, l'une accroupie à son chevet, l'autre à ses pieds.

« Imagine, cette servante ! Vingt ans, en train de se parer de ses plus beaux habits, annonçant à son mari : “ Excuse-moi, chéri, ma patronne est morte, il faut que j'aille la rejoindre ! Embrasse les enfants pour moi. ” La reine meurt, les servantes crèvent », s'écria Aémer en rage.

Dans ces moments, Obeid l'adorait. Sa capacité à s'insurger le touchait.

« Dans une autre tombe, continua Aémer, jouant la guide française, il n'y avait rien de moins qu'un char. Oui, un char en bois avec ses roues, et la paire de bœufs qui le tiraient ! Sans oublier quatre palefreniers pour s'occuper d'eux ! Dans une autre tombe, ça va te plaire, il y avait une harpiste, elle jouait sur la fameuse lyre à tête de taureau qui se trouve au musée de Bagdad.

« Et le plus beau, c'est le “ grand puits de la mort ”. Soixante-huit femmes parées de leurs bijoux, comme pour une fête ! À côté de chaque corps, une coupe de poison.

– Ce n'est pas différent aujourd'hui, l'interrompit Obeid. Nous, ici, ça fait vingt ans qu'il nous entraîne dans la mort. Tous les gens qui meurent en Irak sont comme ces servantes. Saddam a fabriqué les tombes, nous on les peuple. La différence avec Puabi, c'est que lui, il est vivant ! »

En terre, il y a les tombes, pensa Aémer. Et aussi les racines des arbres, l'eau des nappes phréatiques, les minerais des mines, le pétrole des puits, la lave des volcans, les mouvements du globe, les séismes. Dieu ! qu'Aémer avait haï l'échelle de Richter !

Aémer n'était pas portée sur les interprétations psychanalytiques. Cependant, elle ne pouvait plus refuser de faire le lien entre sa « pulsion » archéologique et la disparition de ses parents ensevelis par un tremblement de terre et dont les corps n'avaient jamais été retrouvés. Elle avait dix ans.

Ils reprirent la route. Les outils à l'arrière faisaient un bruit terrible.

« Quel boucan ! lâcha Obeid.

– Tu te souviens de ce mot ?

– Oui, et de pooltron aussi. »

Ils repensèrent à Hindi. Il avait été tué quelques heures après qu'ils se furent séparés en quittant les marais. Obeid n'avait pas voulu en dire plus.

« Tu peux t'arrêter, s'il te plaît ? »

Elle se gara. Obeid s'éloigna. Elle ouvrit le poste, cherchant les nouvelles. Obeid revint en riant : « Chaque fois que je vais faire pipi, je pense à toi. »

Elle le regarda, étonnée.

« La grenade », lui rappela-t-il.

Ils éclatèrent de rire.

« Chut ! Les infos. »

À ce jour, près de mille pièces archéologiques volées dans les différents sites archéologiques du pays ont été récupérées.

« Merveilleux ! » s'écria Obeid. Aémer ne dit pas un mot. « Tu n'as pas l'air contente ?

– Bien sûr que si. Mais ce n'est pas si simple. Lorsqu'on retrouve une pièce volée qui n'a jamais été identifiée parce que les pillards ont été les premiers à mettre la main dessus, on est content bien sûr, mais on sait qu'il y a des informations qui sont perdues à jamais.

– Je ne comprends pas.

– Tu ne veux pas conduire ? »

Aémer s'installa sur le siège passager tandis qu'Obeid prenait le volant.

« Alors, qu'est-ce que tu ne comprends pas ? lui demanda Aémer.

– Pourquoi tu fais la tête alors qu'on vient de récupérer mille pièces volées un peu partout dans le monde ?

– Je suis contente qu'on les ait récupérées. Seulement, quand tu récupères une pièce extraite d'un site par des pillards, tu peux l'analyser et apprendre quand elle a été fabriquée, avec quels matériaux, grâce à quelles techniques, mais tu ne sais pas de quel lieu elle a été extraite, à quelle profondeur, dans quelles strates. Un de mes amis disait que ces pièces sont des " orphelines de la chronologie ". En fait, ce sont des " objets perdus ", ils ne nous parlent de rien d'autre que d'eux, ils ne nous apprennent rien sur la période à laquelle ils appartiennent et, du coup, rien d'autre qu'eux ne nous parle d'eux.

« Pour les vaches aujourd'hui, on parle de " traçabilité ". Sans sa traçabilité, un objet perd la plus grande partie de sa valeur archéologique. Ce que nous faisons, Obeid, c'est une archéologie... de position.

– C'est étrange, remarqua Obeid. Ce que tu dis peut se rapporter à nous. On est ce que l'on est, mais, aussi et surtout, d'où l'on est, de quand on est. »

Ils rentrèrent à Samawa par le lac Hammar. Ils descendirent de voiture et s'enfoncèrent dans les marais. Il n'y avait plus rien à craindre. Les fedayin de Saddam Hussein se terraient. Obeid pensa à nouveau à Hindi.

Brusquement, il s'immobilisa et saisit le bras d'Aémer, lui faisant signe de ne pas bouger.

Ça ne va pas recommencer ! pensa-t-elle.

Il posa le doigt sur son oreille pour lui signifier d'écouter.

Elle n'entendit rien.

« La mésange est revenue. »

Asmir les attendait à l'entrée de l'hôtel. Il avait l'air en colère. « Ça fait des heures que je t'attends, dit-il à Aémer.

– Comment je pouvais savoir ? Et tu m'attends pourquoi ?

– Viens, répondit-il, mystérieux.

– Où va-t-on ?

– Viens, je te dis.

– Je t'accompagne, proposa Obeid.

– Ce n'est pas la peine », répondit-elle, sentant qu'Asmir voulait qu'elle vienne seule.

Obeid descendit du pick-up, Asmir s'installa à sa place. Ils quittèrent la route, prirent un chemin et s'enfoncèrent à travers le désert.

Connaissant trop bien l'aptitude des bédouins à garder le silence, Aémer refusa de poser des questions à Asmir, sachant qu'il n'y répondrait pas.

« On s'arrête là, annonça-t-il après un moment.

– Là ? »

Il n'y avait que du sable.

Elle hésita.

« Là. »

Il arrêta le moteur. Aémer descendit de voiture et le suivit. Elle aperçut des traces de pneus.

« Tu n'as pas confiance. » Il haussa les épaules.

Elle n'imaginait pas Asmir l'entraînant dans un traquenard. Elle avait tout de même peur. Elle pourrait revenir sur ses pas, courir, monter dans la voiture... Ils vont se jeter sur moi, me prendre en otage, demander une rançon, et c'est encore ce pauvre Sylvère qui va en être de sa poche. S'ils me relâchent.

À quelques pas devant elle, un remblai. Absorbée par sa peur, elle ne l'avait pas remarqué.

Derrière le remblai, une fosse fraîchement ouverte. Au fond de la fosse, un tombeau de pierre, semblable à ceux découverts dans le cimetière royal d'Ur.

Cet endroit lui était totalement inconnu. Ce n'était pas un site répertorié. Il y en avait des milliers comme celui-ci, inexplorés.

Elle sauta dans la fosse.

Le couvercle du tombeau était scellé par un joint de bitume. Elle demanda à Asmir de lui apporter les outils qui se trouvaient à l'arrière de la camionnette. Il lui rapporta un démonte-pneu. Aémer descella patiemment le couvercle en prenant toutes les précautions pour ne pas l'endommager.

Quel trésor ce tombeau recelait-il ? Un trésor semblable à celui qu'avait découvert Wooley !

Elle essaya de soulever le couvercle. Seule, elle n'y parviendrait pas. Asmir descendit dans la fosse. Après plusieurs minutes d'effort, ils réussirent. LE TOMBEAU ÉTAIT VIDE. Aémer défaillit. Asmir la soutint, lui pressant l'épaule. Il lui sourit tristement : « Tu es déçue ?

– Non, Asmir », parvint-elle à prononcer avec un pâle sourire.

Pour tout autre qu'elle, ç'aurait été une terrible déception ; pour Aémer, ce fut la délivrance.

Au milieu du désert de Mésopotamie, à l'orée des premières cités de l'humanité, elle venait de trouver ce que depuis si longtemps elle recherchait, un tombeau pour ses parents disparus.

Cette tombe vide, ce zéro de mort, la libérait. Un sentiment de paix s'empara d'elle. Ses parents avaient enfin une sépulture.

Aémer gara le pick-up devant l'hôtel, monta l'escalier. Obeid l'attendait, allongé sur le lit.

« Tu es restée absente longtemps.

– Vingt ans. »

Elle se coucha à ses côtés. La chaleur était terrible. Elle ferma les yeux. Il la vit mettre la main sur sa poitrine. Le stent faisait son travail. Elle sentit son cœur battre calmement. Elle commençait à s'endormir, presque heureuse. Elle avait payé sa dette de naissance. De fille, enfin, Aémer pouvait devenir mère.

Doucement, elle demanda :

« Obeid, qu'est-ce qu'on va devenir ?

– Je ne sais pas, mais si tu veux, on va devenir ensemble. »

Du poste programmé pour se mettre en marche à l'heure des informations, une voix s'éleva qui les réveilla. La nuit était tombée.

Le projet international « Eden Again », soutenu par l'Unesco, pour la reconstitution des marais du sud de l'Irak vient de débuter.

Glossaire

Amarru : ouest
Dilmin : Bahrein
Haroun : le bien-guidé
Idiqlat : le Tigre
Magan : Oman
Mar'tu : Amorrite, peuple bédouin de l'Ouest
Meluhha : la vallée de l'Indus
Nâr Marratu : la mer du Soleil levant, le golfe arabo-persique.
Purratim : l'Euphrate

Table

Imprimé en France par

CPi
BUSSIÈRE

à Saint-Amand-Montrond (Cher)
en juin 2010

POCKET - 12, avenue d'Italie - 75627 Paris Cedex 13

N° d'impression : 101054
Dépôt légal : septembre 2007
Suite du premier tirage : juin 2010
S 16652/05